FANTASY FRONTIER SPIRIT
이성현 판타지 장편 소설

ARCHIMAGE OF
IMMORTAL

불멸의 대마법사 3

이성현 판타지 장편 소설

초판 1쇄 찍은 날 § 2011년 11월 4일
초판 1쇄 펴낸 날 § 2011년 11월 11일

지은이 § 이성현
펴낸이 § 서경석

편집부장 § 권태완
편집책임 § 박우진

펴낸곳 § 도서출판 청어람
등록번호 § 제1081-1-89호
등록일자 § 1999. 5. 31
어람번호 § 제1-1289호

주소 § 경기도 부천시 원미구 심곡2동 163-2 서경B/D 3F (우) 420-822
전화 § 032-656-4452팩스 § 032-656-4453
http://www.chungeoram.com
E-mail § chungeoram@chungeoram.com

ⓒ 이성현, 2011

ISBN 978-89-251-2678-4 04810
ISBN 978-89-251-2640-1 (세트)

3

Rebuild

이성현 판타지 장편 소설

불멸의 대마법사

FANTASY FRONTIER SPIRIT

ARCHMAGE OF IMMORTAL

청어람
도서출판

CONTENTS

Chapter 20
내 가르침엔 상식이란 없다

1

베르시아 신성력 1387년 11월 12일.

보르가이나 성(城).
프라디나스 대륙의 중심을 가로지르는 거대한 멜케스 산맥 중간에 설치된 요새로서, 100년 전 크루디아 제국에 함락된 이후 그 어떤 세력도 이곳을 점령할 수 없었다.
20년 넘게 지속된 제국 전쟁에도 예외는 아니었다. 반격을 노리는 반(反) 제국 세력은 몇 번이나 보르가이나 성을 함락시키기 위해 많은 병력을 보냈지만 성벽 아래 무수한 시체만 쌓일 뿐이었다.

1,000년이 지나더라도 무너지지 않을 것 같았던 철벽 보르가이나 성.

　그 보르가이나 성 곳곳에서 거대한 불길이 활활 타오르고 있었다.

　「데릭 경! 괜찮습니까?」

　돌격부대를 이끌고 있던 프레드릭은 다급한 목소리로 데릭의 이름을 불렀다.

　데릭 T. 하이젤부르크.

　오러 랭크 5, 홀리 클래스 5의 듀얼 클래스로, 베르시아 교단 산하 성당기사단의 부단장.

　교황의 지시에 따라 제이워드와 함께 제국 타도를 위해 싸워왔으며, 5년 동안 언제나 동료들의 선두에서 제 역할을 다했다.

　적들의 무수한 공격 속에서도 굳건히 서 있는 모습에 제이워드는 디펜더(Defender)라는 아명을 붙여주었다.

　「나는… 괜찮다.」

　데릭은 입가에 묻은 피를 손등으로 닦아내며 대답했다.

　그의 주변에는 수많은 제국 기사들의 시체가 나뒹굴고 있었다. 베르시아 교단을 상징하는 은제 플레이트 아머는 피로 완전히 뒤덮여 있었다. 그의 갈색 머리카락마저 피에 물들어 원래의 색을 찾을 수 없었다. 그런 그를 20여 명의 성당기사단원과 200명에 가까운 병사들이 말없이 응시하고 있었다.

데릭은 왼쪽 무릎을 꿇은 상태에서 땅바닥에 꽂은 검을 지팡이 삼아 버티고 있었다. 보르가이나 성과 더불어 다른 의미의 '철벽' 으로 불리던 그에게서 보기 힘든 모습이었다.

「역시 무리입니다! 데릭 경 당신이라고 해도 더 이상 전장에 머무르는 것은 위험합니다!」

「지금이라도 당장 호위 병력을 붙여줄 테니 전장을 이탈하세요! 이대로라면 위험해요!」

프레드릭에 이어 나르디안마저 그를 만류했다.

하지만 데릭은 검에 지탱하고 있던 몸을 천천히 일으키더니 고개를 가로저었다.

「내가 전장에서 물러난 걸 안다면… 후방에 대한 공세가 더욱 커질 거다. 죽는 한이 있어도 여길 지키겠다.」

데릭은 공성전이 진행되는 동안, 후방을 공격해 오는 제국의 증원 병력을 성당기사단원들을 이끌고 상대했다. 그가 철저하게 후방을 막아주었기에 돌격부대는 공성에만 전념할 수 있었다.

그 결과 100년이 넘도록 단 한 번도 적에게 뚫리지 않던 보르가이나 성의 거대한 성문이 박살 나며 침입을 허용했다.

「제이워드, 너는 예전에 이곳에서 처절한 패배를 경험했다고 했지? 지금만큼… 최고의 기회는 없을 거다. 여기서 시간을 지체한다면 기회는 위기로 바뀔 거다.」

「……」

가장 말이 많았던 제이워드는 이 순간만큼은 침묵을 지켰다.

지금으로부터 13년 전, 27살의 제이워드는 보르가이나 성 앞에서 한 차례 무릎을 꿇었다. 제국의 명장 반드라스 A. 올디앙스 장군이 이끄는 보르가이나 수비대의 전력은 너무나 막강했다. 당시 서클 5였던 제이워드는 자신의 부족함을 절실히 느끼면서 후퇴했다.

하지만 지금은 다르다.

그랜드 마스터 프레드릭은 성 전체를 둘러싸고 있는 거대한 대(對) 마법 방어벽을 강력한 오러의 힘으로 무효화시켰다. 그리고 매직 유저 최고의 경지 아크메이지에 도달한 제이워드는 막강한 마법으로 보르가이아 성 곳곳을 불바다로 만들었다. 수비에는 이력이 난 보르가이나 수비대는 혼란에 빠지지 않고 저항을 계속했지만, 또 다른 그랜드 마스터 베른에 의해 반드라스 장군이 쓰러지자 지휘 체계는 서서히 무너졌다. 그리고 마침내 성문이 부서지면서 성 내부에서 혈전이 벌어졌다.

승리는 눈앞에 다가온 것이나 마찬가지다.

하지만 또다시 닥칠 제국의 증원 부대를 생각한다면 공성전이 완전히 끝나기 전까지 후방을 지켜줄 이가 필요하다.

「성안에는 아직 그랜드 마스터 탈루스와 위저드 넬틴이 있어. 베른 혼자서 감당할 상대들이 아니야.」

「제이워드, 그래서 어떻게 하겠다는 거지? 데릭 경을 여기에 놔두고 가잔 말이야?」

「나도 무슨 이야기인지 잘 알고 있어!」

프레드릭의 지적에 제이워드의 목소리가 커졌다.

「난 처음부터 이번 전투에 데릭을 제외하려고 했어. 하지만 데릭 스스로가 참가하길 원하고 부탁했지. 그런 몸임에도 불구하고 말이야.」

데릭은 두 달 전부터 병상에 누워 있었다.

하루에 몇 번이나 각혈을 하면서 기침이 끊이지 않던 그의 몸에 죽음의 그림자가 서서히 다가왔다. 교단에서 급히 파견된 사제들이 데릭을 치료하기 위해 노력했지만 어두운 표정으로 고개를 가로저을 뿐이었다.

「내가 어떤 마음으로 그 부탁을 받아들였는지 상상이나 가? 나라고 해서 피와 눈물이 없다고 생각하는 건 아니겠지?」

제이워드의 반박에 프레드릭은 물론 나르디안까지 입을 굳게 다물었다. 하지만 데릭의 입가에는 희미한 미소가 맺혔다.

부상을 스스로 회복하는 능력, 재생[Regeneration]을 지닌 데릭의 이마에서 한 줄기 피가 주르르 흘러내렸다. 전투가 끝난 지 시간이 흘렀음에도 회복되는 속도가 눈에 띄게 느렸다.

「제이워드, 그렇게 화낼 필요는 없다. 난 그저 너희들보다 먼저 베르시아님의 품으로 가는 것뿐이니까.」

「젠장…….」

제이워드는 욕설을 내뱉으며 이를 악물었다.

「그 망할 베르시아는 왜 널 데리고 가려고 하는 거지? 빌어 먹을 제국 놈들은 아직도 멀쩡히 살아 있는데, 하필 왜 널!」

제이워드는 그 어떤 전투에서도 완벽한 승리는 생각해 본 적도 없다. 아군과 적이 서로 뒤엉켜 싸우는 전투에서 죽는 것은 적군만이 아니기 때문이다. 함께 싸워온 동료들도 죽음 이라는 운명에서 자유로울 수 없다는 것 역시 잘 알고 있었 다.

그럼에도 데릭의 죽음이 임박했다는 걸 받아들일 수 없었 다.

「네가 그렇게 베르시아님을 욕하는 걸 듣는 게 벌써 세 번 째로군.」

데릭은 희미하게 미소 지으며 두 눈을 감았다.

「운명을 거스를 수는 없을 거다. 하지만 그 운명이 도착하 기 전까지 내 본분을 다하겠다. 병상에서 죽느니 차라리 전장 에서 쓰러지겠다.」

그 누구도 데릭을 말릴 수 없었다.

하지만 동료들의 발길은 떨어질 줄 몰랐다. 데릭은 마음속 으로 그들의 배려에 고마워하면서 오른손을 크게 휘둘렀다.

「먼저 가라. 난 신경 쓰지 말고.」

「데릭 경, 그게 말이 되는 소리라고 생각하십니까? 그 험난

한 시간을 같이 이겨내며 여기까지 왔지 않습니까? 그런데 당신을 두고 갈 수 있겠습니까!」

프레드릭은 데릭을 동료이기 이전에 하나의 인간으로 존경했다. 그런 그가 이런 식으로 자신들의 곁을 떠나가는 걸 용납할 수 없었다.

「프레드릭 경, 당신을 보면 어린 동생 가르시아가 떠오르는군. 남 같지 않아서 그런지 이야기가 잘 통했어.」

데릭은 인자한 얼굴로 프레드릭을 응시했다.

「제이워드를 잘 부탁하겠소.」

「…알겠습니다.」

「나르디안 경, 당신의 검은 제이워드에게 큰 도움이 될 것입니다.」

「당신을 잊지 못할 거예요, 데릭 경.」

작별 인사를 마친 프레드릭과 나르디안은 보르가이나 성을 향해 뛰어갔다. 제이워드는 천천히 성으로 걸어가면서 데릭의 뒷모습을 계속 응시했다.

「헤밀턴, 있는가?」

「네!」

「보르쟈, 아직 검을 들 기운은 남아 있겠지?」

「물론입니다!」

「타일런트, 설마 도망갔나?」

「저는 적을 놔두고 절대 도망가지 않습니다!」

데릭의 부름에 부하들이 소리치며 대답했다.

이름이 불렸음에도 대답하지 않는 성당기사단원들은 이미 싸늘한 시체가 된 지 오래였다.

「먼저 떠난 이들이 베르시아님의 품으로 무사히 갈 수 있기를…….」

그는 플레이트 아머 안쪽에 있던 로자리오를 꺼내 입을 맞추고 성호를 그었다. 성당기사단원 역시 그를 따라 성호를 그으며 기도를 했다. 병사 중 일부도 쥐고 있던 무기를 내려놓고 기도문을 읊었다.

바로 그때, 지축이 흔들리기 시작했다.

저 멀리서 검은색의 물결이 빠른 속도로 보르가이나 성을 향해 달려오고 있었다. 크루디아 제국이 자랑하는 암흑기사단이 증원군을 이끌고 보르가이나 성을 탈환하기 위해 온 것이다.

병사들의 얼굴에 두려움과 공포가 자리 잡았다.

하지만 데릭을 포함한 성당기사단원들의 표정에는 일체의 흔들림이 없었다.

「베르시아님이시여!」

데릭은 베르시아 교단의 문양이 새겨진 방패를 왼손에, 오러가 빛나는 검을 오른손에 쥐고 포효했다.

「전 당신의 품으로 돌아가겠습니다! 당신의 검으로 살아온 내 삶, 조금의 부끄러움도 없습니다!」

꺼지기 전에 강렬하게 타오르는 불꽃이 과연 이런 것일까.

데릭의 몸에서 피어난 오러가 찬란한 빛을 발하면서 주변으로 퍼져 나갔다. 병사들의 부상이 빠른 속도로 치유되기 시작했고, 겁먹었던 얼굴에는 절대 물러서지 않겠다는 투지가 넘쳐흐르고 있었다.

데릭은 방패를 앞세우고 암흑기사단을 향해 달려갔다. 성당기사단원들은 베르시아를 연호하며 그를 따랐고, 병사들 역시 빠른 속도로 그들을 쫓아갔다.

「와라! 제국의 병사들이여! 나는 데릭 T. 하이젤부르크! 베르시아의… 검이다!」

*　　　*　　　*

두 눈을 뜬 레이지는 표정이 굳어 있었다.

제국의 멸망을 같이 보지 못하고 먼저 가버린 동료는 많았다. 그들 중 유독 기억에 남은 '그'의 꿈을 꿔보기는 오래간만이었다.

"데릭……."

레이지는 그의 이름을 나지막하게 불러보았다.

보르가이나 성에 제국의 깃발이 내려오고 반제국군 동맹의 깃발이 올라갔을 때, 제이워드는 동료들을 이끌고 데릭이 있던 곳으로 갔다.

성당기사단원과 암흑기사의 시체가 서로 뒤엉켜서 피바다를 이루고 있는 참혹한 광경 속에서도 제이워드는 희망을 잃지 않았다. 언제나 그랬던 것처럼 홀로 굳건히 버티고 있을 그를 기대했다.

그 속에서 한쪽 무릎을 꿇고 있는 데릭을 발견했다. 제이워드는 직접 자신의 손으로 데릭의 크게 떠져 있는 눈을 감겨주었다. 그는 절대 쓰러지지 않았다. 죽어가면서도 동료들의 뒤를 든든히 지켜주며 제 역할을 다했다.

"그런 녀석이었지, 데릭은."

그는 마지막 순간까지 디펜더(Defender)라는 칭호에 걸맞게 행동하고 실천했다.

적들을 앞에 두고 단 한 번도 무릎을 꿇지 않았던 데릭의 명성은 많은 이들의 입을 통해 대륙 곳곳에 전해졌다. 그래서 '진정한' 의미의 다섯 영웅을 따질 땐 베아트리체를 빼고 그 자리에 데릭 T. 하이젤부르크를 넣곤 한다. 하지만 레이지는 그 '진정한' 이란 단어에 강한 거부감을 느꼈다.

'누가 진정한 영웅이고 아닌지는 중요하지 않아.'

제국 타도라는 같은 뜻을 가졌던 이들을 한갓 영웅이라는 이름으로 치부하고 싶지 않았다. 먼저 떠나간 이들 중 죽어야 하는 이는 아무도 없었다.

'그때 그 녀석이 마지막으로 보여준 오러는 정말 대단했지. 그랜드 마스터인 프레드릭과 베른을 뛰어넘었어.'

제이워드였을 당시 처음이자 마지막으로 오러 유저에 대한 경의를 표한 때이기도 했다. 그렇지만 지금 이렇게 오러 유저의 길을 걷게 될 줄은 꿈에도 상상하지 못했다.

'너도 이런 고난 속에서 강해진 거겠지?'

레이지는 전신을 괴롭히는 근육통에 얼굴을 살짝 찌푸렸다.

괴로워서 도망치고 싶다는 생각은 전혀 들지 않았다. 단지 이런 식의 수련을 통해 정말 강해질 수 있는지에 대한 의문 때문이었다.

'머리를 쓰는 일이라면 졸음 빼고 다 버틸 수 있어. 하지만 이런 막무가내 방식은 아직도 적응이 안 돼.'

지금이라도 다른 스승을 찾아볼까 생각도 해봤지만 이내 포기했다. 마리에타까지 쫓아온 상황에서 더 일을 복잡하게 만들 뿐이었다.

'쉽게 강해지는 법만 떠올려서 그럴 거야. 너무 오래 걸리면 곤란하지만, 그렇다고 조급해서도 안 돼.'

제이워드였을 때 서클 2에 도달하기까지 걸린 시간에 비교하면 엄청나게 빠른 성장을 기록했음을 부정할 수 없다.

레이지로 새 삶을 시작한 지 1년도 안 되는 시간 동안 서클 3, 랭크 2에 도달한 지금이 이상한 것이다.

'그래, 더 참아보자. 의심을 가질지언정 포기하지는 말자.'

레이지는 굳게 다짐하며 다시 두 눈을 감았다.

'데릭, 먼저 간 너를 위해서라도 난 이대로 멈추지 않을 거야.'

2

"헉, 헉!"

레이지는 거친 숨을 내뱉으며 양손을 두 무릎에 댔다.

오늘만 벌써 섬을 두 바퀴 돌았다. 입에서 단내가 풀풀 났지만 다행히도 구역질은 나지 않았다.

"이젠 안 토하냐? 냄새가 안 나는걸."

크루제이커는 흐뭇한 눈길로 레이지를 바라보며 그의 등을 팡팡 두들겼다. 덕분에 구역질이 날 뻔한 걸 억지로 참아내는 레이지였다.

가까스로 달리기에 익숙해지려는 찰나, 크루제이커는 '너무 쉽지?' 라는 말과 함께 거대한 통나무를 끌고 다니게 했다. 덕분에 몸 이곳저곳 안 쑤신 곳이 없었다.

'도대체 오러라는 게 얼마나 무시무시한 것이기에 이렇게까지 해야 하지?'

-'예전'의 레이지가 일기장에 써놓은 고통 따위 아무것도 아니었다. 하지만 이를 악물고 버티며 통나무를 끌고 섬을 한 바퀴 도는 데 성공했다.

"스승님은… 벌써 그만큼이나 한 겁니까?"

모래 위에 기록된 팔굽혀펴기 횟수가 5,000을 넘어서 있었다.

"이 정도도 못해서 어떻게 그랜드 마스터를 노리겠냐?"

"하긴 그렇군요."

"이제 고작 랭크 2인 놈이 아는 척하긴. 그래, 어디 보자……."

크루제이커는 양손을 펼치더니 왼손 엄지손가락부터 하나씩 손가락을 굽혔다.

"너에게 달리기만 시킨 지 얼마나 지났지?"

"5일째입니다."

"5일이라……. 흐음, 어디 보자."

크루제이커는 커다란 손으로 레이지의 몸을 더듬기 시작했다. 레이지는 온몸에 소름이 돋는 걸 느끼면서 뒤로 휙 물러섰다.

"무, 무슨 짓입니까?"

"어느 정도 탄탄해졌는지 확인해 보는 거야. 쓸데없는 걱정하지 마. 뭔가 수상한 오해를 하는 거 같은데, 이래 봬도 남자엔 관심없어."

크루제이커는 레이지를 억지로 붙잡아두고 근육 부위를 매만지기 시작했다.

"흐음, 확실히 그동안 굴렸더니 나름 튼튼해졌군. 더 근육이 붙으면 좋겠지만 그건 무리겠지."

"……."

"잘 때마다 뭉친 근육 때문에 아프진 않냐?"

"솔직히 말하면 꽤 아픕니다."

"죽을 정도는 아니지? 도망치고 싶은 생각은 안 들어?"

"보시다시피 멀쩡히 살아 있지 않습니까? 그리고 왜 도망 칩니까?"

"근성 하나만은 확실하군. 좋아, 이제부터 본격적으로 오 러를 가르치도록 하지."

등의 근육까지 꼼꼼하게 확인한 크루제이커는 자신의 턱수염을 쓰윽 매만지더니 고개를 끄덕거렸다.

레이지는 두 눈을 크게 뜨며 크루제이커를 바라보았다.

"달리기로 오러 수련이 되는 거 아니었습니까?"

"상식적으로 생각해 봐라. 달리기만 해서 오러가 키워질 리 있겠냐? 그런 식으로 수련된다면 대륙을 누비는 수천, 수 만 마리의 말이 죄다 그랜드 마스터게? 무엇보다 달리기와 오 러가 무슨 관계겠냐. 냉정히 생각해 봐."

달리기를 안 하면 오러 수련 따위 생각도 하지 말라는 예전 의 말과는 전혀 딴판이었다.

레이지는 부글부글 끓어오르는 속을 억지로 가라앉힌 뒤, 최대한 냉정함을 유지하면서 되물어보았다.

"그러면 저에게 왜 달리기를 시킨 것입니까?"

"까놓고 달리기에 특화되어 체력을 쓰는 몸으로 바뀌는 거

지, 체력 단련 효과 자체도 그다지 크지 않아. 달리는 시간 동
안 검 한 번 더 휘두르는 게 효과적일 거다."

"그러니까 왜 달리기를 시킨 겁니까? 그것도 이렇게 무식
한 방법까지 동원하면서 말입니다."

레이지가 된 이후로 제이워드 때보다 쉽게 흥분해서 일을
복잡하게 만든 적도 있었다. 하지만 지금 이 순간만큼은 제이
워드였다 해도 화를 내지 않고 버틸 수 없었을 것이다.

"근성 테스트였다."

태연하게 대답하는 크루제이커를 향해 레이지는 독기를
내뿜었다.

"진심으로 하시는 소리입니까?"

"이 녀석 눈매 봐라? 달리기 하루만 더 시켰다면 아주 날
죽이려고 할 눈빛이네."

크루제이커는 손가락으로 귀를 후비더니 귀지를 입으로
불어 날렸다.

"이제까지 나에게 오러 좀 배우겠다고 이 외딴 섬까지 찾
아온 애들 수가 꽤 되거든? 그런데 너 빼고 모두 야반도주했
다. 다른 누구처럼 3년 동안 설거지만 시킨 것도 아니고, 왔
다 갔다 하는 데에만 하루 걸리는 우물로 물 퍼오라고 지시한
것도 아니었는데 말이야."

그는 이제까지 도망친 제자들을 떠올리며 씁쓸한 표정을
지었다.

"하도 도망만 치다 보니까 이대로는 안 되겠다고 생각해서 그런 거다. 아예 초반부터 근성이 있는지 없는지 판단한 뒤에 가르치기로 결심한 거야. 그리고 이 달리기는 앞으로 있을 수련에 분명히 도움이 된다. 불만있냐?"

레이지는 크루제이커의 말에 뭐라 대답할 말을 찾지 못했다.

레이지 역시 제이워드였을 때 제자가 도망쳤기에 그 심정을 조금이나마 이해할 수 있어서였다.

'하긴, 나도 제자 한 명을 두긴 했지만 야반도주해 버렸지. 내가 저 남자에게 뭐라 할 입장은 못 돼.'

칸나가 도망친 뒤에 했던 말도 지금의 크루제이커와 크게 다르지 않았다. 근성이 모자라다느니 그 정도도 못해서 뭘 하겠냐느니 하는 푸념이었다.

"나를 찾아온 녀석들 중에 너처럼 누군가에게 복수하기 위한 일념 하나만 가지고 온 애들도 서너 명 있었지. 그런데 몇 번 굴리다 보니 복수 따위 때려치워도 좋으니 살려만 달라고 애걸복걸하더라."

"얼마나 심하게 굴렸기에 그런 말까지 나옵니까?"

"그러게 말이다. 아, 그런데 진짜 이 큰 통나무 메고 달릴 수는 있었던 거냐? 나도 여기 섬을 한 서너 바퀴 돌면 숨이 차서 미칠 지경이던데. 솔직히 너, 대단하긴 하다."

자신도 하기 힘든 일을 남에게 시킨 크루제이커를 레이지는 멍하니 쳐다보기만 했다.

　이 남자의 속내를 도저히 알 수 없었다. 골머리가 아파왔지만 더 이상 파고드는 걸 그만두었다.

　"그러면 오러를 이제부터 가르쳐 주시긴 하는 겁니까?"

　"그전에 네 실력을 알아봐야 하니 우선 오두막으로 돌아가자."

3

　오두막에서 홀로 점심 준비를 하던 마리에타는 두 남자가 돌아오자 고개를 갸웃거렸다.

　"어머, 벌써 점심때인가요?"

　"아가씨, 그건 아냐. 이 녀석과 대련 좀 해보려고 왔지. 모래사장에서 그러긴 좀 그래서."

　크루제이커는 주변을 둘러보더니 오두막 앞 모탕 근처에 놓아둔 장작을 하나 집어 들었다.

　"검을 쓰면 저 녀석이 죽을 테고, 이게 적당하겠군."

　"고작 장작으로 상대하시겠단 말입니까?"

　"고작?"

　크루제이커의 오른손에 쥐어진 장작이 강렬한 오러에 휘감겨 빛을 발하기 시작했다. 너무나 환한 빛에 레이지는 자신도 모르게 고개를 옆으로 돌리고 두 눈을 질끈 감았다.

"이래도 고작이냐? 정 맘에 안 들면 참각도(斬脚刀) 꺼내올까?"

"아닙니다."

그랜드 마스터 바로 아래 등급인 크루제이커의 오러는 장작을 쥐었음에도 강한 인상을 남겼다.

그는 빛나는 장작을 좌우로 크게 휘두르면서 왼손을 까닥거렸다.

"어떤 방법을 써도 좋다. 오러를 쓰든 마법을 쓰든 간에 나에게 한번 전력을 다해 덤벼봐라."

"마법까지 사용해도 됩니까?"

"물론 네가 어떤 짓을 하더라도 지금의 날 이길 수는 없을 거다. 하지만 최대한 능력을 발휘해서 날 상대해 봐라."

두 남자 사이에 긴장감이 감돌자 마리에타는 좀 떨어진 곳으로 자리를 옮기고 그들을 응시했다.

'할아버지와의 마법 대결에서 이겼다는 소리를 들었지만, 역시 두 눈으로 확인하기 전까진 솔직히 믿기 힘들어. 이번 기회에 똑똑히 봐두는 거야.'

마리에타는 가슴에 모은 두 손을 꽉 움켜쥐면서 레이지가 어떤 마법으로 랭크 6의 오러 유저를 상대할지 기대하고 있었다. 그리고 뇌리에 문득 뭔가가 떠올랐다.

"레이지, 그걸 가져올까요?"

그거라는 말에 레이지는 베이그란트의 서라는 걸 직감했

다. 하지만 고개를 가로저으며 거절했다.

"아닙니다. 어차피 실력을 알아보기 위한 대련이니 그렇게까지 나올 필요는 없죠."

"하지만 지금의 당신으론 룬 문자까지 쓴다 해도 서클 4의 마법이 한계예요. 진짜 그 정도 힘만으로 크루제이커님을 상대할 작정인가요?"

"이기려는 대련이 아닙니다. 처음부터 이길 수 있다는 생각은 하지 않았습니다."

말은 그렇게 했지만, 레이지의 가슴속에 그동안 잠자고 있던 투지가 조금씩 되살아나고 있었다. 예전 펠튼의 관심을 끊어버리기 위해 그와 맞섰던 때의 흥분이 그를 사로잡기 시작했다.

'지난번 상대했던 죠르제는 솔직히 너무 급이 낮았어. 세리타는 꽤 뛰어난 실력을 지녔지만 압도적이지는 않았고. 이 남자는 과연 어느 정도의 실력일까?'

레이지는 두 눈을 감고 과거 제이워드였을 때의 기억을 떠올렸다. 그와 맞서 운명을 달리했던 제국의 오러 유저들이 하나씩 스쳐 지나갔다.

'마지막으로 상대했던 오러 유저는 황실기사단장 베리크였지. 참으로 까다로운 적이었어.'

검제라는 아명으로 잘 알려진 프레드릭과 세 차례에 걸쳐 싸웠으나 끝내 결판을 내지 못했던 그랜드 마스터 베리크 A.

홀트가인.

반제국 동맹군에 크루디아 제국의 수도 켈티스 성이 완전히 포위된 상황에서도 베리크는 결코 위축되지 않았다.

제이워드와 프레드릭, 그리고 나르디안 세 명이서 한꺼번에 덤볐음에도 30분이 넘게 각축전이 진행되었다. 결국 제이워드의 마법에 불타며 생을 마감했지만, 그의 시체가 완전히 타서 잿더미가 되기 전까지 제이워드는 승리를 확신하지 못했다.

'베리크보다야 실력이 떨어지는 건 당연한 이야기겠지. 그러나 나 역시 그때보다 훨씬 기량이 떨어지는 입장이야. 어느 정도까지 상대할 수 있을까?'

이성적으로는 당연히 이길 수 없다고 판단했으면서도 가슴속에선 어떻게 해서든 이기고 싶다는 욕망이 피어오르기 시작했다.

'무엇보다 근성 테스트라는 핑계하에 당한 걸 돌려줘야겠어.'

아무리 앞날을 위해서라고 했지만, 당한 건 그대로 돌려줘야 한다.

"어이, 이건 대련이라고. 아주 날 잡아먹으려는 눈빛이다?"

"그래 봤자 제가 스승님을 어떻게 하겠습니까? 오러 랭크만 4씩이나 차이 나는데 말입니다."

"아, 그래도 오러 랭크 6의 힘을 온전히 발휘했다간 장작질 한 번에 끝나겠지. 어느 정도로 낮춰줄까?"

펠튼처럼 봐주면서 해주겠다는 말에 레이지의 입가에 살짝 미소가 피어올랐다.

'그렇게 나오다가 펠튼이 내 앞에 무릎을 꿇었지. 그렇다면 어느 정도로 낮춰달라고 할까? 지난번 상대했던 죠르제가 랭크 4였으니 그보다 한 단계 높은 랭크 5도 어느 정도 상대할 수 있을 거야.'

"랭크 5로 부탁드립니다."

"그래? 힘들 텐데?"

크루제이커는 영 내키지 않는다는 표정을 지으면서 오러의 강도를 낮췄다. 장작에서 뿜어져 나오는 빛이 살짝 사그라졌다.

"그러면 먼저 공격해라."

레이지는 크게 숨을 내쉰 뒤 검집에서 검을 꺼냈다.

아니, 꺼내려고 했지만 막상 검을 들고 오지 않았다.

"맨손으로 덤벼도 좋다."

"......"

결국 마리에타가 오두막 안으로 들어가 레이지의 검을 찾아 건네주었다. 레이지는 다시 숨을 고르며 천천히 검집에서 검을 뽑아 들었다.

"하아앗!"

기합 소리와 함께 레이지의 검에서 오러가 뿜어져 나왔다. 검신 전체를 휘감고 있는 빛에 마리에타는 레이지의 뒤로 멀찌감치 물러났다.

레이지는 양손으로 검자루를 움켜쥐고선 크루제이커를 향해 달려들었다. 레이지의 검과 크루제이커의 장작이 서로 부딪치는 순간 두 오러가 반발하며 환한 빛을 주변에 퍼뜨렸다.

"……"

"쯧쯧쯧, 내가 아까 뭐라고 했냐? 힘들 거라고 했잖아."

그리고 레이지의 검신이 마치 유리처럼 산산조각 나더니 바닥에 후두두 떨어졌다. 오러에 보호되고 있다는 점을 감안하면 쉽사리 일어날 수 없는 일이었다.

"랭크 3의 차이가 바로 이런 거다. 무슨 배짱으로 랭크 5의 오러에 맞서려고 한 거냐?"

레이지는 주변에 흩뿌려진 검 조각을 멍하니 내려다보았다. 예전 아버지 케인즈와의 대련에서도 항상 밀리기만 했지만 이렇게 뭔가 해보지도 못한 적은 처음이다.

"랭크 4로 낮출 테니 다시 와봐. 아, 그전에 새 검을 꺼내야겠지? 아가씨, 오두막 뒤 창고에 가면 쌓여 있을 테니 아무거나 가지고 와줘."

마리에타는 오두막 뒤로 걸어가더니 10분이 넘게 모습을 드러내지 않았다. 결국 20분이 지난 뒤에야 검 한 자루를 들고 나타난 그녀의 콧잔등에는 시커먼 먼지가 자리 잡고 있었다.

"검을 볼 줄 몰라서 가장 깔끔한 걸로 가지고 왔는데, 괜찮아요?"

"문제없습니다."

레이지는 검집에서 검을 빼내고선 머리 위로 들어 올렸다. 검날의 광택만으로도 아까 깨진 검보다 좋다는 걸 파악했다.

"그런데 뭘 하셨기에……."

"네? 어, 어머나!"

레이지의 시선을 뒤늦게 알아챈 마리에타는 얼굴을 붉히면서 옷에 묻은 먼지를 급하게 털어냈다. 막상 콧잔등에 묻은 먼지는 알아채지 못했지만.

"그런데 검이 몇 자루 있었습니까?"

"최, 최소한 50개는 넘는 거 같았어요."

"그렇게 많이 있습니까?"

대장간에 가도 그렇게 많은 검을 쌓아두진 않는다.

"스승님, 혹시 검 수집에 취미라도 있으십니까?"

"아, 그 검들 말이지? 3년 전이던가. 전쟁이 끝난 직후 이 섬에 온 지 얼마 안 되었을 때쯤이었을 거야. 내가 여기에 있는 걸 용케 알아낸 놈이 날 스승으로 섬기고 싶다고 무작정 여기로 온 적이 있어. 그때 그놈이 마련해 둔 것들이지."

크루제이커는 왼손으로 턱수염을 매만지더니 언짢아하는 표정을 지었다.

"그런데 영 시원찮은 놈이었어. 너보다 한 단계 위인 랭크 3이었을 텐데, 일주일 정도 굴리고 나니 살려달라고 울고불고 사정을 하더군. 그래서 내가 열흘을 우선 채운 뒤에 떠날지 생각해 보라고 하니 그날 밤 도망가 버렸어."

"얼마나 고된 훈련이었는지 굳이 물어볼 필요가 없겠군요."

"그래도 이제까지 날 스승으로 섬기겠다는 놈치곤 두 번째로 근성있는 놈이었지. 대부분 3일을 못 넘겼거든."

막상 왜 검이 50자루 넘게 있는지에 대해서는 조금도 설명되지 않았다. 하지만 중요한 건 그게 아니었기에 레이지는 더 이상 물어보는 걸 포기했다.

"자, 그러면 다시 덤벼라."

크루제이커는 왼팔을 내밀더니 손끝을 까닥거리며 오라는 시늉을 했다.

'그 20분이 넘도록 계속 랭크 5의 오러를 유지하고 있었어. 나라면 도중에 한 번은 쉬었을 텐데.'

아까보다 한 단계 더 내려간, 그러나 여전히 강렬한 빛을 뿜어내고 있는 크루제이커의 장작을 보며 레이지는 침을 꿀꺽 삼켰다.

"갑니다!"

레이지의 검이 오러에 휘감기면서 다시 빛을 발했다.

콰광!

강렬한 폭발이 일어나면서 바람이 휘몰아쳤다. 주변에 있던 나무들이 크게 휘청거리더니 나뭇잎이 아래로 우수수 떨어졌다.

먼지가 자욱하게 깔려 시야가 완전히 가려진 상태임에도 레이지는 크루제이커가 있는 방향을 찾아 고개를 돌렸다. 그의 왼손에는 마법으로 형성된 거대한 얼음 기둥이 쥐어져 있었다.

레이지는 얼음 기둥을 던지고서 뒤로 물러섰다. 직선을 그리며 빠른 속도로 날아간 얼음 기둥이 장작에 부딪치며 산산조각 났다. 그사이 블링크로 나무 위로 순간이동한 레이지는 다음 마법을 준비하며 룬 문자를 읊었다.

"늦어!"

크루제이커의 고함이 터지면서 레이지가 올라선 나뭇가지가 박살 나버렸다. 땅바닥을 향해 떨어지던 레이지는 시전하던 주문을 급하게 취소하고 왼손으로 수인을 그려 새 마법을 완성했다.

"휴우."

몸을 띄우는 부양 주문 덕분에 무사히 착지한 레이지는 짧게 한숨을 내쉬고선 다음 주문을 외웠다. 순간 크루제이커가 장작을 높이 치켜들고서 레이지를 향해 돌진하자 둘 사이의 거리는 1미터로 좁혀졌다.

"호오, 이 녀석 봐라?"

오러에 빛나는 장작이 마나의 장벽에 막혀 더 이상 휘둘려지지 못하고 부들부들 떨고 있었다. 그 짧은 경직을 레이지는 놓치지 않았다. 오러가 담긴 그의 검이 크루제이커의 발목을 노리고 낮게 휘둘러졌다.

"크윽!"

하지만 레이지의 검은 크루제이커의 몸에 퉁겨 뒤로 밀려났다.

'다시 공격해야 할까? 아냐! 지금은 후퇴다!'

레이지의 몸이 순간 희미해지더니 원래의 장소에서 3미터 뒤에서 다시 모습을 나타냈다. 크루제이커는 예상했다는 듯이 블링크로 후퇴한 레이지를 쫓아갔지만, 뭔가 발에 걸리는 느낌에 아래를 내려다보았다.

"와, 이 짧은 순간에 두 개의 마법을 완성한 거냐?"

크루제이커는 감탄하면서 자신의 발목과 허벅지를 감싸고 있는 나무줄기를 왼손으로 붙잡았다. 레이지는 검을 내려놓고 두 손을 머리 위로 높이 들어 올리더니 지름 2미터 가량의 거대한 화염구를 구현했다.

"하지만 그걸로 날 이기기엔 무리지!"

크루제이커는 양손을 주먹 쥐며 전신으로 오러를 발산했

다. 그를 옭아매고 있던 나무줄기가 산산조각 나더니 주변에 흩뿌려졌고, 날아오던 화염구는 그의 오러를 뚫지 못하고 작은 불꽃으로 갈라지더니 주변 나무에 옮겨 붙었다.

"헉, 헉……!"

레이지는 거친 숨을 몰아쉬며 자신의 마법을 모두 이겨낸 크루제이커를 응시했다.

'이 정도 되는 오러 유저를 과거의 내가 왜 몰랐지? 역시 다른 지역에서 싸워서 그런가?'

크루디아 제국과의 전쟁에서 항상 최전선에 나섰던 제이워드.

그에 반해 크루제이커는 제국의 역습을 대비해 길레터 왕국와 칼루아 왕국 주변을 방어하는 수비대에 주로 머물렀다. 전쟁 당시 크루제이커를 알아봤다면 같이 싸우길 권했을 게 분명하다.

반면 마리에타는 레이지의 마법 구현을 동그랗게 두 눈을 뜨고 하나도 빠짐없이 살펴보고 있었다.

'굉장해. 나와는 비교조차 안 돼.'

레이지의 계속된 공격에도 상처 하나 입지 않은 크루제이커도 대단했지만, 오러 자체에 대해 잘 몰랐기에 그냥 대단하다고 여길 뿐이었다.

반대로 레이지의 마법 구현 능력을 보면 볼수록 감탄밖에 안 나왔다. 적재적소에 맞추어 마법을 연달아 구현하는 모습에 보이지 않는 노력이 느껴졌다. 결론적으로 매직 유저로서의 자질이 그녀 자신과 확연하게 차이난다는 걸 절실히 느꼈다.

'할아버지의 제자들과 싸울 때와는 비교도 안 되는 실력이야. 그러면서 왜 서클 3의 마나량밖에 못 지닌 거지? 이해할 수가 없어.'

서클 5의 매직 유저이긴 해도 아직 실전 경험이 단 한 번도 없는 그녀의 눈에는 자신과 동갑인 소년이 30년에 가까운 수련과 실전을 거쳤을 거라 상상할 수 없었다. 그래서 마나량에 비해 탁월한 실력을 보여주는 레이지에 대해 궁금증만 커져 갈 뿐이었다.

"잠깐."

크루제이커는 왼손을 내밀며 레이지를 제지했다. 오러에 휘감긴 검을 오른손에 쥐고서 마법을 왼손으로 구현하던 레이지는 급하게 멈춰 선 탓에 몸이 앞으로 휙 기울었다.

"너, 혹시 마법을 정식으로 배운 적이 있냐?"

레이지를 상대하면서 크루제이커가 내내 품었던 의구심.

레이지 본인의 말에 따르면 마법은 그저 '취미' 삼아 익혔다고 말했다. 그 취미로 서클 3까지 올랐다는 건 논외로 치더라도, 심심풀이로 익힌 마법 실력으로는 절대 보이지 않았다.

레이지는 고개를 뒤로 돌리며 마리에타를 한 번 쳐다보았다.

"전 신경 쓰지 말아요, 레이지. 당신의 마법 실력은 절대 독자적으로 이룰 수 없는 수준이라는 것 정도야 보면 알 수 있으니까요."

그녀의 말에 레이지는 쓴웃음을 지으며 이마의 땀을 훔쳐 냈다.

'하긴, 저 여자도 서클 5의 위치였지. 마법에 대한 눈썰미가 없으면 오히려 이상할 거야.'

레이지의 눈에 대단하게 보이지 않을 뿐이지, 서클 5라면 다른 국가에서도 인정받을 수준이다.

"기억을 잃어서 정확히는 모르지만, 누군가에게 배웠을 거라고 추측됩니다. 확실하지 않아서 굳이 밝히지 않은 것뿐이죠."

"그 정도 실력이면 확실한 거다. 넌 누군가에게 마법을 배웠어. 왜 그런가 하면, 지금 네 녀석이 내 공격에 대응하는 방식은 매직 유저가 오러 유저를 상대로 취하는 방식이다."

레이지로 다시 태어났음에도 제이워드였을 때의 경험은 고스란히 머릿속에 남아 있다. 그 덕분에 서클 3임에도 많은 이들을 압도할 수 있었다.

"그것도 정해진 틀에 맞추어진 게 아니라 상당한 경험으로 완성된 방식이지. 너, 도대체 누구에게 뭘 배운 거야?'

크루제이커의 추궁에 레이지는 고개를 가로저었다.

아까 말한 대로 기억을 잃었다는 대답 말고는 할 말이 없었다.

"그런데 뭔가 어설퍼."

"마법이 어설픕니까?"

"아니. 매직 유저로서의 너는 꽤 까다로운 상대야. 하지만 오러 유저로 치면 좀 잘난 랭크 2에 불과해. 두 능력이 각기 따로 노는 느낌이 들거든. 너, 서클 3이라고 했지?"

"네."

"오러 랭크는 2일 테고."

크루제이커는 오른손을 들어 올리더니 손가락을 세 개 폈다. 그리고 나머지 두 개를 펼치는가 싶더니 도로 접었다.

"그 두 개가 합쳐져 5가 되는 게 아니라, 서클이 랭크를 뒤집어 삼켜 3에 불과해. 그래도 서클 4나 랭크 4는 충분히 상대하고도 남을 거다. 단, 그 이상의 능력자에겐 분명히 힘들 거야."

"그렇군요."

펠튼과 상대할 때엔 순수하게 마법의 힘으로만 싸웠다. 그것도 마리에타의 마나를 흡수해서 서클 5인 상태에서 대련했다.

하지만 오러 유저인 크루제이커를 상대로는 공격만 신나게 시도했지 단 한 번도 성공하지 못했다. 되레 반격에 쩔쩔매며 긴장 상태를 계속 유지해야만 했다.

"더 솔직하게 이야기해 볼까?"

"말씀하십시오."

크루제이커는 그답지 않게 생각에 잠기며 말을 골랐다. 그리고 안타깝다는 표정을 지으며 입을 열었다.

"지금의 넌 복수를 목적으로 하고 있지? 그래서 빨리 강해지고 싶은 거고."

"네."

"그렇다면 오러 따위 포기하고 마법이나 제대로 익혀. 매직 유저로 한 길을 걸어간다면 훨씬 빨리 높은 경지에 이를 거다. 난 매직 유저는 아니지만 누군가를 보고 오러로 성공할지 마법으로 성공할지 정도는 알아볼 수 있거든."

굳이 크루제이커가 말하지 않아도 레이지 본인이 잘 알고 있는 충고였다. 하지만 지금의 레이지는 '옛날' 만큼 강해지는 게 목표가 아니었다.

그걸 넘어서야 한다. 마법사로서 강해지는 건 그저 마나량만 예전대로 돌리면 된다. 그걸 설명할 수 없는 입장이니 속이 답답하기만 했다.

'지난번 상대했던 세리타는 오러, 홀리 모두 3등급이었지만 그 두 개가 서로 증폭효과를 일으켜 만만치 않은 실력을 발휘했지. 듀얼 클래스라면 그렇게 되어야 하는데 난 아직 멀었군.'

앞으로도 계속 적으로 만날지 모르는 세리타였지만, 확실한 듀얼 클래스라는 점이 새삼 부럽게 느껴지는 레이지였다.

"너, 도대체 얼마나 강한 적을 두고 있는 거냐? 오러와 마법 두 영역을 모두 익히지 않으면 상대할 수 없는 적이냐?"

"그건 말씀드릴 수 없습니다."

오러를 익히기 위해 홀로 이곳까지 온 레이지에게 크루제이커의 충고는 꽤 잔혹했다.

하지만 레이지는 절대 실망하는 기색을 보이지 않았다. 뭔가 아쉬워하는 표정을 짓긴 했어도 물러서지 않겠다는 기백을 크루제이커는 강하게 느꼈다.

"네 아비 닮아서 고집불통인 것 같은데, 다시 한 번 생각해 보지 않겠어? 굳이 오러에 매달릴 필요 없다니까."

"매달려야 합니다."

"뭐, 굳이 그러겠다면 난 말리지 않겠어. 단, 나중에 죽는 소리 해도 안 봐준다."

크루제이커는 왼손으로 머리카락 한 올 없는 머리를 벅벅 긁었다. 그리고 커다란 두 손으로 레이지의 머리를 붙잡더니 서로 이마가 맞닿을 정도로 잡아당겼다.

"내가 하는 말을 머릿속에 새겨라."

사뭇 진지해진 크루제이커의 눈빛에 레이지는 입을 다물고 고개를 살짝 끄덕였다.

"앞으로 나와 같이 훈련하는 시간 동안엔 절대 마법을 쓰지 마라. 넌 나에게 오러 유저로서 강해지는 방법을 배우러 왔지? 그러면 마법 없이 날 상대해야 해."

'마법을 쓰지 말라고?'

"그렇다고 남는 시간에 마법 익히는 걸 금지한다는 이야기는 아니야. 훈련 시간 외엔 네가 뭘 하든 난 전혀 신경 쓰지 않을 테니까."

어디까지나 훈련할 때에만 마법 사용을 제약한다는 말에 레이지는 안도했다.

"그리고 내 지도 방식에 대해 질문을 제기할 수는 있다. 단, 진짜 이 방식으로 강해질 수 있느냐는 의문 따위는 받지 않겠다. 그렇게 생각한다면 언제라도 좋으니 떠나가도 좋아."

"알겠습니다."

"지금이야 쉽게 대답할 수 있겠지만, 조금만 지나면 생각이 달라질 거야. 그래도 괜찮겠냐?"

크루제이커의 거듭된 회유에도 불구하고 레이지는 고개만 끄덕거렸다.

"좋아."

크루제이커는 오두막 뒤쪽으로 들어가더니 창고 문을 열고 안을 마구 뒤지기 시작했다. 한 10분이 지난 뒤에 돌아온 그의 손에는 한눈에 봐도 무거워 보이는 철괴들이 들려 있었다. 어깨에는 낚싯대를 걸치고 있었다.

"아가씨, 이 녀석과 낚시 좀 하고 올 테니 집 잘 부탁해."

"낚시 말인가요?"

"낚을지 낚일지 모르겠지만 아무튼 낚시야. 저녁쯤에 돌아올 테니 점심은 혼자 챙겨 먹도록."

5

엉겁결에 바닷가로 끌려 나온 레이지는 크루제이커와 함께 돛단배에 몸을 싣고 푸른 바다 한가운데를 가로질러 갔다.

크루제이커는 콧노래를 부르며 낚싯대를 손질했다. 찌의 위치를 수십 번 넘게 조절했고, 미끼 통을 꺼내 신선하지 않은 미끼는 죄다 바다에 휙 내던졌다. 며칠 동안 레이지를 옆에서 지켜보느라 바다로 나가지 못한 한을 푼 듯 얼굴에 미소가 가득했다.

반면 레이지는 홀로 노를 저으며 구슬땀을 흘리고 있었다. 크루제이커 왈, 돌아갈 땐 내가 노를 저을 수밖에 없으니 먼저 저으라고 으름장을 놓았고, 덕분에 따가운 햇살 아래 옷이 소금기에 절을 정도로 고생해야 했다.

"아직 멀었습니까?"

"조금만 더."

"하아, 더워 죽겠습니다. 진짜로."

레이지는 거의 자포자기의 심정으로 노를 계속 저었다. 주변을 둘러봐도 보이는 건 바다밖에 없었다. 하늘 위에 맴도는 갈매기들이 간혹 보이긴 했지만, 진정한 망망대해가 뭔지 몸으로 겪어야 했다.

그로부터 한 20분 뒤.

"수고했다. 좀 쉬어라."

"이제 끝입니까?"

"그래, 우선 숨 좀 돌려."

말이 떨어지기가 무섭게 레이지는 노를 내려놓고 털썩 주 저앉았다. 그것만으로는 부족해서인지 아예 드러누워 버렸 다.

"역사상에 기록된 최초의 오러 유저이자 그랜드 마스터인 크로바스 경께선 말씀하셨지."

크루제이커가 뭔가 있어 보이는 말을 꺼내자 레이지는 일 어나려고 했다.

"그냥 듣기만 하면 되니까 그대로 쉬고 있기나 해."

"알겠습니다."

"어디까지 말했더라? 아, 크로바스 경 이야기였지. 그분의 말씀 중에 이런 게 있어. 오러의 첫걸음은 오러 그 자체를 깨 닫는 것. 그것을 위해선 계속 검을 휘두르면서 깨달음의 때가 오기만을 묵묵히 기다려야 한다고 하셨다."

레이지가 오러를 처음 깨달은 이후 읽었던 교본과 별다를 바 없는 이야기였다. 그는 크루제이커의 이야기에 귀를 기울 이되, 최대한 편한 자세로 지친 몸을 회복시키는 데 전념했 다.

"두 번째는 오러를 유지한 상태에서 그 오러를 어떤 목적으로 어떤 상황에서 사용할지 인지하는 것. 넌 랭크 2이니 이 말까지는 무슨 뜻인지 알겠지?"

"네."

"세 번째는 같은 오러 유저들끼리의 무수한 대련 속에서 신체의 일부분이 아닌 전체를 통해 오러를 발현하여 자신을 보호할 수 있는 단계라고 말씀하셨다. 여기에 대해서는 여러 가지 해석이 오고 가긴 하는데……."

크루제이커는 뭔가를 집어 들더니 레이지의 발목을 덥석 붙잡았다.

"나는 이렇게 해석했다. 상대방의 오러로 인한 공격을 막아내기 위해서 자신의 오러로 육체를 감싸 보호하는 능력을 깨닫게 된다는 사실이다. 쉽게 예를 들어보면, 넌 랭크 2에 도달한 이후 케인즈와 대련을 했지?"

"지금 뭐하시는 겁니까?"

"내 말에 대답이나 해. 케인즈와 대련 했어, 안 했어?"

크루제이커는 질긴 끈 같은 걸로 레이지의 왼쪽 발목에, 그리고 오른쪽 발목에 각각 다른 무언가를 단단히 감았다. 몸을 일으키기도 귀찮았던 레이지는 고개만 살짝 들어 끄덕이며 대답했다.

"그래, 그게 정석이지. 실제로 각국의 기사단에선 오러 유저끼리 대련을 시켜 랭크 3에 도달하는 방식을 채용하고 있다. 같은 오러 유저끼리의 대련을 통해서 성장시키려면 랭크가 동일할수록, 검술 실력이나 체력 등등이 거의 비슷한 수준일수록 효과가 높다. 시간이 좀 오래 걸린다는 단점이 있지만, 랭크 올리는 게 쉽다면 개나 소나 모두 오러 유저가 되겠지. 안 그래?"

평소답지 않게 크루제이커의 친절한 설명에 레이지는 뭔가 일이 이상하게 돌아가고 있음을 직감했다. 그는 다리에 동여맨 것이 뭔지 확인해 보려고 다리에 힘을 주었지만, 땅바닥에 박힌 것처럼 고정되어 움직이지 않았다. 그 와중에도 크루제이커의 설명은 계속 이어졌다.

"문제는 나나 케인즈나 너보다 훨씬 높은 단계라는 사실이다. 물론 랭크를 낮춰서 상대해 주는 것 정도야 가능해. 하지만 검술 실력이나 경험, 체력 면에서는 조절이 까다로워. 케인즈야 나보다 훨씬 섬세하고 자기 자식 가르치는 거니까 신경 쓰면서 했겠지만 난 아니거든? 잘못 대련했다가 친구 아들 골로 보내긴 싫다."

레이지는 상체만을 일으켜 다리에 뭐가 매달려 있는지 확인했다.

그리고 그대로 표정이 굳어버렸다.

"그래서 약간 다른 방식으로 접근을 했지. 자신과 비슷한 실력과 랭크의 오러 유저를 통해서가 아니라, 랭크 3에 도달하지 못하면 타격을 입힐 수 없는 상대와 필사의 대결을 반복함으로 올라서는 방식이지. 오러의 타격을 받으며 성장한다는 통설에서 벗어난 거다."

"스승님, 질문이 있습니다."

"뭔데?"

"이것들은 도대체 뭡니까?"

결코 뭔지 몰라서 물어보는 게 아니었다.

왼쪽 발목에는 철괴 뭉치가 묶여 있었다. 오른쪽 발목은 더 했다. 보는 것만으로도 온몸에 소름이 돋아버리게 만드는 크라켄 다리를 단단한 밧줄로 같이 묶어놓은 것이다.

"방금 전 친구 아들을 골로 보내기 싫다고 말씀하시지 않았습니까?"

"분명히 그렇게 말했지. 이대로 있으면 네가 골로 갈 일이 뭐가 있느냐?"

레이지는 크루제이커의 눈을 보며 등골이 오싹해지는 걸 느꼈다.

"혹시나 해서 물어보는 말입니다만, 이걸 달고 바닷속에 들어가면 가라앉지 않습니까?"

"물론이지. 아주 밑바닥까지 잘 내려갈 거다."

크루제이커는 오른손만으로 레이지의 뒷덜미를 붙잡아 들어 올렸다.

"아까 덥다고 했지?"

"제가 그랬습니까? 전 그런 말을 단 한 번도 내뱉은 적이 없습니다."

"평소에 사소한 것도 잘만 기억하던 놈이 이럴 때만 기억
상실증이냐?"

"아직도 그 여파가 남아 있어서 종종 까먹곤 합니⋯ 스승
님! 이것 보세요!"

레이지는 마구 발버둥 치며 그의 손에서 벗어나려고 했다.
하지만 레이지의 뒷덜미를 쥐고 있는 크루제이커의 손은 무
심하게도 돛단배 바깥쪽을 향해 내밀어졌다.

"오러를 사용해라. 내가 해줄 말은 이게 마지막이다."

"절 죽일 생각입니까!"

"아, 하나 더. 금방 시원해질 거다!"

풍덩!

Chapter 21
고난 속의 수련

1

'젠장!'

바닷속에 빠진 레이지는 마구 욕지거리를 마음속에서 내뱉으며 두 팔을 크게 휘저었다.

하지만 발목에 매달린 철괴의 무게 때문에 위로 올라가기는커녕 아래로 계속 가라앉기만 했다. 맑은 바닷속은 더할 나위 없이 아름다운 광경을 자랑하고 있었지만 생과 사의 갈림길에 들어선 레이지의 눈에 들어올 리 없었다.

레이지는 허리를 굽힌 뒤 왼쪽 발목을 붙들었다. 철괴를 동여매고 있는 끈을 풀어내기 위해서였다.

하지만 아무리 힘을 주어도 끈은 풀리지 않았다. 억지로 힘을 주어 뜯어내려고 해도 역부족이었다.

'그래, 오러를 쓰라고 했지?

레이지는 오른손에 오러를 부여하여 끈을 잡아당겼다. 하지만 조금 늘어나기만 할 뿐 뜯어내기에 무리였다. 계속 끈과 씨름하던 레이지는 손에 잡히는 감촉이 뭔지 알아내고 경악했다.

'이것 때문에 이걸 다듬고 있었나!

달리기를 시작한 이후부터 크루제이커가 손질하고 있었던 물건의 정체를 레이지는 비로소 알아챘다.

그가 세상에서 가장 혐오하는 생명체, 크라켄의 힘줄이었다. 랭크 3 이상의 오러가 아니면 잘리지 않을 정도로 질긴 물건이라 섬 내에선 크루제이커만이 다듬을 수 있다.

'제길! 이대로라면 익사할 게 뻔해!

레이지는 결국 마법을 사용하기로 결심했다. 머릿속으로 룬 문자를 외우자 공기를 머금은 투명한 방울이 레이지의 머리를 감쌌고, 그동안 꾹 참았던 숨을 내뱉을 수 있었다.

'휴우, 이제야 살 거 같아. 이왕 이렇게 된 거, 마법으로 끈도 마저 풀……'

레이지의 생각은 더 이상 이어지지 못했다. 오른쪽 발목을 휘감고 있는 밧줄에 의해 레이지의 몸이 빠른 속도로 올라가고 있었다.

좌아악!

해수면 위로 끌려 나온 레이지는 어리둥절한 표정으로 돛단배를 바라보았다. 못마땅한 표정의 크루제이커가 그를 내려다보며 혀를 차고 있었다.

"쯧쯧, 내가 마법 쓰지 말라고 했지?"

"알아채신 겁니까?"

"네 녀석이 오러를 쓰는지 마법을 쓰는지 정도는 깊은 물속에 있다 해도 파악할 수 있어. 한 번 더 마법 쓰기만 해봐라. 더 이상 가르쳐 줄 의향 따위 없다."

"…알겠습니다."

"알았으면 도로 들어가."

크루제이커가 잡아당기고 있던 밧줄을 놓자, 레이지는 바닷속으로 다시 가라앉기 시작했다.

2

바닷속에 두 번째로 빠진 레이지는 일그러진 표정을 지우고 두 눈을 감았다.

'침착해지자.'

크루제이커는 몇 번이나 그에게 만만치 않은 일이라고 명백히 경고했다. 그럼에도 받아들인 이상 지금에 와서 불평하는 건 의미가 없다.

'그의 말을 잘 파악해야 해. 오러를 쓰라는 말의 의미를 파고들어 보자. 오러를 구현한다고 해서 물속에서 숨을 쉴 수는 없으니, 뭔가 다른 방향으로 생각해 봐야겠어.'

며칠 동안이긴 해도 하루에 섬을 몇 바퀴나 도는 강행군을 거듭한 덕분일까, 숨을 훨씬 오래 참을 수 있었다. 레이지는 몸의 움직임을 최소화하면서 산소의 소모를 최대한 줄였다.

눈을 뜨자 레이지를 향해 다가오던 물고기 떼가 돌연 방향을 바꾸어 반대 방향으로 돌아갔다.

주변을 둘러보자 온갖 물고기들이 바닷속을 유유히 헤엄치고 있었다. 물론 계속 아래로 천천히 가라앉은 레이지 입장에선 저들처럼 물속에서 숨 쉬고 자유롭게 바닷속을 거닐 수 있는 입장이 너무나 부러웠다.

'문제는 왼쪽 발목의 철괴들이야.'

물리적인 힘으로 철괴와 발목을 함께 묶고 있는 크라켄 힘줄을 풀어내긴 무리다. 마음대로 들어 올릴 수 있다면 이야기는 달라지겠지만······.

'잠깐.'

레이지는 아무것도 쥐어지지 않은 양손을 펼쳐 얼굴에 가까이 가져갔다. 무거운 검에 오러를 부여해 휘두를 때를 떠올렸다.

'오러를 부여했을 때엔 평상시 그냥 검을 휘두르는 것과 분명히 달랐어. 마치 오러가 검을 둘러싼 껍질 같았고, 그 껍질을 내 의지대로 움직이는 기분이 들었지.'

랭크 2는 손에 쥔 무기나 물건을 자신의 몸처럼 여기고 오러를 투여하는 단계다.

'한번 시도해 보자.'

레이지는 허리를 굽혀 발목에 매달려 있는 철괴 뭉치를 양손으로 집었다. 그리고 오러를 부여했다.

'좋아!'

철괴가 빛에 휘감기면서 오러에 둘러싸였다. 레이지는 왼손을 먼저 떼어낸 뒤 오른손을 천천히 철괴로부터 거두어 들였다. 그러자 철괴에 감돌았던 오러가 사라져 버렸다.

'쳇, 역시 단번에 되기엔 무리로군.'

레이지는 돛단배와 발목을 잇고 있는 밧줄을 양손에 감아올리면서 천천히 위로 올라갔다. 물속에서 움직이는 터라 지상에서의 감각과 너무나 큰 차이를 느꼈다. 생각 외로 움직이는 게 버거웠다.

"푸핫!"

수면 위로 올라온 레이지는 거친 숨을 내뱉었다.

"그래, 정 안 되면 그 방법으로라도 올라왔어야지."

"헉, 헉! 생각보다 고됩니다."

"암, 고되야지. 그래야 성장 속도도 빨라지는 법이고. 아, 참고로 물 위에서 쉬는 시간은 1분씩이다. 그 이상 머물면 억지로 바닷속에 처박을 테다."

"하지만 좀 더 합리적이면서 이성적인 방법은 없습니까?"

레이지의 말에 크루제이커는 해수면 위에 떠 있는 레이지의 머리를 살짝 토닥거렸다.

"이성적이 아니라고?"

크루제이커는 레이지의 머리카락을 움켜쥐더니 살짝 들어 올렸다.

"애초에 네 녀석이 날 찾아온 것 자체가 비이성적이라는 거 모르겠냐? 랭크 2에 들어선 지 1년도 채 안 된 놈이 벌써부터 위 단계를 노린다는 것 역시 상식에 맞지 않아."

"⋯⋯."

"고로 이 악물고 시키는 대로 하기나 해. 참고로 네 녀석이 물속에서 기절이라도 하면 나만의 응급처치를 행할 테다."

"응급처치 말입니까?"

"예전에 물에 빠진 어부를 이 방식으로 구해주긴 했는데, 그걸 지켜본 주변 사람들이 죄다 날 변태로 보더군. 구해준 인간 역시 마찬가지였어. 처음에는 은인이라며 허리를 굽실거리며 고마워하더니만, 구해준 과정을 알고 나더니 울먹이면서 도로 바다에 빠지려고 하더군."

어떤 방식이기에 구조 받은 이가 절망에 빠질까.

레이지의 의문에 가득한 표정을 읽은 크루제이커는 자신의 입술에 손바닥을 가져간 뒤 레이지를 향해 내밀었다.

"상대방의 입을 연 뒤 내 숨을 불어넣는 방식이지."

"⋯⋯!"

"물론 직접 입을 대고 해야 효과가 있지. 무슨 의미인지 알겠냐?"

방금 전 바닷속에 잠겼을 때와 비교조차 불가능한 두려움과 공포, 그리고 절망이 레이지를 사로잡았다.

'절대, 그 어떤 일이 있어도 정신을 잃지 않으리!'

레이지는 두 주먹을 움켜쥐며 굳게 다짐했다. 이건 수련에 본격적으로 임한다는 결심 이전에 인간으로서의 소중한 무언가를 잃지 않기 위한 필사의 각오였다.

"1분 다 되었다."

"우웁!"

크루제이커는 레이지의 머리를 바닷물 속에 처박았다.

3

다시 바닷속에 잠겨 버린 레이지는 멀어져 가는 돛단배를 아래에서 올려다보고 있었다.

'어떻게 해서든 물속에서 자유롭게 움직일 수 있어야 해.'

그렇지 못해서 실수라도 쓰러져 버린다면, 눈을 뜬 직후 자신을 가까이에서 내려다보는 크루제이커의 눈과 입술을 목격해야만 한다. 절대 있어서는 안 되는 미래다.

'다시 한 번 시도해 봐야겠어.'

레이지는 몸을 둥그렇게 만 뒤에 철괴를 붙들고 오러를 부여했다. 그리고 그 상태에서 양손을 천천히 떼어냈다.

'오, 됐어!'

미약하긴 해도 오러의 빛이 철괴에 감돌았다. 게다가 철괴가 묶여 있는 왼쪽 발목 역시 오러에 휘감겨 있었다.

왼발을 살짝 위로 올리자 철괴 역시 따라왔다. 무게 자체는 여전히 느껴졌지만 전보다 훨씬 가벼웠고, 무엇보다 손에 쥔 검처럼 방향을 움직이는 게 가능해졌다.

'양손에 오러를 구현할 수 있다면 발도 예외일 수 없겠지. 게다가 랭크 3은 온몸으로 오러를 구현하는 단계라고 했으니……'

레이지는 크루제이커의 말을 떠올리며 두 팔을 휘저어 위로 올라갔다. 발목에 아무것도 달지 않은 것처럼 쉽게 헤엄칠 수 있었다.

'좋아, 이 상태를 계속 유지하면서 움직여 보자.'

레이지는 바닷속을 유유히 가로질렀다. 워낙 정신이 없어서 보지 못했던 물고기들의 형상이 또렷이 눈에 들어왔다. 처음에는 물고기들이 놀라 달아났지만, 레이지가 그저 물속을 왔다 갔다 하는 걸 보더니 그의 주변으로 달려들었다.

그렇게 물속을 헤엄치던 레이지는 수면 위로 천천히 올라갔다.

"휴우……."

"호오, 벌써 익숙해진 거냐?"

낚싯대를 앞에 두고 콧노래를 흥얼거리던 크루제이커는 레이지의 얼굴을 보고선 감탄했다.

"철괴에 오러를 부여해서 움직이니 훨씬 쉽더군요."

"무게 조절도 가능해진 거겠지?"

"네, 검을 다루듯이 하면 되더군요."

"시간이 지나면 두 발과 두 손에 오러를 동시에 구현할 수 있을 거다. 그 뒤 몸 전체를 오러로 두를 수 있게 될 테고."

크루제이커의 말에 레이지는 양손에 오러를 구현해 보았다. 하지만 그와 동시에 왼발에 생성되었던 오러가 사라지면서 수면 위로 내밀었던 머리가 도로 수면 아래로 사라졌다. 허겁지겁 다시 올라온 레이지는 아쉬워하며 배 난간에 손을 가져갔다.

'조금만 더 시도하면 될지도 모르겠어. 생각보다 어렵지 않잖아?'

처음 깊은 바닷속에 가라앉았던 공포는 사라진 지 오래다. 오히려 너무 시시하지 않나 하는 생각까지 들었다.

"레이지, 너무 쉽지?"

"생각보단 어렵지 않습니다."

"난 너의 그 솔직한 반응이 참으로 마음에 들어. 그래서 더 재미있는 수련법을 준비해 놓고 있었지."

크루제이커는 오른손 검지를 내밀더니 레이지의 등 뒤를 가리켰다.

뒤를 돌아본 레이지의 표정은 그대로 굳어버렸다.

해수면 위에 큼지막하게 자리 잡은 그림자는 결코 낯설지 않았다.

"크라켄의 다리는 말려서 물에 불리면 특유의 향기가 진해지지. 공기가 아닌 물속에서 더 넓게 퍼지기도 해."

"설마 그런 목적으로 이걸 매단 겁니까?"

"응, 그런 목적이다."

물살을 가르며 나타난 거대한 몸집의 괴생물.

다시는 만나고 싶지 않았던 공포의 대상.

레이지는 자신의 머리 위에 드리워진 그림자 속에서 두 눈을 크게 떴다. 지금 시야에 들어오는 모든 것이 꿈이기만을 바랐다.

크루제이커는 돛단배에 탄 직후부터 일부러 오러를 억제했다. 자신을 멀리서 알아보고 그 '생물'이 다가오지 않는 걸 방지하기 위해서.

"그 녀석과 함께 바다 한복판에서 신나게 싸워봐라.

"스승님!"

"검은 줄 테니까 너무 걱정하지 말라고."

크루제이커는 검을 꺼내 레이지의 손에 쥐어주고선 낚싯대를 붙잡았다.

"으아아아!"

외마디 외침과 동시에 괴생물 '크라켄'의 다리들이 레이지를 향해 빠른 속도로 다가왔다.

4

수면 아래로 몸을 숨긴 레이지는 검을 양손으로 움켜쥐었다.

'이렇게 된 이상 어떻게든 버텨내야 해!'

레이지는 아랫입술을 강하게 깨물면서 크라켄을 노려보았다. 거대한 머리 부분은 수면 위에 올라와 있었지만, 여덟 개의 다리는 죄다 수면 아래에서 꿈틀거리고 있었다.

그중 하나가 레이지를 향해 빠른 속도로 뻗어왔다. 방향을 알아보고 레이지는 몸을 옆으로 틀어 막으려고 했지만, 예상보다 빠른 속도에 그대로 옆구리를 얻어맞고 말았다.

'크윽!'

고통을 이기지 못하고 입을 열자 짜디짠 바닷물을 한 사발 들이켜 버렸다. 레이지는 철괴에 오러를 불어넣고 급하게 수면 위로 올라왔다.

"푸하핫!"

레이지는 입 안의 바닷물을 뱉으면서 숨을 크게 들이쉬었다.

"벌써 나오냐?"

"스승님! 이건 무리입니다!"

레이지의 강력한 항의에도 불구하고 크루제이커는 낚싯대를 쥐고서 수면 위에 떠 있는 찌를 바라보기만 했다.

"이대로라면 스승님도 위험합니다!"

"아니. 나는 물론 이 배도 못 건드릴걸."

크루제이커는 돛단배 바닥을 탁탁 두들겼다. 놀랍게도 배 전체가 오러에 둘러싸여 은은한 백색으로 빛나고 있었다.

"결국 크라켄은 만만한 너만 노릴 거다."

그의 말대로 크라켄의 커다란 눈은 정확히 레이지만 노려보고 있었다. 그리고 다섯 개의 다리가 동시에 레이지를 향해 길게 뻗었다.

"젠장!"

레이지는 욕설을 내뱉으며 수면 아래로 몸을 숨겼다.

'이젠 모르겠어. 될 대로 되라지!'

그는 자포자기 심정으로 오러를 검에 다시 부여하더니 자신을 향해 날아오는 크라켄의 다리를 노리고 휘둘렀다.

'크윽!'

하지만 랭크 2의 오러로는 상처도 입힐 수 없었다.

뒤로 멀리 밀려난 레이지는 놓쳐 버린 검을 찾아 손을 뻗었지만, 그보다 먼저 크라켄의 다리가 레이지의 얼굴을 가격하더니 두 다리를 휘감았다.

'으아악!'

강력한 압박에 레이지의 얼굴이 잔뜩 일그러졌다.

레이지는 고통 속에서 조금씩 의식이 흐려지기 시작했다. 크게 벌린 입에서 거품이 한가득 나와 위로 올라갔다.

반면 배 위에서 여유롭게 낚시를 즐기던 크루제이커는 혀를 차더니 밧줄을 움켜쥐었다.

"뭐, 오늘은 첫날이고 하니 여기까지만 할까?"

크루제이커가 밧줄을 머리 위로 들어 올리고 강하게 잡아당기자, 물보라가 일어나더니 물속에서 빠져나온 레이지가 허공에 떠올랐다. 그리고 돛단배 한가운데에 툭 떨어졌다.

"하아앗!"

크루제이커가 그동안 억눌렀던 오러를 주변으로 뿜어내자, 크라켄의 다리가 허공에서 멈추었다. 이제야 배에 타고 있는 인간이 누구인지 알아챈 크라켄은 천천히 다리를 거두더니 슬금슬금 뒤로 물러서기 시작했다.

"어이, 레이지."

크루제이커는 레이지의 뺨을 때렸지만 미동도 하지 않고 드러누워 있기만 했다.

"별수 없지."

크루제이커는 입을 크게 벌리며 턱을 좌우로 움직였다. 그리고 손으로 레이지의 입을 붙잡아 크게 벌렸다. 순간 레이지의 두 눈이 번쩍 떠졌다.

"오, 괜찮냐?"

"지, 지금 무슨 일이 이, 있었습니까?"

상체를 일으킨 레이지는 가슴을 쓸어내리면서 거칠게 숨을 내쉬었다.

"무슨 일이 있긴. 네 녀석이 결국 변변찮으니까 내가 직접 쫓아내야 했잖아. 에잉!"

레이지가 두 눈을 뜬 바로 그때, 시야를 한 가득 메웠던 두툼한 입술을 떠올렸다. 그리고 고개를 마구 저으며 시야에서 날려 버리기 위해 노력했다. 크라켄 때문에 겪었던 공포 따위는 단숨에 날려 버릴 정도의 충격이었다.

"앞으로 하루에 한 번 크라켄을 상대한다. 그리고 섬으로 돌아간 뒤엔 보충 수련이 남아 있으니 명심하도록."

"그 보충 수련도 이런 식입니까?"

"물속에서 시키지 않으니 걱정하지 않아도 돼. 단, 어떤 의미에선 이것보다 더 심할지도 몰라."

"……."

5

엘번 섬으로 돌아온 크루제이커와 레이지는 오두막에 들르지 않고 섬 가운데에 위치한 숲으로 들어갔다. 심신이 모두 지친 레이지였지만, 그런 그를 크루제이커는 어깨에 짊어지고 억지로 데리고 왔다.

"다 왔다."

크루제이커는 레이지를 땅바닥에 툭 내려놓았다.

"스승에게 업혀 오는 제자는 네놈이 처음이다. 세상 참 좋아졌어."

"그러게… 말입니다."

"입만은 전혀 지치지 않았나 보군. 그래, 그 자세가 맘에 든다. 굴릴 보람이 충분해."

크루제이커는 주먹을 매만지며 몸을 풀더니 옆에 있는 나무에 두 손을 댔다.

"아까 내가 기존의 수련법과 다른 방식으로 가르친다고 했지?"

"네."

"크라켄과 바다 안에서 상대하는 것이 바로 그거야. 하지만 난 기존 방식 자체를 완전히 무시할 생각은 없어. 고리타분하긴 해도, 대대로 전해져 온다는 의미는 그만큼의 타당성과 합리성을 지니기 때문이거든."

크루제이커는 단 한 명의 스승 없이 홀로 시행착오를 거쳐가며 랭크 6에 올랐다. 그런 그가 택해보지 않은 수련 방법은 거의 없다고 해도 과언이 아니다.

"이번 수련은 타인의 오러로 충격을 계속 받으면서 온몸으로 오러를 감싼다는 본능을 깨우치는 전통 방식이다. 물론 내 방식대로 고치고 다듬었다."

"어떤 방식입니까?"

레이지의 질문에 크루제이커는 붙잡고 있던 나무를 정면으로 바라보았다.

"바로 이런 거지. 흐아아앗!"

지축을 흔들 정도의 굉음이 크루제이커의 입에서 뿜어져 나왔다. 우두둑 하는 소리와 함께 그가 두 팔로 둘러싼 나무의 뿌리가 뽑혀 나가기 시작했다.

"이대로 쓰기엔 너무 길겠지?"

그는 방금 막 뽑아낸 나무의 뿌리 부분을 오른손으로 붙들더니 뜯어내 버렸다. 그러고도 너무 길었는지 나무 중단 부분을 양손으로 움켜쥐고선 무릎으로 찍어 반 토막을 내버렸다.

"……"

레이지는 입을 크게 벌린 채 말문을 잃었다.

"오러에 의한 타격을 막아내는 과정 속에서 랭크 3으로 가는 지름길이 있다면, 순수하게 타격만을 맞으며 키워내는 것도 하나의 방법이다. 내 말이 틀리냐?"

간단히 말해 레이지를 작정하고 후려 패겠다는 이야기였다.

"스승님, 그냥 아까 하다가 도중에 관둔 크라켄과의 사투를 계속하고 싶은데 괜찮겠습니까?"

"사람은 각자 다른 법이다. 고로 각자에게 맞는 최적의 방법이 존재하게 마련이지. 하지만 그렇다고 수십여 가지의 방법을 돌아가면서 시도해 봤자 실험밖에 되지 못해. 또한 우직하게 하나의 방법만 고집하는 것도 문제지. 그렇다면 가장 확실하다고 여겨지는 방법 중에 두세 개 정도만 골라서 하는 게 최적이다."

"그 수십여 가지 중에서 고른 게 하필이면 왜 이런 것들밖에 없습니까?"

"말이 많다. 그나마 인간이 버틸 수 있는 걸로 골라낸 것들이다. 자, 날 믿어라! 날 따르면 넌 분명히 강해질 수 있다!"

크루제이커를 바라보는 레이지의 두 눈은 가늘어진 지 오래였다. 이대로 그를 따라갔다간 강해지기 전에 죽을 가능성이 더 높았다.

'그렇다고 쳐도 크루제이커가 말한 대로 이성적인 방식으로는 상식적인 수준의 성장만 기대해야겠지.'

레이지는 문득 소개장을 써주던 아버지 케인즈의 얼굴이 떠올랐다. 이런 일이 일어날 것을 먼저 예측했던 것일지도 모른다.

'하지만 난 아버지의 말을 듣지 않았지. 결국 내가 뿌린 씨야. 내가 거두어야 해.'

레이지는 윗사람이 하는 말에는 반드시 귀 기울일 가치가 있다는 걸 깨닫고선 검을 오른손에 움켜쥐었다.

"이제야 할 마음이 생긴 거냐?"

"물론입니다. 제가 공격해도 되겠습니까?"

"공격? 하하하! 그래, 할 수 있다면 해도 된다."

크루제이커는 호탕하게 웃음을 터뜨리면서 나무를 왼쪽 어깨에 걸치고선 목을 한 바퀴 돌렸다.

"자, 이제부터 이걸로 공격할 테니 잘 막아봐라."

지면을 타고 주변으로 퍼져 나간 강렬한 바람에 레이지의 머리가 마구 뒤엉켰다. 그는 방금 전 했던 말을 후회했다.

"…피하는 것도 무리라고 생각됩니다만."

"말이 많다. 나 같은 놈에게 가르침을 청했으면 이 정도는 각오했어야 하잖아? 아니면 다시 바다로 가서 해가 질 때까지 크라켄과 놀아볼까?"

"원하던 바입……."

크루제이커는 3미터를 훌쩍 넘는 길이의 나무를 머리 위로 들어 올리더니 빙빙 돌렸다. 나뭇가지에 주렁주렁 열려 있던 열매들이 저 멀리 날아가 버렸다.

그걸 본 레이지의 입은 저절로 꾹 다물어졌다.

"지금 너의 취향에 맞춰줄 마음은 없다. 이거부터 버텨낸 뒤에 그놈에게 데려가 주마."

"다시 생각해 봤는데 말입니다, 그냥 둘 다 피하고 싶습니다."

"앞으로 네놈의 입에 재갈을 물리고 수련시켜야겠다. 참, 오러 랭크는 세 단계 낮추어서 3이다. 보기와 달리 버틸 만할 거다."

하지만 말이 3이지 거대한 통나무에서 뿜어져 나오는 위압

감은 거의 그랜드 마스터 급에 육박했다.

"하아앗!"

크루제이커의 고함 소리와 함께 레이지의 머리 위에 거대한 그림자가 자리 잡았다.

쿠웅!

위에서 아래로 크게 내려쳐진 큼직한 통나무가 땅 속에 반이나 파묻혔다. 주변에 뿌옇게 피어오른 먼지 때문에 레이지는 입을 손으로 가렸다.

'이거에 맞으면 진짜 한 방에 가겠어.'

레이지로 살아간 지 이제 겨우 1년 남짓.

그는 전신에서 느껴지는 죽음의 공포에 식은땀을 흘렸다. 수련 이전에 생과 사의 갈림길을 여러 차례 겪은 하루는 전쟁터를 누비던 시절 이후 참으로 오래간만이었다.

"뭘 그리 멍하니 서 있는 거냐!"

크루제이커는 파묻힌 통나무를 잽싸게 들어 올리더니 가로 방향으로 크게 휘둘렀다. 레이지는 자신도 모르게 마나의 장벽을 구현하려고 했지만, 통나무가 일으킨 바람에 밀려 뒤로 날려가 버렸다.

"크윽."

수풀 안으로 날려간 레이지는 등에 고통을 느끼면서 이를 악물었다. 나무에 부딪친 까닭에 입술 사이로 피가 흘러내렸다.

크루제이커는 통나무를 한 손으로 움켜쥐더니 땅바닥을 향해 강하게 내리찍었다. 지면이 강하게 흔들리면서 수십여 마리의 새들이 날갯짓을 하며 하늘을 향해 급하게 날아올랐다.

"계속 말했지만, 머리로 생각하지 마. 몸으로 느껴라."

"고통을 말입니까?"

"좀 다르지만, 더 설명하면 네 머리만 계속 복잡해질 거다. 고로 맞자."

퍼억!

레이지는 휘둘러진 통나무에 맞아 수풀 속으로 날려가 버렸다.

"으으윽⋯⋯."

다행히 맞기 직전에 검으로 막아냈지만 쥐고 있던 검은 검 자루만 남았다. 오러에 휘감겨 있음에도 검신이 산산조각 나 바닥에 흩뿌려졌다.

"벌써부터 포기냐?"

크루제이커는 통나무로 어깨를 툭툭 내려치며 안쓰러운 얼굴로 레이지를 응시했다.

"정 네가 원한다면 오늘 수련은 여기까지다. 그래도 괜찮겠냐?"

"아닙니다."

레이지는 떨어져 있던 나뭇가지를 주워 들더니 검처럼 쥐고 오러를 불어넣었다.

"좋아, 근성 하나만은 확실하군. 바닷속에 던진 보람이 있어."

크루제이커는 씨익 미소를 지으며 머리 위로 통나무를 들어 올리고 빙빙 돌렸다.

"내 오러가 담긴 공격을 확실히 몸에 새겨둬라!"

퍽!

6

그날 저녁.

레이지는 어두운 표정으로 식탁 정가운데에 놓여 있는 크라켄 다리 구이를 노려보았다.

"레이지, 그렇게도 이 요리가 싫어요?"

원래 크라켄이라면 질색하는 그였지만 오늘따라 그 정도가 유독 심했다.

"정말 미안해요. 다른 식재료가 거의 다 떨어져서 남은 게 이거밖에 없었어요."

"......"

"며칠 있으면 배가 들어오니까 그때까지만 참아줘요. 네?"

마리에타의 거듭된 사과와 설득에도 레이지의 태도에는 변함이 없었다. 결국 차려진 음식에 입 하나 대지 않고 자리에서 일어나더니 자신의 방으로 터벅터벅 걸어갔다.

신나게 크라켄 다리 구이를 먹어치우던 크루제이커는 마리에타의 풀이 죽은 표정을 보고 어깨를 다독여 주었다.

"나름 색다른 맛을 내도록 소스도 새로 만들어보고 조리법도 바꾸어봤는데 조금도 입에 대지 않았어요. 크라켄 다리를 내놓았다고 절 싫어하는 건 아니겠지요?"

"아가씨, 오늘 하루만이라도 이해해 주길 바라. 저 녀석 지금 크라켄이라면 치가 떨릴 거야."

"네?"

레이지는 결국 크루제이커의 구타에 가까운 일대일 수련 대신 다시 크라켄을 상대하는 쪽을 택했다. 하지만 크라켄의 다리에 휘감겨 물속에서 마구 끌려 다니는 수모를 또다시 겪어야 했다. 그리고 크라켄은 다시 만나기 싫다면서 크루제이커와의 일대일 대련으로 다시 돌아왔고…….

이런 식으로 하루에 세 번씩이나 크라켄과 만나야 했기에 보는 것만으로도 치가 떨리는 게 당연하다. 추가로 크루제이커와 마주 보고 앉아 있는 것 자체도 마찬가지였다.

"그리고 그 녀석이 크라켄 요리를 내놓았다고 아가씨를 싫어할 리 없어. 만에 하나지만 진짜 그렇게 말한다면 나에게 말하라고. 반드시 놈에게 응급처치를 할 상황으로 이끌고 갈 테니까."

"절 걱정해 주시는 건 정말 고마워요. 하지만 마지막 말은 무슨 의미인지 잘 모르겠네요."

"나중에 그 녀석과 단둘이 있을 때 한번 물어봐. 반응이 아주 기가 막힐 거야. 껄껄껄!"

마리에타는 고개를 갸웃거리며 영문을 알 수 없다는 표정이었다. 크루제이커는 그저 크게 웃음을 터뜨릴 뿐이다.

반면, 문을 굳게 닫고 침대 위에 드러누운 레이지는 한숨을 길게 내쉬었다.

'오러의 길이 이렇게 험난했던가.'

스스로 원해서 빨리 강해지는 길을 택했다 하여도 이건 예상 범위를 훨씬 넘어서는 고난과 공포의 연속이었다.

'크루제이커의 제자들이 왜 한결같이 야반도주했는지 그 심정을 조금은 이해할 거 같아. 솔직히 인간이 버텨낼 수준이 아니야.'

그는 상체를 일으켜 세운 뒤 발목을 어루만졌다. 아직도 크라켄의 그 미끈미끈한 다리가 발목을 휘감고 있는 느낌이 들었다. 숨이 막혀 바둥거릴 때 느낀 죽음의 공포 역시 생생하게 남아 있었다. 거기에 크루제이커의 무자비한 구타 역시 간담을 서늘케 했다.

신기하게도 크루제이커의 오러에 실컷 두들겨 맞았음에도 눈에 보이는 상처는 거의 없었다. 단지 몸 이곳저곳이 쑤시고 결려서 제대로 움직이는 것조차 힘겨웠다. 근성 테스트라는 명목하에 섬을 달린 것 정도는 애교에 불과했다.

'진짜 이런 방식으로 오러가 강해지는 걸까?'

레이지는 오른손에 마나를 집중시켜 오러를 구현했다. 웃기게도 몸은 비명을 지르고 있는데 오러로 인한 빛은 평소보다 더욱 선명했다. 뒤이어 왼손에도 오러를 구현한 레이지는 양발에 마나를 집중시킨 뒤 순환시키면서 오러 구현을 시도했다.

"어……."

양손과 양발이 빛에 휩싸이면서 오러가 구현되었다.

단지 그것만이 아니었다. 미약하긴 하지만 몸 전체에 오러로 인한 빛이 깜박거리듯 나타났다가 사라졌다.

"뭔가 달라."

레이지는 다시 한 번 양손과 발에 오러를 구현하고 계속 그 상태를 유지했다. 그러자 머리끝에서 발끝까지 무언가 강렬한 기운이 빠르게 순환되면서 하나로 이어지는 느낌을 받았다. 예전 오러 그 자체를 깨달았을 때 받았던 느낌보다 훨씬 강했다.

지친 상태임에도 레이지는 계속 오러를 유지하면서 온몸에 빛이 발생하기를 기다렸다. 하지만 서너 차례 번쩍이는 빛이 발생했다가 사라질 뿐 몸 전체가 계속 빛나지는 않았다. 어느새 그의 이마에는 땀이 비 오듯 흘러내리더니 침대 위로 뚝뚝 떨어졌다.

"헉, 헉!"

레이지는 거칠게 숨을 내뱉으며 침대 위로 벌렁 드러누웠다. 오두막으로 돌아온 이래 어둡기만 했던 얼굴에 어느새 옅은 미소가 자리 잡았다.

"이것이 물고문과 구타의 성과인가?"

왠지 모르게 우스웠다.

매직 유저로 30년 가까이 살아온 그에게 있어서 성장이란 반드시 합리적이며 이성적인 판단, 그리고 효율적인 노력하에 이루어지는 거라 믿어왔다.

하지만 그 누가 봐도 얼토당토않은 수련법에 몸을 맡겼음에도 단 하루 만에 뭔가 막혔던 물꼬가 트이는 느낌을 받았다.

'앞으로 있을 수련을 어떻게든 버티고 견뎌내기만 한다면 눈에 확실히 띄는 성장을 이룰 수 있을 거야. 크루제이커, 특이한 대머리라고 생각했는데 의외로 대단하잖아?'

조금이나마 도망치려고 생각했던 자기 자신이 한심하게 느껴졌다.

'아버지에게 섭섭한 말일지 모르지만, 역시 혼자서 오러를 터득하고 키워온 인간이라 나름대로 확실한 수련법을 가지고 있었어. 진작에 이곳으로 올 걸 그랬어.'

레이지는 오른손 주먹을 꽉 움켜쥐고는 얼굴 위로 가져갔다. 몸만 허락한다면 지금이라도 다시 크라켄과 만나더라도, 크루제이커에게 구타를 당하더라도 수련을 계속하고 싶었다.

하지만 이미 지칠 대로 지친 그의 몸은 휴식을 요구했다. 제멋대로 감기는 두 눈 때문에 시야가 어두워진 레이지의 오른손이 침대 아래로 축 늘어졌다. 그리고 깊은 잠에 빠져들었다.

7

다음날 아침.

하품을 하며 기지개를 켠 크루제이커는 조심스럽게 레이지와 마리에타가 머물고 있는 오두막 쪽으로 접근했다.

'역시 도망갔겠지?'

정상적인 인간이라면 어제 겪은 일을 다시는 경험하고 싶지 않는 법. 크루제이커는 오두막 벽에 달라붙어 조심스럽게 창문을 통해 안을 들여다보았다.

아직 마리에타도 일어나기엔 이른 새벽이라 거실에는 아무도 없었다. 아니면 그녀와 같이 도망갔을 수도 있다.

"뭐하시는 겁니까?"

"으악!"

크루제이커는 깜짝 놀라 제자리에서 펄쩍 뛰어올랐다.

"이, 이 녀석! 기척없이 이게 뭔 짓이냐!"

"아니, 그냥 말만 건넨 것뿐인데 왜 이리 놀라십니까? 전혀 스승님답지 않습니다."

"그야 없어야 하는 놈이 갑자기 등 뒤에 나타나니 그 누구 인들 안 놀라겠냐!"

크루제이커는 놀란 가슴을 쓸어내리면서 손바닥으로 이마 의 식은땀을 훔쳤다.

"그런데 너, 도망 안 갔냐?"

"도망? 제가 왜 도망갑니까?"

"그야 이제까지 나를 거쳐간 놈들은 다들……."

크루제이커는 하던 말을 멈추고 눈을 동그랗게 떴다.

레이지의 두 손과 양발에 동시에 오러가 구현되어 빛나고 있었기 때문이다.

"단 하루 만에 이 정도 성과를 이루었는데 왜 도망갑니 까?"

"너, 어느새?"

"지금 당장 크라켄을 만나러 떠나죠? 한시가 아깝습니다."

갑자기 의욕적으로 변한 레이지에 크루제이커는 도저히 적응되지 않았다. 급기야 그는 레이지의 이마에 손을 가져다 댔다.

"흐음, 열은 없는데 이상하네. 혹시 어제 일 기억은 하냐? 기억상실증이 또다시 도진 건 아니겠지?"

"제 입술과 거의 닿을 뻔했던 스승님의 그 두툼한 입술은 아직까지도 뇌리에 박혀 있습니다. 잊으려고 해도 잊을 수가 없군요."

"흐음, 네놈의 말투가 심히 껄끄럽지만 기억상실증은 분명히 아니구나."

크루제이커는 수련을 종용하는 레이지를 바라보며 흐뭇한 미소를 지었다. 솔직히 남아 있을 기대보다 떠날 거라는 실망을 미리 하고 있었던 터라 아무렇지 않게 남아 있는 제자가 내심 맘에 들었다.

"그래, 그렇게 바닷물 맛이 그립다면 원하는 대로 해주지!"

Chapter 22
새로운 힘의 발견

1

베르시아 신성력 1393년 5월 7일.

레이지가 빠른 속도로 바닷속을 헤엄쳐 갔다.

왼쪽 발목이 아닌 오른쪽 발목에도 철괴를 달았지만 예전보다 훨씬 능숙한 움직임을 보여주었다.

그는 오른손에 쥔 작살을 지나가던 우럭을 향해 던졌다. 작살에 몸 한가운데를 꿰뚫린 우럭 주위로 피가 스멀스멀 피어올랐다. 레이지는 허리에 차고 있던 바구니에 우럭을 집어넣고 두 팔을 휘저으며 수면을 향해 솟아올랐다. 두 발을 휘감고 있는 오러가 잔상을 남기며 위로 죽 이어졌다.

"휴우!"

수면 위로 고개를 내민 레이지는 돛단배 쪽으로 헤엄쳤다. 그리고 바구니를 배 위에 툭 내던졌다.

"많이 잡았냐?"

크루제이커는 낚싯대를 내려놓고 바구니 안을 뒤졌다.

"호오, 제법 많이 잡았는걸."

"우럭 다섯 마리와 전복 세 마리입니다."

"오늘 저녁은 꽤 풍성하겠구나."

크루제이커는 저녁 식탁에 올라올 메뉴를 떠올리며 군침을 삼켰다.

"그나저나, 이제 완벽하게 물에 적응했구나."

그의 칭찬에 레이지는 고개를 가로저었다. 오러를 이용해 철괴의 무게를 자유자재로 조정하면서 헤엄치는 수준은 예전에 넘어섰다. 일주일 전부터 크루제이커가 추가로 내준, 작살로 물고기를 잡아오라는 주문도 척척 해낼 정도였다. 거듭된 잠수 덕분인지 물속에 머무르는 시간도 예전보다 배가 되었다.

"아직 그 녀석에게 상처 하나 입히지도 못했고, 무엇보다 랭크 3에 도달하지 못했으니 아무런 의미가 없습니다."

"그래, 그런 자세다. 위를 향하는 인간은 만족할 줄 몰라야 하지."

크루제이커는 바구니 안의 우럭을 하나하나씩 살펴보며

큰 바구니로 옮겨 담았다. 그러던 중 마지막 한 마리를 오른
손에 붙들고서 묘한 표정을 지었다.

"어이, 내 제자여."

"무슨 일입니까?"

"이 물고기에 왠지 모르겠지만, 낚싯바늘에 꿰였던 자국이
남아 있는데 내 눈이 잘못된 거냐?"

"글쎄요?"

레이지는 아무 일도 없었다는 듯 시치미를 뗐지만, 그를 바
라보는 크루제이커의 눈빛이 날카롭게 변했다.

"아까 신나게 입질하던 놈을 결국 놓쳤거든? 그런데 찌의
움직임이 너무나 요상했어. 마치 물속에 잠수해 있는 누군가
가 낚싯바늘에 걸린 물고기를 억지로 빼낸 듯한 움직임 같았
거든? 그것도 내 눈이 잘못된 거냐?"

"글쎄요……."

레이지는 계속 '글쎄요'만 반복하면서 대답을 회피했다.
그리고 여유롭게 배영으로 돛단배 주위를 맴돌았다. 크루제
이커의 두 눈은 가늘게 변한 지 오래였다.

"바닷물 맛이 그립지 않냐?"

"우우웁!"

크루제이커는 팔을 뻗어 레이지의 머리를 붙잡더니 그대
로 바닷속으로 푹 집어넣었다.

크라켄과 크루제이커를 상대하는 기묘한 수련이 계속된 지 어언 한 달이라는 시간이 흘러갔다.

첫날 느낀 오러의 변화에 고무된 레이지는 단 하루도 쉬지 않고 고된 수련을 수행했다. 물론 고난과 위험은 반복되었다.

크라켄의 다리에 휘감겨 익사할 뻔했던 위기를 스무 번 넘게 겪었고, 갑자기 나타난 상어에 기를 쓰고 도망가기도 했다. 다리에 쥐가 나서 바다 아래로 가라앉은 적도 부지기수다.

크루제이커와의 대련은 한 술 더 떴다. 어떤 날은 두 다리로 걷기 힘들 정도로 호되게 얻어맞기도 했고, 실수로 크루제이커가 레이지의 얼굴을 가격하는 바람에 입 안이 터져 며칠 동안 죽만 먹어야 하기도 했다.

그럼에도 레이지는 포기하지 않았고, 더욱 끈질기게 수련에 매달렸다. 그 결과 철괴를 한 아름 매달고도 바닷속을 유유히 헤엄칠 수준에 이르렀고, 크루제이커의 공격 패턴을 죄다 외운 결과 오러에 밀려 튕겨날지언정 직격타는 거의 맞지 않게 되었다.

"오늘은 안 나타나는군요."

수면 위로 얼굴만 내민 레이지는 수평선 너머로 저물어가는 해를 바라보며 말했다.

"젠장, 또 허탕이야."

크루제이커는 낚싯대를 거두어들인 뒤 미끼만 빼 먹힌 낚싯바늘을 바라보며 짜증을 부렸다.

"아까 그놈만 낚았으면 완전 꽝은 아닌데, 젠장."

레이지는 헤엄쳐서 일부러 돛단배로부터 멀찌감치 거리를 두었다. 방심했다간 저 큼지막한 손아귀에 짓눌러 짜디짠 바닷물을 맛봐야 했기에.

"그러면 가자. 쩝, 아쉽구먼."

아쉽기는 레이지 역시 마찬가지였다. 깊은 물속에서 움직이는 것만으로도 상당한 운동량을 필요로 하기 때문에 수련으로 적절했지만, 크라켄이 나타나야 곤두서는 긴장 속에서 성장할 수 있었다.

레이지는 천천히 돛단배 쪽으로 헤엄쳐 온 뒤 배 위로 올라탔다. 그리고 노를 붙잡았다.

"아, 잠깐!"

크루제이커는 레이지를 저지하더니 북쪽을 가리켰다.

"오긴 왔군."

커다란 그림자가 천천히 돛단배를 향해 접근하고 있었다. 레이지는 검을 움켜쥐고 바닷속으로 풍덩 뛰어들었다.

"마침 크라켄 다리도 다 떨어졌으니 오늘 한 건 좀 해봐라. 놈을 상대한 지 벌써 한 달이 넘지 않았냐?"

"자신없지만 시도해 보겠습니다."

"아, 그렇다고 무리하지는 마라. 정 안 되면 내가 직접 베어넬 테니까."

레이지는 고개를 끄덕여 대답한 뒤 바닷속으로 잠수했다.

3

레이지는 오른손에 쥔 검에 오러를 불어넣었다.

강렬한 빛이 어두워진 바닷속을 환하게 비추었고, 크라켄의 거대한 하체가 멀리서 모습을 드러냈다.

'오늘만큼은 그냥 돌아가지 않겠다.'

레이지는 두 발에 오러를 구현한 뒤 두 팔을 허리에 붙이고서 크라켄을 향해 빠르게 헤엄쳤다. 그를 알아본 크라켄의 다리가 물속에서 꾸물꾸물 움직이더니 직선 형태로 쭉 뻗으면서 레이지를 공격했다.

이미 수없이 크라켄의 다리 공격을 받았던 터라 레이지는 살짝 옆으로 몸을 회전시키면서 피했다. 뒤이어 세 개의 다리가 연달아서 그를 쳐내기 위해 뻗었지만, 지그재그로 방향을 바꾸는 레이지를 붙잡기엔 역부족이었다.

'하도 봐서 움직임은 대충 파악할 수 있어. 문제는……'

지금의 오러로는 상처 하나 입히는 게 힘들다는 점이다.

레이지는 양손으로 검을 움켜쥐고 크라켄의 다리를 향해 휘둘렀다. 그러나 평소와 마찬가지로 '팅' 하는 소리와 함께 뒤로 밀려나 버렸다. 그는 물속에서 공중제비를 돌 듯 몸을 회전시킨 뒤 다시 한 번 다리를 노리고 몸을 뻗었다.

'앗차!'

그는 휘두르려던 검을 급하게 거두면서 오른쪽 방향으로 몸을 회전시켰다. 그러자 정면과 뒤에서 그를 노리던 크라켄의 다리가 서로 충돌하면서 뒤엉켰다.

'역시 물속에서 움직이는 건 너무 까다로워.'

익숙해지긴 했어도 움직이는 도중 갑자기 멈춰 서는 건 불가능했다. 그에 반해 수중 생물인 크라켄의 움직임은 수면 아래에서 더욱 날카롭고 재빨랐다.

'어제는 결국 30분 버티는 게 한계였어. 역시 배 위에 올라와서 싸워야 하나?'

그러나 크루제이커는 '배로 올라오기만 해봐라. 내가 직접 물속에 도로 처박아줄 테다' 라며 으름장을 놓은 터였다. 수련을 위해서라도 움직이기 까다로운 바닷속에서 상대해야 의미가 있다는 말을 덧붙였지만, 실제로 두 발에 오러를 계속 유지하지 않으면 가라앉기 때문에 물속에 머무르는 것만으로도 충분히 단련이 되었다.

레이지는 검을 고쳐 잡으며 주변을 둘러보았다. 어느새 여섯 개의 다리가 레이지의 앞과 뒤, 왼쪽과 오른쪽, 그리고 머리 위와 발아래에서 위치를 잡더니 천천히 포위망을 좁혔다. 레이지는 정면을 응시하면서 눈동자를 좌우로 굴렸다.

그리고는 다리가 동시에 자신을 노리는 순간을 포착해 위

로 빠르게 상승했다. 아슬아슬하게 옆을 스쳐 지나가는 크라
켄의 크고 굵직한 다리를 바라보면서 레이지는 수면 위로 고
개를 내밀었다. 그리고 참았던 숨을 크게 내쉰 뒤 들이마셨
다.

"앗!"

그와 동시에 레이지의 몸이 공중으로 떠올랐다. 나머지 두
개의 다리를 수면 위로 빼냈던 크라켄이 레이지가 떠오르는
순간을 노려 두 다리로 칭칭 동여맸기 때문이다.

"쯧쯧쯧, 내 그럴 줄 알았다."

크루제이커는 혀를 차면서 낚싯대의 미끼를 새 걸로 바꿔
끼웠다. 그는 절대 레이지가 지쳐 쓰러지거나 물을 마구 마시
고 기절하기 전까진 도와주지 않았다.

"으아아!"

첨벙!

크라켄의 다리에 휘감긴 레이지가 물속으로 처박혔다. 그
리고 다시 수면 위로 떠오르더니 다시 바닷속으로 빠지기를
반복했다. 레이지의 시야를 한 가득 메우는 것은 물보라뿐이
었다.

그동안 레이지를 끝내 잡지 못하고 허탕만 쳐야 했던 크라
켄은 그의 체력을 완전히 소모시킬 작정이었다. 레이지는 얼
얼해진 머리와 연달아 바닷물이 비집고 들어오는 코와 입 때
문에 정신이 없었다.

'젠장, 방심했어!'

그는 오른손에 쥔 검으로 자신의 허리를 감싼 다리를 연달아 찍었지만 아무런 소용이 없었다. 그러자 크라켄이 레이지를 높이 들어 올린 뒤 바다를 향해 수직으로 처박았다. 동시에 크라켄도 물속으로 잠수했다.

"우우웁!"

아까와는 달리 레이지를 물속에 가두고 다시 끄집어내지 않았다. 오히려 계속 그를 잡아끌고서 아래쪽으로 계속 내려갔다. 레이지는 발버둥을 치며 벗어나려고 했지만, 크라켄의 두터운 다리는 풀릴 기미조차 보이지 않았다.

'으윽, 정신이 하나도 없어. 이대로 크라켄의 밥이 되어버리나……'

시야가 희미하게 변하면서 의식이 흐려지기 시작했다. 레이지의 두 손에 힘이 빠지면서 아래로 천천히 내려갔다.

물론 진짜 죽을 리는 없다. 기절한다 해도 크루제이커가 알아서 끄집어 내줄 테니까. 최근 며칠 동안은 운이 좋았는지 크라켄의 공격을 요리조리 잘 피했지만, 그 운도 어느덧 다한 것 같았다.

'하지만 예전에 겪었던 패배의 반복일 뿐이야. 내 힘으로 어떻게든 탈출해야 해!'

레이지는 축 처졌던 팔에 힘을 주었다. 두 주먹을 움켜쥐면서 오러를 구현했다. 크라켄의 다리가 더 강하게 그의 몸을 조였지만, 레이지는 굴하지 않고 오러를 더욱 강하게 구현했다.

'……!'

순간, 몸 전체를 관통하는 충격이 느껴지면서 손에 머물렀던 오러가 팔을 타고 위로 올라가기 시작했다. 그리고 양 어깨를 뒤덮더니 이내 허리를 타고 다리를 지나 발까지 휘감았다.

'이, 이 느낌은 뭐지? 설마 그것인가?'

레이지의 몸 전체가 오러에 휘감겨 빛을 발하고 있었다. 그리고 크라켄의 다리가 천천히 풀리기 시작했다.

'하아앗!'

레이지는 자신의 몸을 감고 있던 크라켄의 다리를 기어이 풀어내고야 말았다. 그리고 수면 위로 빠르게 헤엄쳐 올라갔다.

"헉, 헉!"

고개만 내밀고서 물 위로 뜬 레이지는 거칠게 숨을 내쉬었다. 그런 그의 머리를 크루제이커의 큼지막한 손이 마구 헝클어뜨렸다.

"이제야 깨달았구나! 둔한 녀석."

4

크루제이커는 레이지를 한 손으로 집어 들고선 등 뒤로 휙 내던졌다. 공중에 떠오른 레이지는 정확히 배 한가운데에 주저앉았다.

"방금 그 감각, 기억하고 있겠지?"

"네?"

"랭크 3에 도달한 느낌 말이다."

"그렇다면 제가 진짜로?"

레이지는 오러에 휘감겨 있는 오른팔을 바라봤다.

오른팔만이 아니었다. 은은한 빛에 불과하긴 했지만 몸 전체가 오러로 둘러싸여 있었다.

"뭔가 막혔던 게 뻥 뚫리는 느낌 아니었냐?"

"네. 분명히… 이전과는 다른 느낌이었습니다. 전보다 더 빠르면서도 유연하게 마나가 흐르는 기분이었습니다."

"그래, 그게 바로 오러 랭크 3이다. 쥐고 있는 무기뿐만 아니라 온몸을 오러로 휘감는 단계지."

단순히 오러를 구현할 수 있는 단계가 랭크 1.

그 오러를 자신의 육체 말고 다른 물체에 부여할 수 있는 수준이 랭크 2, 그리고 오러로 온몸을 감쌀 수 있는 단계가 바로 랭크 3.

'드디어 내가…….'

드디어 한 단계 위로 올라섰다는 걸 실감한 레이지의 입가에 미소가 자리 잡았다. 비록 거칠고 엉뚱한 방법으로 성공하긴 했지만.

"너, 랭크 2에 도달했을 때의 상황이 어땠지?"

"아무 생각 없이 스테이크를 썰 때였습니다."

"그것과 마찬가지야. 어떻게 해서든 고통에서 벗어나 몸을 보호하겠다는 본능이 오러를 검만이 아닌 전 육체를 휘감도록 유도한 거지. 크라켄 그놈이 널 아주 잘 조여줘서 그런 거다."

머리로 생각하고 이룬 것이 아니었다.

무의식적으로 이 상황을 타계하기 위해 행동한 것이 돌파구로 이어졌다.

"몇 번이고 들었겠지만, 다시 한 번 말하겠다. 오러를 강하게 만드는 건 의외로 간단해."

크루제이커는 레이지의 어깨를 툭툭 두들겼다.

"본능과 감각이지."

"본능과 감각……."

마법을 수련할 때와는 전혀 다른 분야의 이야기.

레이지는 다시 한 번 온몸을 휘감고 있는 오러를 살펴보았다. 자신이 이룬 것이긴 해도 너무나 신기했다.

"그나저나 저 녀석은 여전히 널 노리고 있나 보다."

크루제이커의 말에 레이지는 고개를 들어 위를 바라보았다.

총 여덟 개의 커다란 다리가 공중에 떠서 꾸물꾸물 움직이

고 있었다. 하지만 레이지의 새로운 힘에 놀라서 그런지 먼저
공격할 엄두를 내지 못하고 머뭇거리고 있었다.

"……!"

레이지는 크라켄의 입을 보고선 급하게 몸을 엎드렸다.

크라켄이 뿜어낸 먹물이 직선 방향으로 빠르게 레이지의
머리 위를 지나갔다.

"휴, 위험했어."

레이지는 몸을 일으키며 뒤를 돌아보았다. 순간 그는 두 눈
을 의심했다.

"스, 스승님?"

"이, 이 녀석이……."

먹물을 정면에 얻어맞은 크루제이커가 두 주먹을 움켜쥐
고서 부들부들 떨고 있었다. 그의 구릿빛 피부가 완전히 새까
맣게 변해 버렸다.

"괜찮으십니까?"

"걱정 마라. 오러 덕분에 별 문제 없다."

하지만 그의 표정에선 이제까지 한 번도 느낀 적이 없던 진
정한 '분노'가 발산되고 있었다. 크루제이커는 애써 분노를
가라앉히기 위해 이를 악물었지만, 그게 훨씬 더 무서웠다.

'이건 대륙 남동부에 분포하는 흑인과 흡사하군. 아니, 흑
인 그 자체야.'

제이워드였을 때 딱 한 번 본 적이 있다. 밀림지대에 분포

하고 있는 그들은 강렬한 태양빛 때문에 검은 피부를 지니고 있었다. 다른 인간들보다 우월한 신체 조건과 탁월한 운동신경을 지니고 있기에 전사로서 최적이었지만, 평화를 사랑하는 마음가짐 때문에 전쟁에 거의 모습을 드러낸 적이 없었다.

'흐음, 왠지 더 잘 어울려. 애매한 구릿빛 피부보단 확실하게 검게 태운 지금이 훨씬 더…….'

두 눈과 이빨만 희게 반짝이는 모습에 자신도 모르게 웃음이 터질 뻔했다. 그걸 눈치챘는지 크루제이커는 철괴를 하나 집어 들더니 손으로 움켜쥐었다.

우드득!

손바닥을 펼치자 손가락 모양은 물론 지문까지 찍혀서 우그러든 철괴가 배 위에 툭 떨어졌다.

그 순간만큼은 레이지나 크라켄도 동작을 멈추고 흠칫거렸다.

"레이지……."

"네, 넵!"

레이지는 자신도 모르게 침을 꼴딱 삼켰다.

고개를 숙이고 강렬한 오러를 뿜어내고 있는 크루제이커의 목소리는 음산하기 이를 데 없었다.

"그동안 저 녀석하고 싸우느라 고생이 많았지?"

"아닙니다!"

"오늘은 아주, 아주~ 특별한 날이기도 하니까 마법을 사용하는 걸 허락하마."

"정말입니까?"

"그래, 그동안 저 녀석에게 쌓인 원한을 맘껏 풀어봐라!"

크루제이커는 손수 레이지의 발목과 철괴를 함께 동여매고 있던 크라켄의 힘줄을 뜯어내 버렸다.

"물속에서 싸울 필요도 없다. 맘껏 날뛰고 와라!"

"물론입니다!"

레이지는 크라켄 쪽으로 몸을 돌렸다.

아직도 크루제이커가 뿜어내는 분노에 정신을 못 차리고 눈동자를 이리저리 굴리고 있었다.

"그동안 날 아주 가지고 놀았겠다?"

레이지는 양손을 쫙 펼치더니 손가락을 접었다 폈다를 반복했다. 그리고 양팔을 옆으로 쫙 펼쳤다.

"디 카스(얼어붙어라)!"

순간 돛단배 주변의 물이 얼어붙기 시작하면서 빙판을 형성했다. 빠른 속도로 퍼져 나간 빙판은 어느새 크라켄의 주변까지 둘러싸 버렸다.

레이지는 검을 오른손에 쥐고서 얼어붙은 수면 위로 질주했다. 물속에 집어넣었던 여섯 개의 다리는 얼음에 둘러싸여 빠지질 않았다. 나머지 두 개의 다리가 레이지를 노리고 빠르게 다가왔다.

'역시 물속에 있을 때보다 확실하게 느려. 눈에 보일 정

도야.'

그는 오히려 미끄러짐을 이용해 크라켄의 거대하고 긴 다리를 피했다. 그리고 크라켄의 몸통을 스쳐 지나가면서 검을 휘둘렀다.

꿰에에에엑!

붉은 선이 그어지더니 핏줄기가 뿜어 나왔다. 빙판 위는 순식간에 피투성이가 되어버렸다.

레이지는 빙판 바닥에 금이 가는 걸 보고 다시 마법을 시전해 더욱 단단하게 얼렸다.

크라켄은 남은 두 다리로 레이지를 끈질기게 노렸지만, 그는 크라켄 주변에 사각형을 그리며 빙빙 돌았다. 물속에서 방향 전환을 위해 도는 거 자체에 익숙해진 터라 어지럽지 않았다. 결국 크라켄은 다리를 이리저리 돌리다가 지치기만 했다.

레이지는 크라켄의 뒤로 돌아가더니 왼손을 갖다댔다. 순간 그의 손에서 강렬한 바람이 뿜어져 나오면서 칼날처럼 크라켄의 등을 마구 할퀴고 지나갔다.

크라켄은 고통을 이기지 못하고 마구 날뛰었다. 얼음에 금이 쩍쩍 그어지며 갈라지려고 하면 레이지가 도로 얼려 버렸다.

"그대로 통구이를 만들어주마!"

레이지는 크라켄의 주변을 계속 돌면서 룬 문자를 읊기 시작했다. 오른손에 작은 불꽃이 솟아오르더니 이내 팔을 휘감을 정도로 큰 불길로 커졌다.

레이지는 왼손을 등 뒤로 젖힌 뒤 거대한 화염을 그대로 던지려고 했다. 하지만 크라켄의 두 다리를 피하기 위해 몸을 숙이면서 피했다.

"쳇, 절호의 찬스였는데."

레이지는 아쉬워하며 양손으로 검을 고쳐 쥐었다.

바로 그때,

"어?"

왼손에 머물고 있던 화염과 검에 머물고 있던 오러가 서로 뒤엉키더니 적색의 빛을 발하기 시작했다.

'이 느낌은 뭐지?'

마법을 쓸 때 받는 응축된 감각이 아니었다.

그렇다고 오러를 구현할 때 느끼는 빠른 순환도 아니었다.

레이지의 검 주변을 붉은 오러가 시계 방향으로 스프링처럼 휘감기 시작했다. 난생처음 보는 현상이라 레이지는 사뭇 당황했다.

그 틈을 크라켄은 놓치지 않았다. 기어이 얼음을 깨뜨리더니 갇혀 있던 여섯 개의 다리를 모조리 꺼내 레이지를 향해 뻗었다.

"젠장! 시간을 너무 끌었어!"

레이지는 욕설을 내뱉으며 두 손으로 움켜쥔 검을 대각선 방향으로 아래에서 위로 크게 휘둘렀다.

그러자 검에 머물고 있던 적색 오러가 검이 휘둘러진 궤적을 따라 직선을 그리며 뻗어 나갔다. 동시에 화염이 불타오르며 오러를 휘감았다.

꿰에에엑!

크라켄의 비명 소리가 울려 퍼지면서 시커먼 연기가 피어올랐다. 레이지를 노리고 공격하려던 크라켄의 다리 여덟 개 중 무려 네 개가 레이지의 오러에 잘려 나가는 동시에 화염에 휩싸여 빙판에 떨어졌다.

레이지는 멍하니 잘려 나간 크라켄 다리와 양손에 쥐어진 검을 번갈아가며 쳐다보았다.

'도대체 이건 무슨 일이지? 오러가 실린 검에 마법을 씌운 수준이 아니야. 서로 융합되었어. 내가 뭘 어떻게 한 거지?'

불길에 휩싸여 바동거리는 다리들 주변의 얼음이 녹아내리면서 빙판이 모습을 감추기 시작했다. 크루제이커는 레이지 쪽으로 급히 달려가 그의 뒷덜미를 잡고 돛단배 위로 끌고 왔다. 그사이 크라켄은 물속으로 모습을 감추고 부리나케 도망가 버렸다.

"레이지, 너 지금 뭘 한 거냐?"

"저도 잘 모르겠습니다."

레이지의 손에는 아직도 그때의 감각이 선명하게 남아 있었다.

오러도 아닌, 마법도 아닌 마나의 흔적이 그를 혼란케 했다.

"내 눈이 잘못되지 않았다면 그건 분명히 소드 마스터 급의 오러였는데……. 아, 아니야. 마법도 뒤섞인 거 같고, 뭔가 뒤죽박죽이야. 내가 이해할 수 없는 영역의 힘이었다."

크루제이커 역시 레이지가 보여준 힘의 정체를 알 수 없었다. 단지 확실한 것 하나는……

"레이지, 방금 보여주었던 그 능력을 네가 자유자재로 사용할 수 있다면 나와 동등한 실력을 갖추게 될 거다."

"그 정도입니까?"

"그래. 나도 그 방법이 뭔지 알고 싶을 정도다."

여전히 멍한 얼굴을 한 레이지를 크루제이커는 흐뭇하게 바라보았다.

"이제 크라켄과의 대련은 중단이다."

그는 낚싯대를 꺼내더니 바다 위에 둥둥 떠 있는 잘려 나간 크라켄 다리를 하나씩 낚아내면서 말했다.

"더 이상 이 녀석과 싸우는 건 의미없어."

"계속 싸우다 보면 실력이 더 늘어나지 않습니까?"

"수중전 스페셜리스트라도 될 생각이냐? 무엇보다 저 녀석, 앞으로 널 만나면 도망부터 칠 거다. 나처럼 강력한 오러를 뿜어내 도망칠 생각조차 못하게 압도하지 않는 한 힘들어."

실제로 레이지의 그 알 수 없는 힘에 다리들이 우수수 잘리자 크라켄은 반격조차 생각하지 않고 꽁무니를 감추었다.

"내일부터 정식으로 검술을 가르치겠다. 다행히도 넌 검술 자체에 그다지 능숙하지 않아. 그만큼 나쁜 버릇이 들지 않았으니 기초부터 체계적으로 가르칠 맛도 나지. 랭크 3에 들어섰으니 이전처럼 무자비한 수련 과정은 없을 거다."

크루제이커는 레이지의 어깨를 툭툭 두들긴 뒤 자신의 이마를 쓰윽 매만졌다. 그리고 손바닥에 묻은 먹물을 보더니 눈썹 사이를 찡그렸다.

"젠장! 이거 어떻게 지우는 거야!"

"……."

5

그날 저녁.

"레이지, 축하해요!"

평소보다 풍성한 식탁이 차려졌다. 레이지가 랭크 3에 도달한 것을 축하하기 위해 마리에타는 평상시보다 훨씬 더 신경 써서 온갖 요리를 마련했다. 특히 레이지가 갓 잡아온 크라켄 다리가 식탁 한가운데를 떡하니 차지했다.

"채 1년도 안 되었는데 벌써 랭크 3에 도달하다니… 케이지님의 기록도 뛰어넘을 수 있을 거예요."

"서클 5인 매직 유저에게 칭찬받기엔 솔직히 부끄럽습니다."

성장 그 자체에 기뻐하되 그거에 만족하거나 오만함을 부리지 말 것, 그것이 제이워드였을 때부터 지켜온 철칙이다.

"솔직하게 기뻐하도록 해요. 처음에는 반신반의했지만 진짜 듀얼 클래스가 되어버리는 거 아닌가요?"

"아직 더 해봐야 압니다."

레이지는 수프를 한 숟갈 떠먹은 뒤 빵을 반으로 찢어 우물우물 씹었다.

섬이라서 신선한 쇠고기나 닭고기는 구경할 수 없었지만 대신 풍성한 해산물이 정성껏 조리되어 식탁 위를 차지하고 있었다. 물론 정가운데 자리 잡은 크라켄 다리 구이엔 눈길조차 주지 않았다.

"오늘 유달리 다리 육질이 쫀득쫀득한데? 특별한 방법이라도 쓴 거야?"

"아, 새로 개발한 소스에 푹 절여놓았어요. 맘에 드시니 다행이네요. 그런데 크루제이커님, 그……."

"뭔데?"

"아, 아니에요."

마리에타는 왜 크루제이커의 전신이 시커멓게 변했는지 물어보려고 했지만, 본능적으로 위험을 직감하고 입을 다물었다.

그녀는 레이지를 바라봤지만, 그는 집게손가락을 입술에 가져갈 뿐이었다. 그냥 모르는 척하고 넘어가는 게 좋다는 의미다.

크루제이커는 양손에 포크를 하나씩 쥐고 크라켄 다리를 빠른 속도로 먹어치우기 시작했다.

"아, 그리고 보니 오늘 배 한 척이 이곳으로 왔잖아? 아가씨도 봤지?"

"네. 덕분에 오늘 야채를 듬쑥 쓸 수 있었어요."

"그 배 선장이 아가씨를 유심히 살펴보더니 몰래 나에게 물어보더라. 혹시 매직 유저가 아니냐면서."

한 달에 한 번 엘번 섬을 정기적으로 들르는 페어리 호의 선장 넬슨은 한때 매직 유저의 길을 걷던 자다. 비록 마법의 길을 포기하긴 했지만 흥미 자체는 여전히 가지고 있었다.

"포르테 가문의 아가씨라고 하니 깜짝 놀라던데? 혹시 길레터 왕국의 신진기수로 떠오르는 마리에타 양이 아니냐면서 물어보더라."

"제가 그렇게 알려졌나요?"

"아직 스무 살도 안 되었는데 서클 5라면 엄청 대단한 거야."

마리에타는 슬그머니 옆자리의 레이지를 바라보았다.

그는 잘 구워진 생선에서 뼈를 발라낸 뒤 생선살을 음미하는 중이었다.

"레이지에 비하면 아무것도 아니에요. 벌써 오러 랭크 3, 마나 서클 3에 도달했잖아요."

"그건 모르는 법이야. 그리고 그 뭐더라…… 아무튼 붙어

봐야 알아."

크루제이커는 레이지를 가르치면서 가끔 등골이 오싹해진 적을 몇 번 느꼈다. 절대 지금의 나이나 실력으로 알 리 없는 경험을 곧잘 보여주었기에 만만하게 대할 수 없었다.

특히 오늘 보여주었던 그 알 수 없는 오러와 마법의 융합은 도저히 이해할 수 없는 영역의 힘이었다.

'이러다가 조만간 날 능가할지도 모르겠어. 가르치는 입장에서 그만한 망신도 없겠지. 나도 노력을 게을리하면 안 되겠어.'

크루제이커는 크라켄 구이 세 접시를 해치운 뒤 물을 들이켰다. 그리고 레이지를 향해 얼굴을 불쑥 내밀었다.

"이제 랭크 3이 되었으니 충분하겠지?"

더 가르친다고 말은 했지만, 레이지가 계속 가르침을 받는다는 가정하에 가능한 일이다.

"아까 보여줬던 그 힘만 제어할 수 있다면, 솔직히 말할까? 나에게 안 배워도 될 거야."

"그건 어디까지나 우연히 나온 겁니다. 나름 궁리해 봐야겠죠. 무엇보다 이제 겨우 랭크 3에 불과할 뿐인데 뭐가 충분합니까?"

"랭크 3에 불과한데? 허허, 진짜 골 때리는 놈일세!"

크루제이커는 너털웃음을 터뜨리며 레이지의 머리를 움켜쥐려고 했다. 하지만 레이지는 머리를 살짝 옆으로 빼내면서 포크로 생선살을 집어 올렸다.

"너 같은 제자는 난생처음이다. 가르칠 맛이 나는데?"

"저야말로 크루제이커님과 같은 스승은 난생처음입니다."

샤를로트와는 전혀 다른 타입이었지만, 빨리 강해져야 하는 지금의 레이지에겐 최적의 스승임은 분명했다.

"좋아, 오늘은 기분 좀 내야겠어."

크루제이커는 자리에서 벌떡 일어나더니 오두막 밖으로 나갔다. 그리고 한 10분이 지난 후 양손에 각각 네 병씩 총 여덟 병의 와인을 움켜쥐고 오두막 안으로 들어왔다.

"아가씨도 한잔할 건가?"

크루제이커는 맨손으로 코르크 마개를 뽑아낸 뒤 유리잔에 와인을 채웠다. 감미로운 향기가 오두막 안에 퍼지자 마리에타의 두 눈이 번뜩거렸다.

"어머, 이 향기는! 설마 그건가요?"

"그래, 그거지."

"이건 구하기 꽤 까다로울뿐더러 보관하기도 불편하실 텐데……."

"창고 아래에 깊숙이 구멍을 내 병째로 묻어두었지. 이러면 온도 변화가 적어서 보관하기 쉽더구먼."

"의외로 이 분야에 조예가 깊은 분이셨군요."

"그래?"

크루제이커는 직접 마리에타의 유리잔에 와인을 가득 따

라주었다. 우아한 포즈로 와인 잔을 기울여 한 모금 들이켠 마리에타는 두 눈을 감았다.

"아아, 절묘한 이 맛을 다시 느낄 줄이야."

"레이지, 너도 한잔해라."

레이지는 크루제이커가 따라준 와인을 한 모금 들이켰다.

'호오, 확실히 이전에 파티장에서 마신 와인보다 깔끔하고 부담이 적은 맛이야. 그런데 저렇게 자기만의 세상에 빠질 만한 맛인가?'

막상 술에 대해 문외한인 레이지는 마시기 편하면서 꽤 맛좋은 와인이라는 평가밖에 내릴 수 없었다.

"너 술 많이 마셔본 적 없지?"

"네, 일부러 찾아 마시진 않습니다."

레이지의 무뚝뚝한 대답에 크루제이커는 오른손 집게손가락을 좌우로 흔들면서 고개를 가로저었다.

"쯧쯧, 너도 열여덟 살이니 술은 할 줄 알아야지. 저 아가씨 봐라. 제대로 술을 즐길 줄 알잖아."

마리에타는 그윽한 눈빛으로 와인 잔을 바라보며 한 모금씩 계속 들이켰다. 어느새 그녀 혼자서 와인 한 병을 다 비웠다.

"호오, 괜찮겠어? 이거 맛은 좋지만 꽤 독할 텐데?"

"이 정도는 문제없어요. 할아버지와 종종 술자리를 같이할 때 마시던 거에 비하면 아무것도 아니죠."

살짝 달아오른 뺨.

와인에 젖어 더욱 선명하게 붉은색을 드러내는 입술.

술기운에 반쯤 감긴 그녀의 눈동자.

그 어떤 남자라도 지금의 마리에타를 보면 매료되지 않을
리 없다. 문제는 동석한 남자 두 명 중 하나는 마리에타를 딸
처럼 여기는 크루제이커와 여자 보기를 돌같이 하는 레이지
였다.

'휴우, 레이지가 무심한 거야 하루 이틀 일이 아니니……'

결국 마리에타는 그동안 마시지 못했던 술이나 실컷 즐기
기로 결정했다. 어느새 그녀 앞에 빈 와인 병이 두 개 놓여졌
다.

"어, 어이, 아가씨? 너무 무리하는 거 아니야?"

"더 주세요. 이 정도는 문제없다고요. 그리고 레이지, 깨작
깨작 마시는 척하지 말고 단번에 비우세요."

6

…그렇게 레이지가 랭크 3에 도달한 기념으로 치러진 작은 파티는
밤새도록 계속되었답니다. 다음날 일어나니 레이지는 골이 아프다며
침대 위에 드러누워 낑낑대고 있었죠. 처음으로 그보다 잘하는 게 있
다는 생각에 기뻤지만 그게 주량이라고 다시 생각하니 조금 침울해지
긴 했어요. 결국 그날은……

펠튼은 마리에타가 보낸 편지를 읽으며 흐뭇한 미소를 지었다.

"케인즈, 주량만큼은 내 손녀가 자네 둘째보다 훨씬 세구먼."

"그야 마리에타 양은 길레터 마법사 협회 내에서도 알아주는 주당 아닙니까? 제 아들이 뭔 수로 이기겠습니까?"

어깨너머로 편지 내용을 훑어보던 케인즈는 어쩔 수 없다는 표정으로 대꾸했다.

"그 말은 내 손녀가 주정뱅이라도 된다는 뉘앙스 같은데?"

"술은 적당히 마시는 게 최고입니다. 제 아들처럼 자제할 줄 알아야죠. 아암."

결국 두 남자는 서로를 바라보며 너털웃음을 터뜨렸다.

"그나저나, 내 아들 녀석은 여전히 꿍한 상태인가?"

"그야 그럴 법도 하지 않습니까? 마리에타 양이 편지 하나만 달랑 남겨두고 제 아들 녀석을 뒤쫓아 갔으니…… 덕분에 저만 죽을 맛입니다."

펠튼의 아들이자 마리에타의 아버지, 그리고 케인즈의 친구이기도 한 킬루스는 한 달이 넘게 침울한 상태였다.

레이지가 겹사돈을 꺼려 하며 마리에타와의 혼담을 거절한다는 소리를 들었을 때에도 그러러니 했다. 오히려 안젤라가 시집가게 되면 한동안 허전할 마음을 마리에타가 대신 메

워줄 거라 생각하며 내심 즐거워했다.

그러나 레이지를 쫓아 가출했다는 이야기를 들었을 때 그는 미친 듯이 날뛰면서 크로이덴가의 저택으로 난입했다. 내 딸을 돌려달라며 난리를 피우는 킬루스를 집사 페리슨이 진정시키느라 진땀을 흘렸다.

결국 그 일 이후로 미운털이 박혀 버린 케인즈는 킬루스와 말 한마디 건네지도 못했다. 사실 오늘 펠튼의 마탑에 방문하기 전에 포르테가를 들렀지만 얼굴조차 보지 못하고 돌아가야 했다.

"그래도 내 손녀가 남자 하나는 잘 본 거지. 어느새 랭크 3에 서클 3이라니! 대마법사가 되는 것도 좋겠지만 워락이 된다면 더 좋지! 그런 손녀사위 감을 지금 붙들지 않으면 언제 잡겠나?"

"그래도 벌써 랭크 3이라니, 제 아들이지만 정말로 대단합니다."

펠튼은 레이지를 높게 평가하면서도, 막상 케인즈가 아들을 칭찬하는 말에 코웃음을 쳤다.

"하아? 내 손녀는 서클 5인데? 어디에서 으스대려고?"

"마리에타 양이야 펠튼님 밑에서 10년 넘게 가르침을 받지 않았습니까? 같은 경우로 놓고 보면 안 되죠."

둘은 각자의 손녀와 차남이 더 잘났다며 신경전을 벌이기 시작했다. 한참을 서로 노려보더니 결국 가볍게 웃으며 끝나긴 했지만.

"랭크 3이라면 앞으로 소드 마스터까지 두 단계 남았구면. 이러다가 한 가문에 소드 마스터가 세 명이나 동시에 배출되는 건 아니겠지?"

"아직까지 그런 선례는 없습니다만, 조금 기대는 하고 있습니다."

"조금이 아니라 엄청 기대하고 있구먼. 표정에서 다 드러나. 쯧쯧쯧."

펠튼은 칠칠맞은 표정의 케인즈를 바라보며 혀를 찼다.

그러던 중 갑자기 표정을 바꾸면서 책상 서랍을 열었다.

"아, 원래는 이 편지 때문에 자네를 부른 게 아닌데."

펠튼은 마리에타가 보낸 편지를 내려놓고선 검은색의 편지봉투를 집어 들었다.

"케인즈, 자네 혹시 이것과 똑같은 걸 받았나?"

"……!"

케인즈는 두 눈을 크게 뜨며 인상을 찌푸렸다.

봉투를 봉하고 있는 인장의 문양이 결코 낯설지 않으면서 불쾌했기 때문이다.

"표정을 보니 받았구먼."

"언제 받으셨습니까?"

"이틀 전 잠시 자리를 비운 사이 책상 위에 떡하니 놓여 있더군. 제자에게 혹시 내 방에 누가 들렀는지 물어봤지만 방문자는 하나도 없었다고 했어."

"저도 같은 날 받았습니다."

"그러면 길레터 왕국에서 이름 날리는 가문에는 한 통씩 갔겠군."

봉투 안의 내용을 읽은 펠튼은 조금의 주저함도 없이 편지를 갈가리 찢어버렸다. 그리고 자신 말고도 이런 편지를 받은 이들이 있을 거라는 추측에 케인즈를 급히 부른 것이다.

"그가 죽은 이후로 이런 낌새가 올 거라고 대충 예상은 했지만, 대놓고 이런 식으로 나올 줄은 몰랐어. 역시 그가 살아있었어야 하는데."

제이워드의 죽음은 그저 단순히 대마법사 한 명의 사망으로 끝나지 않았다. 그가 존재함으로써 유지되었던 힘의 평형이 좌우로 흔들리기 시작한 것이다.

"기나긴 전쟁이 끝난 지 얼마나 되었다고……."

펠튼은 창밖을 바라보며 길게 자라난 수염을 매만졌다.

Chapter 23
제자, 그리고 스승

1

베르시아 신성력 1393년 6월 28일.

"늦어!"

크루제이커의 외침에 레이지는 검을 고쳐 쥐었다.

잠시 방심한 사이 스승의 검이 어느새 그의 목을 노리고 있었다.

"실전이었으면 넌 이미 죽은 목숨이야, 인마."

"잘 알고 있습니다."

레이지는 손등으로 목 언저리에 맺힌 땀방울을 닦아내며 하늘을 바라보았다. 구름 한 점 없이 쩽쩽 내리쬐는 햇빛 덕분에 가만히 서 있는 것만으로도 땀이 송골송골 맺혔다.

"전신을 오러로 감싸 보호하겠다는 생각에만 매달리지 마라. 그건 어디까지나 어느 방향으로 상대의 공격이 닥칠지 모르는 상황이거나 보통의 오러로 막기 힘들 때나 쓰게 마련이다. 아직 오러를 유지하면서 뛸 수준은 아니잖아? 정 쓰고 싶다면……."

크루제이커는 기합을 내지르면서 오른손에 움켜쥔 검에 오러를 모으기 시작했다.

"이 정도 되는 공격을 받아낼 때 써야지. 한번 받아봐라."

'또 모래사장에 처박히겠군. 지긋지긋하다.'

"너 방금 지긋지긋하다는 생각 했겠다? 네 생각대로 해주도록 하지!"

크루제이커는 오른손을 어깨너머로 젖히더니 있는 힘을 다해 검을 휘둘렀다. 레이지는 온몸에 오러를 뿜어내며 막아내려고 했지만 뒤로 밀리더니 결국 허공에 붕 뜨고 말았다.

2

우여곡절 끝에 레이지가 엘번 섬에 머문 지 거의 석 달에 가까운 시간이 훌쩍 지나갔다.

초반의 근성 테스트를 빙자한 무조건 달리기, 속성으로 랭크 3으로 올리기 위한 크라켄과의 필사의 혈투와 구타 수련까지 마친 레이지는 크루제이커와 이른 새벽부터 저녁까지 서로 검을 맞대며 수련에 임했다.

다소 거칠긴 했지만, 크루제이커의 가르침은 의외로 꼼꼼하며 체계적이었다. 대련 도중 뭔가 이상하다고 판단되면 즉각 멈춰 선 뒤 문제점을 지적하고 보완해 주었다. 특히 한 달 이상 그의 밑에서 버텼던 제자는 이제까지 단 한 명도 없었던 터라 크루제이커는 난생처음으로 누군가에게 가르친다는 즐거움마저 만끽하고 있었다.

"대련을 잘한다 해서 실전에서 맹활약한다는 보장은 없다. 대부분 일대일로 대련하니 걸핏하면 다 대 일로 싸워야 하는 전쟁터에선 당황할 수밖에 없어."

"그럼에도 대련이라는 방식을 취하시는 이유는 무엇입니까?"

"그야 이것보다 더 나은 방식을 떠올리지 못해서 그래. 오러 유저들은 몸 쓰는 일 위주로 하다 보니 머리 굴리는 걸 귀찮아하거든."

대련으로 강해지더라도 그건 대련에 특화된 검술과 전법이 몸에 익는 것에 불과하다. 훈련 기간 동안 탁월한 실력을 자랑하던 오러 유저가 막상 첫 실전에 돌입하면 맥없이 시체가 되어 돌아오는 경우를 크루제이커는 수도 없이 봐왔다.

"그런데 왠지 널 상대로는 굳이 이런 설명까지 안 해도 된다는 느낌만 드는구나."

"그 말, 벌써 오늘만 세 번째입니다."

"넌 쓸데없는 부분에서까지 기억력이 발휘되는구나."

크루제이커는 들고 온 수통의 물을 반쯤 들이켠 후 레이지에게 건넸다. 갈증에 시달리던 터라 레이지는 아무 말 없이 수통을 다 비우고 길게 숨을 내쉬었다.

"참, 너무 늦게 물어본 거 같긴 한데……."

크루제이커는 자신의 반짝이는 머리를 쓰윽 쓰다듬으며 땀을 훑어냈다.

"마나 컨트롤에 실패해서 3개월이나 누워 있었다며?"

"네."

"그 뒤 몸에 이상한 일이 일어나진 않았냐?"

이상한 일이라는 말에 레이지는 선뜻 대답하지 못했다.

애초에 레이지의 육체로 들어간 일 자체부터가 논리적으로 설명 불가능했기에.

"예를 들면, 흐음, 피가 끓어오르는 느낌을 강렬하게 받으면서 주체할 수 없다던가, 이성을 잃어버리고 제멋대로 몸이 움직인다던가 하는 거. 직접 겪어본 게 아니라 제대로 설명을 못하겠네."

"최소한 말씀하신 예에 해당하는 일은 하나도 없습니다."

"그건 참 다행이로군."

사실 이건 레이지가 온 첫날에 물어봤어야 하는 일이었다.

크루제이커는 자신의 실수를 뒤늦게 깨닫고 머리를 벅벅

붉었다.

"마나 컨트롤에 실패할 경우 예전의 너처럼 의식을 잃고 누워 있는 게 대부분이지만, 그게 아닐 경우 오러의 구현 자체가 완전히 이질적으로 이루어지는 특이한 케이스가 존재한다고 해."

오러에 대해 아직 아는 것보다 모르는 게 더 많은 레이지는 오른손으로 턱을 매만지며 그의 말을 경청했다.

"체내에 흐르는 피를 통해 마나의 흐름을 이끌어낸 뒤 오러가 구현된다는 건 알고 있지?"

"네."

"그 피가 폭발하듯 끓어오르게 된다는군. 그 상태에 이르게 되면 일반적인 오러를 능가하는 막강한 힘을 얻게 되지만 반대로 자신의 의사대로 조절할 수 없게 된다고 하지."

크루제이커는 제국 전쟁 말기 상대했던 이들을 떠올리며 자신도 모르게 인상을 썼다.

"그런 자들을 버서커(Berserker)라고 부르지."

"아, 그게 실제로 존재합니까?"

레이지는 직접 눈으로 보고 귀로 들은 내용만 믿는 타입이라 버서커라는 존재에 대해 반신반의했다.

막상 제이워드였을 때엔 버서커들을 상대해 본 적이 없다.

하지만 크루제이커는 몇 번이나 버서커들과 맞서 싸웠고, 그들의 공포를 뼈저리게 느끼곤 했다.

"극히 드문 경우에 속하는 자들이지. 애당초 마나 컨트롤에 실패하고 살아나는 자들 자체가 적은데, 그중에서도 버서커가 되는 자들 역시 소수에 해당하지. 하지만 제일 드문 경우는 너처럼 멀쩡하게 깨어나고 오러를 구사하는 놈일 거다. 넌 지금 두 발로 서서 숨 쉬고 있다는 거 자체가 큰 운이야."

자신의 의지대로 조절할 수 없는 강력한 힘.

레이지는 그 상황에 처했을 때 제어가 가능하다면 보통의 오러 유저보다 더 강해질 수 있을까 하는 상상을 했다.

'차라리 깨어났을 때 그런 상황이었다면 지금보다 더 수월했을지도 몰라. 내 의지라면 제어 불가능한 상태가 있을 리 없을 테니.'

"혹시라도 오러를 구현하다가 피가 끓어오르는 듯한 느낌이 오면 당장 나에게 말해라. 수련 이전에 죽고 사는 문제로 직결될 수 있으니까."

"알겠습니다."

하지만 평소답지 않게 사뭇 진지한 표정으로 말하는 크루제이커를 보자 이내 미련을 버렸다.

"그러면 그만 쉬고 다시 뒹굴어야지?"

크루제이커는 나무에 기대어놓은 검을 집어 들며 미소를 지었다. 레이지는 본능적으로 입술을 씰룩거리며 지친 몸을 억지로 일으켜 세웠다.

"······."

"미안해요, 레이지. 식재료가 거의 다 떨어져서······."

고된 수련이 매일 반복되는 일상.

그 일상의 몇 안 되는 낙 중 하나인 식사가 지금만큼은 레이지에게 악몽으로 다가왔다.

먹을 걸 그다지 가리지 않는 그였지만 유독 크라켄 다리만큼은 절대 입에 대지 않았다. 문제는 오늘 저녁 식탁에 떡하니 올라와 있는 크라켄 다리 구이를 보자 표정이 절로 굳어졌다.

다른 음식을 찾아봤지만 수프조차 없었다. 기껏해야 야채 정도였다. 보관하고 있던 밀가루도 마침 오늘 동이 나서 구울 수 없었다.

"이제까지 네가 뭘 먹든 안 먹든 간에 상관 안 했지만 그런 표정 하지 마라. 크라켄과 마지막으로 한바탕 한 것도 벌써 한 달 넘게 지나지 않았느냐?"

크루제이커는 얇게 썬 크라켄 다리를 포크로 한꺼번에 다섯 개를 찍어 올리더니 입속으로 쑥 집어넣었다.

"안 먹으면 죽는다. 여자 울리는 남자보다 더 악질이 밥투정하는 남자야."

레이지는 못 이기는 척 크라켄 다리를 하나 집어 들었지만,

막상 입 안으로 넣지 못하고 망설였다.

"참고로 크라켄의 다리는 이 섬에서 구할 수 있는 최고의 강장제이기도 해."

"근거가 있는 말입니까?"

이렇게 흉측하고 혐오스러운 생물체가 강장제라니.

일반적인 남성이라면 쉽게 납득했겠지만 레이지만큼은 달랐다.

"거 의심 많은 놈일세. 크라켄이 얼마나 강한지 너도 싸워 봐서 알겠지? 질리도록 상대했으니."

"랭크 2의 오러는 통하지도 않았습니다."

"최소한 3 정도는 되어야 공격이 통하지."

크루제이커는 포크로 크라켄의 다리 구이를 집어 들었다.

"그런 크라켄의 다리에는 엄청난 힘이 담겨져 있지."

레이지는 당시 자신을 괴롭히던 크라켄의 미끌미끌한 이미지를 떠올리면서 크루제이커의 머리를 바라보았다.

뭔가 하고 싶은 말이 떠올랐지만, 입 밖으로 내뱉었다간 편식했다고 얻어맞는 것 이상의 고통을 받을 거 같아 마음속에 꾹꾹 담아 눌렀다.

"뭐, 먹고 싶지 않다면 억지로 먹을 필요는 없어."

말과 달리 크루제이커의 눈매는 꽤 살벌하게 바뀐 지 오래였다.

결국 레이지는 두 눈을 찔끔 감고서 크라켄 다리를 씹은 뒤

꿀걱 삼켰다.

특유의 미끈하면서 질긴 살점이 레이지의 입 안에서 뭐라 형용할 수 없는 감각을 전해주었다. 마리에타가 만든 특제 소스의 맛 자체는 훌륭했지만 크라켄의 질감 때문에 맛있는지 아닌지 판단하기 꽤 애매했다.

"먹을 만하냐?"

"대답을 거부하겠습니다."

"불만이 있다면 앞으로 네가 식사 준비한 뒤에 토로해라. 아가씨가 기껏 네 녀석 밥이나 해주려고 혈혈단신으로 이 섬에 온 건 아니잖아? 서클 5의 마법사가 식순이나 하고 있다니, 지나가던 개가 다 웃겠다."

크루제이커의 논리정연한 말에 레이지는 찍소리 못하고 고개를 숙였다.

그의 말대로 정 식사에 불만이면 직접 만들어 먹으면 된다. 무엇보다 마지막에 한 말이 레이지의 가슴속에 깊게 파고들었다.

레이지는 미안한 마음에 건너편에 앉아 있는 마리에타에게 살짝 고개를 끄덕거렸다.

"아, 아니에요. 제가 원해서 하는 일이니까 레이지는 신경 쓰지 않아도 돼요."

"아가씨, 남자에겐 너무 잘해주기만 하면 안 돼. 달달할 땐 입 안에 머금고 절대 안 내주지만 조금이라도 쓴맛이 느껴지면 뱉는 게 남자야."

"후훗, 그거 아버지께 지겹게 들은 이야기예요. 전 신경 안 써요. 레이지가 그 정도밖에 안 되는 남자라면 포기하고 말죠, 뭐."

담담하게 대답하는 마리에타를 보는 크루제이커의 눈에 안쓰러움이 가득했다. 그는 손을 들어 레이지의 뒤통수를 내려치려고 했지만 이내 관두고 거두었다.

4

"지금 와서 하는 말이긴 한데……."

크루제이커는 왼손으로 턱을 받히고선 레이지를 바라보았다.

"네 녀석 아버지와 일 년에 두어 번 정도 편지를 주고받는 사이거든. 1년 전까지만 하더라도 그 녀석 편지에는 언제 네 놈이 정신을 차릴까 하고 한탄하는 내용이 곧잘 섞여 있었다."

원래의 레이지는 망나니 그 자체.

딱히 고민을 하소연할 곳이 없었던 아버지 케인즈는 전우였던 크루제이커에게 편지를 통해 고민을 토로했다. 그에 대한 크루제이커의 답장은 매우 간결했다.

그냥 패버려.

"그래서 솔직히 네놈을 여기로 보낼 테니 잘 부탁한다는
편지를 받았을 땐 골이 아팠지."

그래도 전우의 아들을 다른 제자들 대하듯이 마구 대할 순
없었다. 전쟁이 끝난 이후 자신에게 내려진 작위를 거부하고
홀로 머물고 싶다고 말했을 때 선뜻 엘번 섬을 소개시켜 준
이가 바로 케인즈였다.

"뭐, 밥투정하는 거 정도야 어찌 보면 애교 수준이지. 말이
많긴 해도 내 지도를 잘 따라오는 걸 보면 제법 기특하기도
하고."

"지금의 저야 망나니… 는 아니지만 꽤 가르치기 까다롭지
않습니까?"

레이지는 본인의 성격을 나름 잘 파악하고 있었다.

제이워드였을 때부터 이어진 성격대로 누군가에게 뭔가
배울 때 이해하지 못하는 부분이 생기면 즉시 물어봐야 직성
이 풀렸다. 다행히도 예전 스승 샤를로트는 하루에도 수십 번
이나 질문을 하는 어린 소년에게 면박을 주지 않았다..오히려
모르면 물어봐라, 가르치는 입장에서 질문을 많이 들을수록
기쁜 거라고 말하면서 그의 집요함을 부추겼다.

"난 너에게 오러 수련을 시켜달라는 부탁을 받았지, 인성
교육을 시켜달라는 부탁을 받진 않았다."

크루제이커는 그동안 그를 거쳐간, 매번 야반도주로 스승과 제자의 연을 끊은 놈들을 떠올리며 이를 갈았다.

"솔직히 말하면, 난 나에게 뭔가 배운 놈이 예절 바르고 사람 좋기만 할 뿐 버러지 같은 실력을 지니는 걸 원치 않아. 좀 싸가지없고 오만하더라도 그걸 상충할 만한 실력을 갖추기만 하면 돼."

"상당히 독특하신 사고관을 가지셨군요."

"안 그러면 너처럼 싸가지없는 놈을 어떻게 가르치냐?"

마리에타는 마음속으로 고개를 끄덕이며 크루제이커의 말에 동의했다.

"다른 사람은 어떻게 생각할지 모르지만 난 이렇게 생각한다. 어떤 한 분야에서 높은 위치에 올라가기 위해선 그만한 노력이 수반되어야 하지. 그런데 그것이 사람의 됨됨이와 연결된다는 생각은 눈곱만큼도 안 해."

물론 실력도 있으면서 바른 인간이라면 얼마나 좋겠는가.

하지만 40여 년 살아온 크루제이커의 눈에 비친 인간 군상이란 그렇게 낙관적이진 않았다.

"한 가지에 매달린 인간이 다른 것에 제대로 신경 쓸 겨를이 어디 있겠어? 오히려 한 가지 길만 파고드니까 다른 부분에서 부족하거나 모자랄 수밖에 없지. 안 그래?"

크루제이커의 경우 본의 아니게 외모와 특유의 성격 때문에 많은 차별을 받곤 했다. 특히 여성에겐 남자 취급 받은 적이 거의 없었다. 한때는 왜 자신에게 이렇게 대하는지 낙담하기도 했지만 지금은 그렇게 신경 쓰지 않게 되었다.

"좋은 소리만 듣고 모두에게 착한 사람이라는 이야기 듣고 싶으면 사교 클럽에 들거나 예절 교육이나 받으라고 해."

"그건 좀 아닌 것 같습니다만……."

"매번 토를 달긴……."

크루제이커는 남은 크라켄 다리를 한꺼번에 포크로 찍었다.

"네가 기억을 잃기 전에 망나니 취급을 받은 건 그 더러운 성질머리를 커버할 실력과 실적이 없어서 그래. 그 성질머리 이상의 무언가를 이루기만 해봐라. 뒤에서 욕할지 모르지만 주변 사람들이 알아서 떠받들어 줄 거다. 게다가 뒤에서 욕 좀 먹으면 어때? 어차피 착하고 실력 있어도 욕을 안 먹는 인간은 존재하지 않아. 베르시아님도 술집에선 엄청 까이는 세상인데 말이지."

뭔가 이루고 싶다면 포기할 건 포기해라.

그것이 외모든 성격이든. 그것이 크루제이커의 사고관이었다.

"서클 7이나 랭크 7이나 보통의 노력으로 도달하기 힘든 영역이라는 건 굳이 설명할 필요도 없지. 그런데 기나긴 역사를 뒤져보면 도달한 자들의 수가 그리 적지 않아."

유달리 크루제이커의 말이 길어짐에도 레이지와 마리에타

모두 지루한 기색을 보이지 않았다. 레이지는 크루제이커의 말에 대해 대부분 수긍하고 있었고, 마리에타는 펠튼 덕분에 독특한 인간에 대해 그리 낯설지 않았다.

"그런데 그렇게 최고봉에 오른 이들이 죄다 성인(聖人)들이었냐? 아니잖아. 곰곰이 세어보면 악당이 넘쳐난다. 경지에 도달한다는 것과 인격적으로 완성된다는 걸 동일시하는 놈들에겐 이거나 처먹으라고 해."

크루제이커는 오른손 주먹을 높이 치켜들더니 가운데 손가락만 내밀었다.

"이렇게 말하긴 해도 사실 난 예전엔 꽤나 음침한 성격이었지."

"전혀 상상이 가지 않습니다."

방금 전까지 한 번도 맛본 적이 없는 크라켄 다리의 맛처럼.

"끝이 보이지 않는 전쟁 속에서 동료들도 하나둘씩 내 곁을 떠났지. 나도 언젠간 친구들을 따라가지 않을까 하는 생각에 매일 밤잠을 설쳤어. 잠들기 위해 틈만 나면 골이 빠개지도록 술을 들이켜기 일쑤였어."

크루제이커는 천장을 바라보며 회상에 잠겼다.

"그런데 어떤 남자를 만난 뒤부터 내 운명이 바뀌기 시작했지."

"누구입니까?"

"아가씨나 너나 매직 유저이니 당연히 알 만한 인물이야. 대마법사 제이워드님이지."

"네?"

레이지는 야채를 집어 올리던 포크를 방바닥에 떨어뜨렸다. 마리에타가 다가와 도로 손에 집어주었지만 다시 떨어뜨렸다.

5

'난 기억이 전혀 안 나는데? 어디서 봤지?'

이 정도나 되는 실력자를 만났다면 잊을 리 없다.

무엇보다 특유의 성격은 단 한 번 봤다 하여도 강한 인상으로 남아 있을 게 분명하다.

"그를 직접 봤습니까?"

"어이, 말조심해. '그' 라고 지칭당할 분이 아니다."

"아, 네."

레이지는 본인을 낮추어 말한 대가로 크루제이커의 날카로운 눈초리를 받아야 했다.

"아마 그때가… 아직 서클 6이셨을 때일 거야. 내가 그때 오러 랭크 4였고."

과거의 제이워드를 떠올리는 크루제이커의 눈망울이 밝게 빛나고 있었다. 레이지는 등골이 오싹해지는 느낌을 받고선

물을 한 잔 들이켰다.

"강력한 마법으로 적 진영을 불바다로 만드는 그의 모습은 지금 떠올려도 대단했지. 아, 물론 그분과 같이 다니던 프레드릭 경과 데릭 경 역시 대단했어."

'데릭, 인가.'

이젠 다시 만날 수 없는 전우 데릭.

레이지는 침울한 느낌에 고개를 살짝 숙였다. 하지만 고개를 가로저으며 크루제이커의 말에 집중했다.

"멍하니 불타고 있는 적들을 바라보는 나에게 큰 소리로 충고하셨지."

"술이나 퍼마실 기운 있으면 적 한 명이라도 더 죽여! 전쟁터가 장난인 줄 알아? 어떤 괴로움이 있는지 몰라도 아무것도 못해보고 죽는 것보다 더하지 않아!"

'아, 그때 그놈이었나?'

레이지는 비로소 크루제이커를 어디에서 봤는지 기억해 냈다.

대선단을 이끌고 카르도니아 왕국 남쪽에 상륙한 제국의 병력은 승승장구하며 수도 메르디우스 성을 겹겹이 포위했다. 당시 최전방에 있던 제이워드는 프레드릭, 데릭과 함께 모국 카르도니아로 급하게 돌아왔다. 그리고 단 5일 만에 제국 포위망을 격파하고 메르디우스 성을 구해냈다.

그 5일 동안 치러진 치열한 혈전 속에서 크루제이커를 만났던 장면이 그의 머릿속에 천천히 전개되었다.

'그런데 저렇게 뭔가 폼 나는 말을 내가 했던가? 워낙 술 냄새가 진동해서 한마디 해준 것뿐이었는데.'

과거는 미화되게 마련이지만 정도가 좀 지나쳤다.

무엇보다 그때 본 크루제이커와 지금의 크루제이커의 인상은 크게 달랐다.

"혹시 그땐 머리카락이……."

"응? 그때? 아직 풍성했지. 오러 수련하다 보니 이상하게 하나씩 빠지더니 지금와선 이 모양이야. 그런데 왜?"

"아닙니다."

레이지는 더 이상 물어보면 위험하다고 직감하고 입을 굳게 다물었다.

"아무튼 그때… 난 두 눈이 번쩍 뜨였지."

크루제이커는 두 눈을 깜박거렸다.

"현실을 회피하려 하지 말고 정면으로 맞서라. 괴로움에 몸부림칠 여유가 있다면 극복하기 위해 온 힘을 다해라. 나에겐 그분의 말이 그렇게 들렸지."

레이지의 마음속에선 뭔가 형용할 수 없는 묘한 기분이 자리 잡았다.

"그때 그분을 만나지 못했다면 지금의 나는 없을 거야. 다른 동료들처럼 차가운 시체가 되어 사라졌겠지."

"그랬군요."

"그런 그분이 이제 이 세상에 없다니 참으로 안타까워."

크루제이커는 진심으로 제이워드의 죽음을 슬퍼하고 있었다.

'그 제이워드가 나라는 걸 알면 까무러치겠지. 그리고 그분을 무작정 달리게 하고 오러로 후려 팼다는 걸 알면 어떤 표정을 지을까?'

자신의 정체를 밝힐 수 없었지만, 크루제이커의 반응을 볼 수 있다면 꽤 재미있을지 모른다고 생각하는 레이지였다.

"사람 인연이라는 건 참 알다가도 모르겠습니다."

"그러게 말이다. 그때 그분과의 인연 덕분에 수련에 수련을 거듭해 랭크 6에 도달했지. 하지만 아직도 난 멀었어. 그랜드 마스터로 향한 길은 너무나 험난하거든."

크루제이커가 궁극의 길을 택한 이유.

그것은 제이워드가 도달했던 곳의 다른 영역이긴 해도 다가가고픈 소망 때문이었다. 제이워드를 언급할 때마다 크루제이커는 마치 아이로 돌아간 듯한 눈빛을 보여주었다.

"그러고 보니 저도 대마법사 제이워드님을 만난 적이 있어요."

마리에타의 말에 레이지는 움찔거리며 그녀를 바라보았다.

"호오, 아가씨도? 언제?"

"그게 아마 제가 열 살이었던가? 할아버지의 손에 이끌려 그의 마탑을 방문했는데……."

"…마리에타, 그분 이야기는 여기까지만 하도록 하죠."

당시 펠튼의 의도를 알고 있는 레이지는 어떻게 해서든 이야기를 멈추고 싶었다.

하지만 그의 의사와 상관없이 이야기는 진행되었다. 크루제이커는 '뭔가 위험한 분이셨다니'라면서 다소 실망하는 표정이었고, 마리에타는 왜 위험한지 이해할 수 없다는 얼굴이었다.

6

밤늦게까지 이어진 이야기는 마리에타가 먼저 자러 가면서 자연스레 끝났다.

크루제이커와 레이지는 식기들을 짊어지고 우물 근처로 가 설거지를 시작했다. 나무에 매달아놓은 등불이 어둠 속에서 밝게 빛났고, 달그락달그락 하는 소리만이 계속 이어졌다.

"참, 예전부터 말하려고 했는데 말이야."

크루제이커는 오른손 집게손가락을 세우더니 접시를 올려놓고 빠르게 회전시켰다. 묻어 있던 물기가 한 방울도 남김없이 주변으로 흩어졌다.

"아가씨에게 뭔가 해주기로 한 거 있지 않았냐?"

"그거라면 아마……."

마리에타에게 마법을 가르쳐 주기로 했던 약속.

막상 여기에 온 첫날에 맺었지만 여태 정신없이 크루제이커의 수련을 따라오느라 까맣게 잊어버리고 있었다.

"이제 내 수련에 제법 적응해서 여유가 좀 생겼지? 강요하지는 않겠지만 틈나는 대로 아가씨 좀 돌봐줘라. 아까 반 농담 식으로 말했지만 진짜 서클 5나 되는 매직 유저에게 식사 당번이나 시킬 생각이냐?"

마리에타 본인은 굳이 신경 쓸 필요가 없다면서 크루제이커의 염려를 받아넘겼다. 자연으로 둘러싸인 섬 한가운데에 살다 보니 그저 움직이는 것만으로도 주변의 마나가 흡수된다고 말했고, 틈틈이 짬을 내 마법 서적을 탐독한다고 말했다.

그러나 언제까지나 그럴 수는 없다.

"뭔가 이루기 위해 성인(聖人)처럼 굴 필요는 없다고 말했지만, 최소한 널 위해 뭔가 해주는 사람에게 고마워하는 마음 정도는 가져라."

크루제이커의 말에 레이지는 말없이 고개를 끄덕거렸다.

'그래, 아무래도 약속은 약속이니까 지켜야겠지.'

그는 유일한 제자 칸나를 떠올렸다.

마법 센스는 그다지 나쁘지 않았다. 단지 당시의 제이워드는 그가 샤를로트 밑에서 배웠을 때 겪었던 고난을 그대로 칸나에게 부여했다. 결국 그녀는 야반도주를 해버렸고, 제이워드가 죽은 지금 그가 남겨놓은 유산을 호시탐탐 노리고 있다.

'사람마다 각자 다른 방법으로 가르쳤어야 하는데, 내가 너무나 오만했어. 내가 할 수 있으면 남들도 다 할 수 있다고 생각했으니까.'

오래간만에 누군가에게 배우는 입장이 되어서였을까.

고된 가르침을 버티기 위한 목표 의식을 세워주지 않는다면 제자들은 그저 떠나갈 뿐이라는 걸 인식했다. 지금의 레이지야 그 고됨을 이겨내고도 남을 의지가 충분하지만, 마리에타에게도 똑같이 적용될지는 미지수다.

'그동안 계속 오러 수련만 했으니 마법도 어느 정도 익혀놔야 해. 나에게 강해지는 길은 단 하나뿐이 아니야.'

누군가를 가르치는 것만큼 확실한 복습은 없다.

'마리에타가 어느 정도일지 조금은 기대되는군. 얼마나 강할까? 펠튼보다야 당연히 약하겠지만……'

Chapter 24
이번엔 스승의 입장으로

1

「자, 들어와라.」

세 끼 제대로 먹여주겠다는 말에 혹해서 그녀를 따라온 소년 제이워드.

제이워드는 호기심 가득한 눈으로 방 안을 둘러보았다.

「와아…….」

입구 쪽을 제외한 벽에 책장이 들어서 있었고, 책이 빽빽이 꽂혀 있었다. 기다란 탁자 위에는 책장에 꽂히지 못한 여분의 책들이 산처럼 수북이 쌓여 있었고, 방바닥 여기저기에 널브러져 있기도 했다.

책이란 것을 처음 보는 소년은 발밑에 놓인 책을 집어 들더니 펼쳐 보았다. 하지만 글자라는 걸 모르는 소년의 눈에 마법식을 적어놓은 룬 문자는 해괴한 형상의 선이 꿈틀거리는 것 이상으로 보이지 않았다.

그사이 그녀는 걸치고 있던 로브를 벗어 방바닥에 멋대로 내던졌다. 그리고 편한 복장으로 갈아입은 뒤 여전히 책과 씨름하고 있는 소년 곁으로 다가갔다.

「읽을 수 있냐?」

「무슨 그림이 그려져 있는지 잘 모르겠어요.」

「그건 그림이 아니라 글자다. 보아하니 글자는 당연히 읽을 줄도 쓸 줄도 모르겠지?」

그녀의 질문에 소년은 큰 눈망울을 껌벅이며 고개를 끄덕거렸다.

책을 원래 있던 자리에 슬그머니 내려놓은 소년의 호기심은 탁자 위로 옮겨갔다. 수십여 개의 시험관 안에 각각 다른 색의 액체가 담겨 있었고, 작은 램프 위에 놓인 플라스크 안의 시약이 부글부글 끓고 있었다.

「이건 뭐예요?」

「잘못 건드렸다가 묻으면 뼈까지 녹아버릴 거다.」

그녀가 살짝 웃으며 말하자 소년은 질겁하며 뒤로 물러섰다.

「여전히 춥지?」

그녀는 벽난로 쪽으로 다가가더니 입으로 무언가를 읊었다. 그러자 장작에 불길이 확 치솟으면서 활활 불타기 시작했다.

소년은 놀란 눈으로 벽난로를 향해 후다닥 달려갔다. 술집에서 술잔을 불태운 것을 보긴 했어도 여전히 신기하게만 보였다.

「그게 뭐예요?」

「마법.」

「마법이 뭐예요?」

「앞으로 네가 나한테 배울 거다. 손이나 우선 녹이렴.」

마탑까지 눈바람을 맞으며 걸어온 탓에 소년의 손은 꽁꽁 얼어 있었다. 난로의 따스함에 소년은 편안한 표정을 지으며 두 손을 비볐다.

「혹시나 해서 하는 말인데, 앞으로 네가 배울 건 절대 만만하지 않은 거다.」

그녀는 어젯밤 먹다 남긴 빵을 바구니에 담아 소년에게 내밀었다. 주점에서 거의 3인분을 혼자서 먹어치운 소년이었지만, 음식이 눈에 들어오자 입 안에 군침이 돌았다.

「어찌 보면 길거리에서 배고픔에 떠는 게 행복하다고 여기는 때도 올 거다.」

그녀는 직접 나이프로 빵을 반으로 쪼갠 뒤 안에 버터를 발랐다. 그리고 소년의 입을 향해 불쑥 내밀었다.

「그 마법이라는 걸 배우고 있으면 계속 밥 먹을 수 있는 거죠?」

「그래, 최소한 배고플 일은 없을 거다.」

더 이상 들킬까 두려움에 떨면서 남의 호주머니를 털지 않아도 된다. 다른 아이들처럼 두들겨 맞아 길거리에서 죽어 나갈 걱정을 더 이상 할 필요도 없다.

그것만으로도 충분했다.

「다시 한 번 잘 생각해 봐라.」

소년이 빵을 한 입 깨물려고 하자 그녀는 빵을 슬쩍 뒤로 내뺐다.

「배고픔보다 더 괴로운 일이 기다리고 있을 거다. 그래도 좋아?」

「배고픈 것보다 더 괴로운 건 없어요. 맞는 거야 며칠 지나면 다시 낫잖아요? 하지만 배고픈 건 시간이 지날수록 더 괴롭기만 해요.」

가장 원초적인 고통에 시달리던 소년에겐 눈앞의 빵을 먹어야 한다는 일념밖에 없었다.

「그렇다면 절대 후회하지 마라. 알겠지?」

그녀는 못 이기는 척하면서 등 뒤로 감추었던 빵을 앞으로 내밀었다. 그러자 소년이 잽싸게 빵을 낚아채더니 허겁지겁 베어 물었다.

「절대로 후회해서는 안 된다…….」

그녀는 말끝을 흐리면서 벽난로 안을 응시했다.

2

"지금 뭐라고 했죠?"

마리에타는 다듬고 있던 크라켄 다리를 떨어뜨렸다.

"약속대로 마법 수련을 시켜 드리겠다는 이야기입니다. 혹시 지금 바쁘신가요?"

"아, 아! 아니에요! 나중에 해도 되요! 준비하고 올게요!"

마리에타는 남은 크라켄 다리를 물이 담긴 그릇 안에 죄다 집어넣고 급하게 손을 닦았다. 오늘 저녁 식탁에 오를 크라켄 다리를 기대하던 크루제이커의 얼굴이 그녀의 뇌리에 잠시 떠올랐지만 이내 지워 버렸다. 그리고 자신의 방에 들어가 급하게 뭔가를 챙기기 시작했다.

'저렇게 좋아할 줄은 몰랐어. 진작 가르쳐 줄 걸 그랬나?'

마치 아이처럼 좋아하는 기색을 대놓고 드러내는 마리에타를 보자 레이지는 미안한 마음에 뒤통수를 긁적거렸다.

크루제이커는 어제 설거지를 하면서 했던 말을 잊어버리지 않았다. 점심 식사 이후 마리에타가 잠시 자리를 비운 사이 그는 귓속말로 '오늘 오후 수련은 없으니 저 아가씨와 시간 잘 보내도록 해' 라고 말한 뒤 혼자서 모래사장으로 터벅터벅 걸어갔다.

'그나저나 지금 난 서클 3인데 서클 5를 가르치다니. 어찌 보면 이것처럼 우스운 일이 있을까.'

마리에타를 만났던 당시엔 고작 서클 5밖에 안 되는 소녀가 나대는 것이 참으로 맘에 안 들었다. 더 나아가 자신을 가르치려고 하는 태도에 어이가 없을 정도였지만, 그런 마리에타를 가르치는 입장에 처하니 묘한 기분이 드는 건 어쩔 수 없었다.

"오래 기다렸어요?"

마리에타는 그동안 입던 허름한 블라우스와 스커트 대신 로브를 걸치고 있었다. 양손 한 가득 두툼한 마법 서적을 들고 오느라 좌우로 비틀거리기까지 했다. 레이지는 싱긋 웃으면서 책을 받아주었다.

"이런 건 다 필요없습니다."

레이지는 탁자 위에 책들을 툭 내던지고선 베이그란트의 서만을 골라 집었다.

"지켜주실 건 단 한 가지뿐입니다."

"어떤 거죠?"

"제가 가르치는 방식이나 내용에 대해 의구심을 가져도 상관없습니다. 단, 그걸 어디서 어떻게 배웠냐는 식으로 제 자신에 대해 파고드는 것만은 일체 용납하지 않겠습니다. 말할 수 없다는 건 둘째 치더라도, 기억 자체가 남아 있지 않아 대답하기 힘듭니다."

이미 그동안의 행동 때문에 자기 자신이 뭔가 숨기고 있다는 것 정도야 알려진 상태이긴 했다. 하지만 절대 알려져서는 안 되는 사실, '자신의 진짜 정체'에 대해서는 어떻게 해서든 알려지는 걸 막아야 했다.

"문제없어요. 어차피 전 당신이 싫어할 일은 할 생각이 전혀 없으니까요."

솔직히 마리에타 입장에선 레이지가 감추고 있는 비밀이 뭔지 궁금했다. 비밀이란 것은 공유하게 되는 순간부터 긴밀한 관계로 이어지게 된다. 그러나 그게 마리에타 본인이 원하는 쪽으로 발전할 거라고는 조금도 생각 안 했다.

"그러면 그렇게 믿겠습니다. 만일 조금이라도 저에 대해서 뭔가 캐내려고 한다고 느끼면 어떤 일이 일어날지 저도 모릅니다."

"겁주는 건가요?"

"네."

"그렇다면 뭔가 있다는 뉘앙스 자체를 풍기지 않도록 해요. 솔직히 레이지는 뭔가 꼼꼼 숨기고 있으면서 냄새 자체는 주변에 풀풀 풍기잖아요?"

마리에타의 지적에 레이지는 왼쪽 눈을 살짝 찡그렸다.

'그녀의 말이 맞아. 레이지가 된 이후로 뭔가 달라졌어. 그마나 내 정체에 대해 의심을 품은 이들 대부분이 호의적이라 다행이지만, 앞으로도 계속 그럴 거라는 보장은 없어.'

실제 자신의 나이보다 스무 살 이상 어린 여자에게 지적받았다는 게 뼈아팠다.

'우선 마리에타 앞에선 절대 트리플 캐스팅은 쓰지 않아야 겠어. 그거 때문에 펠튼이 뭔가 알아챘을 땐 진짜 난감했지.'

이미 펠튼이 넌지시 마리에타에게 말했을 수도 있다. 하지만 직접 그녀에게 물어볼 수도 없는 입장이라 맘대로 상상하게 놔두는 수밖에 없다.

"그러면 우선 밖으로 나가도록 하죠."

"밖으로요?"

"우선 당신의 실력이 어느 정도인지 알아야 할 거 아닙니까?"

크루제이커처럼 근성 테스트니 독기가 진짜 있는지 없는지를 판단할 필요는 없었다. 곱게 자라난 귀족 영양이 한 남자의 뒤를 쫓기 위해 홀로 가출한 시점부터 근성과 독기는 굳이 확인하지 않아도 충분했다.

"아, 그전에 물어볼 게 있었는데 까먹었군요."

자리에서 일어선 레이지는 예전 스승에게 들었던 말을 떠올리며 입을 열었다.

"절대 후회하지 않을 자신이 있습니까?"

"무슨 소리죠?"

어렸을 때엔 그저 배고픔에서 벗어난다는 말에 마법의 길을 택했다.

고난이 있었지만 후회는 없었다. 스승의 우려와 달리 제이워드는 결국 마법으로 도달할 수 있는 최고봉에 올라섰다.

그러나 마리에타가 그때의 제이워드처럼 좌절하지 않을 거라는 확신은 들지 않았다.

"마리에타, 당신이 어떤 방식으로 마법을 터득했는지 모르겠지만 제가 가르칠 방식은 분명히 기존과 다를 겁니다. 그로 인해 예기치 못할 괴로움에 몸부림칠 수도 있고, 저에게 마법을 배웠다는 사실만으로 나중에 난처해질지도 모릅니다."

레이지는 자신이 제이워드라는 사실을 마지막까지 숨길 수 있다고 생각하지 않았다. 이미 자신의 부주의로 인해 제이워드 본인이라는 것은 아니더라도 제이워드와 어느 정도 관계가 있음을 알린 상황이었기에.

"전 이미 당신을 알게 된 순간부터 난처해진 거 같아요."

마리에타는 부드럽게 미소 지으며 레이지의 등을 바라보았다.

"더 이상 난처해져 봤자 뭐가 달라지겠어요?"

배고픔과 일방적인 호의.

성격이 다르긴 해도 둘 다 고난으로 향하는 길이라는 건 분명했다.

레이지는 입술 끝을 살짝 올리면서 고개를 옆으로 돌렸다.

"절대로 후회해서는 안 됩니다."

3

오두막 밖으로 나온 레이지는 확 트인 마당 한가운데에 섰다. 평소 크루제이커와 과격한 대련을 하던 곳이라 잘려 나가거나 뽑혀 나간 나무들이 주변에 나뒹굴고 있었다.

그는 자신을 따라온 마리에타에게 뒤로 물러나 거리를 벌리라고 손짓했다. 둘 사이의 거리가 3미터가 되자 레이지는 고개를 돌리며 뻣뻣해진 몸을 풀었다.

"서클 5가 된 지 얼마나 되었습니까?"

"열일곱 번째 생일잔치 때 할아버지로부터 정식으로 인정받았으니 1년 좀 넘었네요."

열일곱의 나이에 서클 5.

예전 제이워드였을 때보다 훨씬 빠른 성장이다.

'전쟁처럼 실전을 자주 경험할 수 있는 환경에서 자란다면 서른 살 이전에 아크메이지에 도달할 수 있을지도 몰라.'

전쟁은 많은 이들이 죽고 죽어가는 참혹한 공간이지만, 오러 유저나 매직 유저에겐 가장 확실한 수련장이기도 하다.

"마법으로 절 공격해 보십시오. 가능한 한 가장 강력한 마법으로, 서클 5의 마법으로 해주시길 권합니다."

"저, 정말로 괜찮나요?"

"서클 5의 매직 유저를 가르치는 입장에서 그 정도도 버텨내지 못하면 뭘 하겠습니까?"

"그, 그렇긴 해도……."

망설이는 마리에타와 달리 레이지는 마나의 흐름을 하나

로 모아 응집시키고 있었다. 그리고 베이그란트의 서를 매만지며 책에 서려 있는 마나를 감지했다.

"아, 그전에 베이그란트의 서의 봉인 해제식을……."

"그럴 필요 없습니다."

마리에타는 해제식이 적힌 쪽지를 내밀었지만, 레이지는 고개를 가로저었다.

"……라스카(열려라)."

레이지가 발음한 룬 문자에 반응한 베이그란트의 서가 강렬한 빛을 내기 시작했다. 그러더니 책을 꽁꽁 둘러싸고 있는 쇠사슬이 풀리면서 아래로 축 늘어졌다.

"어, 어떻게 풀었죠?"

"어차피 베이그란트의 서에 걸려 있는 해제식은 서클 5 수준입니다. 이걸 직접 풀지도 못하면서 당신을 가르친다는 건 언어도단이죠."

레이지가 베이그란트의 서를 펼치자, 맨 첫 번째 페이지에 기록된 목차가 단어 하나씩 순서대로 빛을 내기 시작했다. 그는 손가락을 뻗어 열두 개의 목차 중 네 번째 항목을 살짝 눌렀다.

그러자 빛이 천천히 사라지면서 아래로 늘어졌던 사슬이 하나로 뭉쳤다. 레이지는 그 사슬 끝을 붙잡더니 허리띠 왼쪽에 매달았다.

"생각 외로 쉽군요."

사슬을 통해 베이그란트의 서에 내제되어 있던 마나가 레이지의 몸에 스며들기 시작했다.

'베이그란트의 서가 확실하군. 서클이 단번에 올라갔어.'

그는 서클 4로 올라간 마나량을 느끼면서 살짝 웃었다.

"자, 아까 말한 대로 절 마법으로 공격해 보십시오."

"저, 전 사람을 상대로 직접 서클 5의 마법을 써본 적이 없어요."

"그러니 지금이라도 써보는 게 어떻습니까?"

결국 마리에타는 한숨을 길게 내쉬고선 두 눈을 감았다.

그녀의 입이 룬 문자를 천천히 읊으면서 주문식을 완성시키고 있었다. 레이지는 룬 문자 내용을 파악하고선 그녀와의 거리를 5미터로 더 벌렸다.

'윈드 와이번(Wind Wyvern)이로군.'

플레임 드래곤(Flame Dragon)과 마찬가지로 서클 5에 해당하는 고위 마법 중 하나. 바람의 속성을 띠고 있으며, 하늘을 나는 와이번의 형상을 구현한 뒤 날카롭고 빠른 바람을 발사해 대상을 초토화시킨다.

'플레임 드래곤보다 좀 더 복잡한 마법식일 텐데 용케도 잘 시전 중이네. 좀 더 빠르게 전개했으면 더 좋았겠지만.'

레이지는 머리와 입으로 각자 룬 문자를 읊기 시작했다. 금세 두 개의 마법진이 그의 머리 위에서 아래로 천천히 내려왔다. 마리에타의 주변에도 거대한 마법진이 형성되어 땅바닥에 빛을 발하고 있었다.

"…바람이여, 휘몰아쳐라!"

마리에타는 주문의 마지막을 크게 외치면서 오른팔을 앞으로 내밀었다. 그러자 그녀를 중심으로 강렬한 바람이 일어나면서 먼지가 뿌옇게 피어올랐다. 땅바닥에 떨어져 있던 나뭇잎들이 바람에 이끌려 공중에서 빙빙 돌기 시작했다.

'호오, 제법인데?'

레이지는 마리에타의 머리 위로 떠오른 윈드 와이번의 형상을 바라보며 감탄했다.

플레임 드래곤에 비해 날렵한 이미지를 지녔지만, 몸길이의 두 배에 달하는 거대한 두 날개를 활짝 편 모습은 보는 것만으로도 위압감을 주기 충분했다. 긴 부리를 벌릴 때 보인 날카로운 이빨들이 정교하게 구현된 걸 보면서 꼼꼼함마저 느꼈다.

회색빛의 윈드 와이번은 타깃이 된 레이지를 인식하더니 양 날개를 뒤로 크게 젖힌 후 앞으로 강하게 휘둘렀다. 날카로운 바람이 마치 칼날처럼 날아와 레이지 주변의 나무를 통째로 베어냈다. 막상 레이지 본인은 정면에 구현한 마나의 장벽 덕분에 안전하게 서 있었다.

'그런데 역시 불안해 보여. 위력도 생각보다 약하고.'

혹시나 모를 불행한 사태를 막기 위해 마나의 장벽을 이중으로 둘렀지만, 첫 번째 장벽마저 뚫지 못했다.

날개를 연달아 펄럭이며 바람을 내보내던 윈드 와이번이 고개를 쳐들더니 부리를 크게 벌렸다. 입에서 뿜어져 나온 바람의 브레스가 마나의 장벽을 향해 직선 형태로 발사되었다.

'이번 건 확실히 강한데?'

마나의 장벽이 바람에 밀려 뒤로 천천히 후퇴했다. 레이지는 룬 문자를 급하게 외우면서 새로운 마나의 장벽을 설치했다.

"휴우."

마리에타는 가쁜 숨을 내뱉으며 제자리에 털썩 주저앉았다.

그러자 윈드 와이번의 머리부터 빛을 발하더니 천천히 모습을 감추었다. 그녀는 양손을 땅바닥에 대고서 계속 숨을 헐떡거렸다.

레이지는 마나의 장벽을 거두고 주변을 둘러보았다.

피어오른 먼지가 여전히 뿌옇게 남아 있는 가운데 수백여 그루의 나무가 모두 잘려 나가 밑동만 남아 있었다.

'장작거리가 늘어나서 크루제이커가 기뻐하겠네.'

물론 이 나무를 모두 패서 장작을 만드는 일은 죄다 레이지가 할 몫이다.

그는 땀에 흠뻑 젖은 마리에타에게 다가가서 오른손을 내밀었다. 그녀는 레이지의 부축을 받으려고 손을 내밀었다가 손바닥에 묻은 땀을 뒤늦게 발견하고선 로브에 비벼 닦았다.

"윈드 와이번은 잘만 쓰면 플레임 드래곤보다 훨씬 강력한 마법이지요."

"그, 그런가요……."

"물론 그만큼 플레임 드래곤보다 마나 소모량은 더 높죠. 게다가 잘못 사용하면 주변의 아군들마저 휘말리게 해서 마나의 정교한 컨트롤을 필요로 합니다."

"저, 전 혹시라도 당신이 다칠까 봐… 위력을 억제하느라 고생했어요. 휴우."

위력을 억제했다는 말에 레이지는 자신의 턱을 쓰다듬으며 생각에 잠겼다.

'어쩐지 좀 약하다고 했어. 굳이 그런 배려까진 할 필요 없었는데. 억제하지 않고 그대로 발휘했다면 오두막까지 날아갔을지도 몰라.'

레이지는 멀리 떨어져 있는 오두막으로 시선을 돌렸다.

말리기 위해 지붕 위에 진열해 놓은 생선이 마구 뒤엉켜 있었다. 게다가 반수 이상이 바닥에 떨어져 흙투성이가 되어버렸다.

'윈드 와이번을 쓸 줄 알았으면 좀 더 오두막에서 먼 곳으로 가야 했는데. 미리 물어볼 걸 그랬나?'

레이지는 나중에 분명히 있을 크루제이커의 잔소리를 미리 떠올리며 얼굴을 살짝 찡그렸다. 하지만 이내 표정을 바꾸고 마리에타를 바라보았다.

"훌륭한 서클 5의 마법이었습니다."

"그런가요?"

"하지만 지적해야 할 부분이 다수 있군요. 들어보겠습니까?"

4

서클 5에 들어서면 소위 말하는 '고위 마법'이 구현 가능해진다.

화염 속성의 플레임 드래곤, 바람 속성의 윈드 와이번, 전격 속성의 썬더 드레이크(Thunder Drake), 그리고 물 속성의 웨이브 서펀트(Wave Serpent) 등이 이에 해당한다.

각각 용의 형상을 화려하게 나타내면서 강력한 위력을 자랑한다. 그리고 서클 5 이상의 마법사들 자질을 평가하는 기준으로도 잘 쓰인다.

레이지는 방금 전 마리에타가 시전했던 마법 윈드 와이번이 구현되던 과정을 처음부터 끝까지 머릿속에서 천천히 떠올렸다. 그리고 고쳐야 할 부분을 하나씩 찾아냈다.

"우선 마법을 시전하기 전에 두 눈을 감으시던데……."

"아무래도 고도의 집중력을 요구하다 보니 그렇게 되었어요."

"그 습관, 당장 버리시길 바랍니다."

시야를 검은색 하나만으로 통일시켜서 쓸데없는 잡념을 제거하고 주문 시전에만 집중하기 위해 눈을 감는 거야 매직 유저들이 흔히 가지는 습관이다.

"플레임 드래곤의 경우도 마찬가지지만, 서클 5의 마법들은 마법의 대상이 어디로 어떻게 움직이고 어디에서 멈추는지 정확히 파악하면서 사용해야 합니다. 집중력을 위해 두 눈을 감는 행위는 상대에게 반격을 허용할 수 있고, 눈을 감은 사이 상대가 어느 방향으로 이동할지 파악하기 힘들게 합니다."

물론 레이지도 마법을 쓸 때 곧잘 눈을 감고 주문을 외우기도 했다. 레이지야 제이워드였을 때의 경험도 있고 마법을 무수히 써봤기 때문에 그다지 문제가 없다.

하지만 그 누구의 보호도 받지 않은 상태에서 마법 시전이 끝날 때까지 눈을 감는 건 너무나 위험하다.

"보니 시전을 마치기 전까지 계속 눈을 감고 계시더군요. 제가 혹시라도 당신의 뒤로 이동했다면 어떻게 하실 작정이었습니까?"

"하지만 할아버지께선 아무 말도……."

"펠튼님의 의향을 따르실 작정이라면 당장 돌아가십시오. 여기에서 당신을 가르치는 사람은 바로 저입니다."

레이지는 마리에타의 말을 도중에 끊으며 단호하게 말했다.

"물론 눈을 감으면 집중력이야 오르죠. 하지만 이런 생각은 안 해보셨습니까? 그렇다면 아예 두 눈을 멀게 하는 게 마법 터득에 더 쉽지 않을까 하는 구상 말입니다."

레이지의 다소 극단적인 발언에 마리에타는 입술을 굳게 다물었다. 하지만 그의 말은 끝나지 않았다.

"두 눈이 먼 자들 중에 오르나 마법에 탁월한 실력을 발휘한 자들이야 제법 있습니다. 하지만 그들과 당신과는 큰 차이가 있습니다."

레이지는 발끝으로 작은 돌조각을 위로 차올리더니 손으로 낚아챘다. 그리고 손에 마나를 모아 마법을 시전했다.

"바로 절박함 그것이지요."

활활 불타오르는 불길 속에서 돌조각이 시커멓게 타들어갔다. 레이지가 움켜쥐었던 손을 펼치자, 불에 휩싸인 돌조각이 바닥에 툭 떨어졌다.

"감각 중 뭔가 하나를 잃은 자들은 그것으로 인한 단점을 보완하기 위해 다른 감각을 극대화시키게 마련입니다."

레이지는 오른손으로 턱을 매만지며 마리에타를 중심으로 천천히 원을 그리며 걷기 시작했다.

"당신이야 그저 감았던 두 눈을 뜨면 눈앞이 훤히 보이지 않습니까? 그들이 지닌 절박함을 당신은 소유할 수 없지요. 무엇보다 눈이 멀었다고 해서 모두 다른 감각을 극대로 키울 수 있는 건 아닙니다. 장님들이 왜 지팡이를 들고 다니며 앞

을 두들기겠습니까?'

레이지의 말에 마리에타는 단 한 마디도 반박할 수 없었다.

결국 어깨를 축 늘어뜨리면서 고개를 끄덕거렸다.

"잘 알겠어요. 앞으로 고치도록 할게요."

"고치도록이 아니라 고쳐야 합니다. 앞으로 제 앞에서 마법 시전 중에 두 눈을 감으면 무조건 그날 수련은 중지입니다."

서클 5에 도달할 때까지 지적받지 못한 부분이라면 쉽게 고쳐질 리 만무하다. 좀 강압적이긴 해도 이런 식으로 언질을 해야 조금이나마 빨리 고쳐질 수 있다.

'예전 스승님에게 마법을 배울 때엔 더했지. 시전 도중에 나도 모르게 눈을 감으면 혼찌검이 났다. 머리가 홀라당 다 타버린 적도 있고.'

마법 시전은 대부분 어느 정도 시간을 요구하기 때문에 자연스레 오러 유저들의 보호를 받으며 마법을 구현하게 마련이다.

하지만 보호라는 이름하에 성장 속도는 극도로 늦춰지게 마련이다. 자신 혼자만이 남을 상황을 언제나 상정해야 한다.

"두 번째, 마법의 구현 자체는 꽤나 정교했습니다. 문제는 마법이 실제로 발동하기까지 시간이 좀 걸렸습니다. 아까 살짝 주문을 들어보니 전부 룬 문자로 구현하지 못하더군요."

"그걸 알아챘어요?"

"제가 멍하니 당신의 주문이 구현되기만을 기다린 게 아닙니다. 단순히 마법이 얼마나 강한지 따위를 파악하려고 시킨 건 더더욱 아닙니다."

룬 문자로 마법을 시전할 경우의 장점은 다양하다.

서클 4 이하의 마법일 경우 서클을 한 단계 올려주며, 일반적인 언어보다 더욱 짧은 주문식을 구현케 한다. 마나의 소모량 자체도 줄여주며, 더블 캐스팅을 할 때의 필수 조건이기도 하다.

문제는 그 룬 문자를 능숙하게 사용하는 거 자체가 힘들다. 서클 5의 마리에타에게도 완벽한 룬 문자 사용은 무리였고, 서클 6에 들어서기 위해 반드시 극복해야 할 문제이다.

"앞으로 모든 마법은 룬 문자만 이용해서 구현하도록 하십시오. 처음엔 무지 느리게 느낄 겁니다. 하지만 반복하다 보면 빨라지게 마련입니다. 이것 역시 어길 경우 무조건 그날 수련은 중단됩니다."

"계속 무조건 중지, 중단이라는 말만 덧붙이네요."

"습관이란 건 이렇게 단호하게 대처하지 않으면 고치기 무리입니다."

모르는 거라면 가르치면 된다. 하지만 나쁜 습관은 가르치는 것이 아닌, 교정이라는 과정을 거쳐야 한다. 마리에타가 마법에 대해 빠른 시간 동안 급성장한 덕분에 수십 년간 굳어진 버릇이 아니라는 게 그나마 다행이었다.

'버릇도 버릇이지만, 역시 전쟁 당시의 서클 5 매직 유저들과 비교하긴 무리겠어. 경험치라는 면에서 너무나 취약해.'

정도의 차이는 그 당시에도 분명히 존재했지만, 하루에도 몇 십 번, 혹은 몇 백 번이나 마법을 시전하면서 아군과 적군을 구별해 공격해야 했던 전쟁만큼 좋은 수업 장소는 없다.

제이워드는 당시 내로라하는 매직 유저들과 아군, 혹은 적으로 만나곤 했다.

많은 이의 이목을 끄는 화려한 마법을 구사하며 아크메이지의 재목으로 여겨졌던 네이드 왕국 출신의 위저드 세리앙 M. 테루시아, 물 계열 마법에 특화된 덕분에 호수나 바다가 있는 곳에선 거의 무적에 가까운 전적을 자랑했던 크루디아 제국 소속 왕정마법사 페일 M. 젤킨스, 처음엔 적으로 만났지만 후에 제이워드와 뜻을 함께했던, 일명 동쪽의 아크메이지 엘레노어 M. 메이오르.

그 밖에 많은 매직 유저들의 이름이 차례대로 떠올랐다. 펠튼의 경우 잠시 스쳐 지나간 격에 가까웠지만.

적으로 만났을 경우엔 힘겹게 상대해야 했고, 아군으로 등장했을 땐 마음 놓고 등 뒤를 맡길 수 있었다.

"이제 끝인가요?"

"아직 멀었습니다. 세 번째는……."

레이지의 말이 끝날 기미를 보이지 않자 마리에타의 어깨가 더욱 축 처졌다.

5

"오늘따라 아가씨 기분이 영 아닌 거 같은데… 싸웠냐?"

평상시라면 화기애애한 대화가 넘쳐야 할 저녁 식탁이 오래간만에 침묵만이 감돈 채 끝났다.

"레이지, 너 도대체 뭔 짓을 한 거냐?"

음식에 거의 손도 대지 않은 마리에타는 우울한 표정으로 방에 돌아간 지 오래였다. 반면 레이지는 평상시와 다를 바 없이 식사에 열중할 뿐이었다. 그는 반으로 찢은 빵에 남은 수프를 묻혀 한입에 삼키고 우물우물 씹었다.

"그냥 고칠 점 몇 가지 지적해 준 것에 불과합니다."

"몇 가지? 진짜 몇 가지냐?"

"정확히는 열세 가지입니다. 룬 문자 사용 시 발생한 오류점에 대한 지적과 마법 시전 시 시야를 스스로 닫는 부적절한 습관을……."

"어려운 말 하지 마라."

마법의 '마' 자만 들어도 크루제이커는 몸에 두드러기가 날 지경이었다. 그는 평소보다 훨씬 덜 익혀진 크라켄 다리 구이를 입 안에 넣고 마구 씹었다.

"네놈 성격상 친절하게 이야기했을 리 만무하지."

"친절하게 이야기하면 효과가 없습니다. 스승님도 저에게 친절하게 설명했습니까?"

"그러면 나야 할 말이 없지. 하지만 나와 네 녀석 사이가 저 아가씨와 네 녀석 사이와 같냐?"

"가르치는 입장과 배우는 입장이라는 것만 고려하면 똑같지 않습니까?"

"그걸 누가 몰라? 이왕 여기까지 힘들게 찾아온 아가씨이니 좀 잘해주라는 이야기다."

그 말에 레이지는 마리에타의 방 쪽을 바라보았다.

크루제이커는 레이지가 오기 전 마리에타의 오두막을 따로 지어주었지만, 레이지가 온 후엔 그 오두막에 자기가 들어간다고 결정해 버렸다. 어떤 의도로 그랬는지 레이지는 충분히 알 수 있었지만, 아무 쓸모 없는 '배려'에 불과했다.

"보통 이런 곳까지 가르침을 청하러 온 놈이 옆에 여자 끼고 있는 모습을 좋게 보리라곤 생각하지 않습니다만."

"끼고 있다는 인식 자체는 하고 있는 게 그나마 다행이로구나."

"저도 눈치 정도야 있습니다만."

보통 뭔가에 매달릴 경우 이성 문제에 대해서는 엄해지게 마련이다. 레이지의 경우 일부러 그런 게 아니라 그냥 강해지는 것 외에 신경 쓰기 귀찮아서 그런 거지만.

"뭔가 이루고자 할 때 한 가지에만 몰두하는 편이 훨씬 높은 가능성을 지니긴 하지. 하지만 그것보다 더 진리에 속하는 말이 있어."

크루제이커는 짧은 수염 중 유독 길게 튀어나온 털 하나를 손톱으로 붙잡더니 뽑아냈다.

"될 놈은 뭘 하든 되고 안 될 놈은 뭘 하든 안 된다는 사실이지. 여자 좀 사귄다고 안 되는 놈이 여자 안 사귄다고 되겠냐? 그렇게 치면 하루 24시간 동안 하루 수면 시간 6시간과 식사 시간을 각각 20분씩 쳐서 총 1시간, 즉 7시간을 제외한 나머지 17시간을 내내 수련에만 매달리는 놈들이 그랜드 마스터가 되고 아크메이지가 되겠네?"

노력은 단순히 시간을 투자하는 것만으로 성과에 도달하지 않는다. 얼마나 효율적으로 집중하는지에 따라 노력의 질이 결정된다.

"어차피 수련 시간 이후 네가 뭘 하든 난 신경 안 써. 인간으로서 지켜야 하는 최소한의 도리만 어기지 않으면 된다. 문제는 넌 진짜 최소한의 도리까지만 지키려고 하니까 보는 입장에서 골이 아프다."

크루제이커는 레이지가 하루에 단 1분이라도 마리에타에게 노력하는 모습을 보여주길 바랐다. 알아서 하기를 바라는 것에도 이미 한계에 도달했다.

"그러니 아가씨에게 따듯한 위로의 말이라도 좀 건네줘라."

"명령입니까?"

"그래. 이 오두막의 주인인 크루제이커의 이름으로 명한다. 위로해라. 싫으면 나가라."

크루제이커가 두 눈을 부라리며 낮은 어조로 말하자, 레이지는 고개를 살짝 숙이면서 짧게 한숨을 내쉬었다.

"그리고 난 내일 아침에나 돌아올 테니 문단속 잘해라."

"…왜 나가십니까?"

"난 10대의 젊은 청춘들을 방해하고픈 마음이 없다."

그 말을 끝으로 '쾅' 소리와 함께 문이 닫혔다.

'하긴, 너무 남에게 엄하게 굴어서 지금 이 모양이지.'

옛 제자였던 칸나가 벌이는 일도 결국 제이워드의 실책 때문이다. 제대로 된 제자로 키워냈다면 이런 식으로 자신의 앞을 가로막을 리도 없었을 테니까.

'그런데 예전에도 이와 비슷한 상황이 벌어졌단 말이야.'

레이지는 혹시나 하는 마음에 소리 내지 않고 발걸음을 옮겼다. 마리에타의 방문 앞에 선 레이지는 조심스레 손잡이를 잡고 돌렸다.

6

"꺄악!"

문이 열리면서 마리에타가 앞으로 풀썩 쓰러졌다.

예상대로 흘러가자 레이지의 입가에 쓴웃음이 절로 지어졌다.

"엿듣고 있었군요. 이거 혹시 습관입니까?"

"그것도 고쳐야 하나요?"

"들키지 않을 자신이 없으면 고치길 권합니다. 이건 가르치는 입장이 아니라 나잇값을 하시라는 의미에서 말하는 겁니다."

동갑 남자에게 나잇값이라는 소리를 듣자 마리에타의 표정이 뾰로통하게 바뀌었다. 레이지는 그녀를 살펴보던 중 흐트러진 옷매무새 안쪽에 뭔가 이질적인 걸 발견하고 손가락으로 가리켰다.

"혹시 다치셨습니까?"

"네? 아! 이, 이런."

마리에타는 당황하며 드러난 왼쪽 어깨를 급하게 감추었다.

그리고 레이지에게 등을 보인 채 방 안으로 들어가 의자에 털썩 앉았다.

"보기 흉하죠?"

그녀는 자조적인 웃음을 지으며 레이지에게 보였던 화상자국을 오른손으로 꾹 눌렀다.

"평소에는 화장으로 가리고 다니는데, 여기에 오래 있다 보니 저도 모르게 방심하고 안 가렸네요."

"언제 그런 겁니까? 꽤 오래된 흉터 같아 보입니다만."

"아마 열두 살 때였던가? 할아버지께 대련 형식으로 마법을 배우다가 실수로……."

여자로서 지워지지 않은 흉터는 영원히 콤플렉스로 남는다.

6년 전 마리에타는 펠튼의 마법을 막지 못하고 목에서 가슴까지 이어지는 길고 큰 흉터를 입어야 했다. 당시엔 살이 타들어가는 고통에 울먹이기만 했는데, 시간이 지날수록 화상 자국은 육체가 아닌 마음의 흉터로 자리 잡아 지워지지 않았다.

"할아버지는 뭔가 실수를 저질러도 남에게 미안하다는 소리를 잘 안 하세요. 그런 그분이 두 눈을 동그랗게 뜨고 어쩔 줄 몰라 하며 저에게 미안해했던 적이 바로 그때였죠."

마법으로 인한 부상은 특별한 치료제가 없으면 끔찍한 흉터로 남아버린다. 문제는 그 치료제가 어린 나이에 쓰기엔 위험했던지라 평생 지워지지 않은 흉터가 자리 잡아버리고 말았다.

"아버지가 아마 그때 할아버지와 인연을 끊었을 거예요. 최근 다시 화해 분위기로 돌아가는가 싶었지만, 제가 가출하는 바람에 원래대로 돌아갔을 거 같네요."

가족들과 일부 하녀만이 그녀의 흉터에 대해 알고 있었다. 매일 아침 일어나자마자 거울 앞에 서면 지금 봐도 절로 표정이 일그러지는 흉터를 직접 짙은 화장으로 가리곤 했다.

그 누구에게도 보여주고 싶지 않았지만, 특히 레이지에겐 알리고 싶지 않았다.

"그래서 그런지 전 단순히 호기심 때문에 마법에 손대려 하는 사람들에게 괜히 참견하는 습관이 들어버렸어요."

제이워드가 아닌 레이지로서 마리에타를 처음 만났을 때의 일이 떠올랐다.

유달리 마법이라는 단어에 민감하게 반응하는 그녀를 당시엔 이해할 수 없었지만, 지금은 이해하고도 남았다.

"그래서 그때 저를 그렇게 몰아붙인 겁니까?"

"딱히 레이지를 걱정해서는 아니었어요. 전 그렇게 착한 여자는 못 되거든요."

그저 자신과 똑같은 아픔을 겪을까 두려워서 매몰차게 나온 것이었다. 매직 유저로서의 강한 자긍심도 그 흉터로 인한 보상심리에 가까웠다.

"역시 흉하죠? 아쉽게도 너무 어릴 적 생긴 상처라……."

"아닙니다. 매직 유저라면 최고의 훈장으로 여겨야 합니다."

레이지는 어느새 마리에타의 앞으로 걸어오더니 흉터를 가리고 있던 그녀의 오른손을 붙들고 들어 올렸다.

"이깟 흉터 따위로 사람의 가치가 결정될 거라 생각합니까? 절 그런 인간으로 봤다면 유감스러운데요."

"정말로 괜찮아요?"

"제 눈을 보시죠."

레이지의 눈은 평소와 다를 바 하나 없었다.

"어차피 마법을 익히다 보면 성한 곳 찾기가 더 힘들죠. 시약을 다루느라 손은 거칠게 마련이고……."

레이지는 마리에타의 손가락을 꼼꼼히 살펴봤다.

여러 가지 시약을 다루느라 손톱을 기르지도 못하고, 손끝에는 시약 냄새가 배어있었다. 제이워드였을 때의 스승 샤를로트의 손과 거의 흡사했다.

'알면 알수록 신기한 여자야. 고생없이 그저 잘난 부모들이 만들어준 길을 그대로 걸어가는 여자인 줄 알았는데. 나름대로의 고충과 고민을 지니고 살아왔다는 이야기로군.'

아무런 흑심 없이 마리에타의 손을 매만지는 레이지와 달리 그녀의 얼굴은 붉게 달아오른 지 오래였다.

"저, 크루제이커님은 어디 가셨나요?"

"내일 아침에나 온다더군요. 왜 쓸데없는 배려를 하는지 원……."

레이지의 말에 마리에타는 낙담하며 고개를 숙였지만 어내 기운을 차렸다.

"어차피 지금의 당신에겐 그런 건 기대 안 해요."

"지금, 말입니까?"

"혹시 모르잖아요? 나중에는 당신이 제 치맛자락을 붙들고 늘어질지도."

"훗날 아크메이지가 된다면 그럴지도 모르겠군요."

"그 말, 분명히 기억했어요. 나중에 딴소리하기 없어요."

마리에타는 고개를 빳빳이 처들고선 레이지를 정면으로 바라보았다. 서로 말 없이 각자의 눈을 응시하더니 이내 두 남녀의 입가에 미소가 맺혔다.

"휴우, 레이지 덕분에 잠이 싹 달아났네요."

"그러면 수련이나 더 하지 않겠습니까?"

"벌써 달이 떠올랐는데요?"

"밖으로 나갈 필요 없이 지금 여기에서 할 수 있는 방법입니다."

그동안 오러에만 매달려 온 터라 마법에 대해서도 슬슬 손을 대야 하는 입장의 레이지였다.

레이지나 마리에타 양쪽 모두 마법 수련을 할 수 있는 방법이며, 예전 스승 샤를로트가 가르쳐 준 방식이기도 했다.

"룬 문자를 능숙하게 터득하는 방법 중 하나가 바로 일상 대화를 룬 문자로 주고받는 겁니다."

"대화를요?"

"덴 멜 레스, 헬·페루스(당신의 머리카락이 푸석해 보이는군요. 밥은 먹고 다닙니까)?"

"버, 벌써부터 시작하는 건가요?"

돌연 레이지의 입에서 룬 문자가 물 흐르듯 흘러나오자 마리에타는 방금 들은 단어를 떠올리며 해석하기 시작했다.

하지만 급작스럽게 나온 말이라 곧바로 풀어내기엔 무리

였다. 30초 정도 지난 후에야 레이지의 말을 알아들었지만, 룬 문자로 대답하기 위해 또 30초를 소모해야 했다.

"세… 센 메스, 데 크라켄 렐 페루스……(거, 걱정할 필요 없어요. 크라켄 다리를 먹어서인지……)."

"굳이 고유명사 앞에 'De'를 붙이시려거든 해당 명사의 고어를 사용하시길 바랍니다. 크라켄이 아닌 크라킨으로. 아, 이건 일부러 룬 문자로 말하지 않았습니다. 그랬다간 또 해석하는 데 한 1분 정도 걸릴 거 같아서 말이죠."

"……."

"자, 이런 식으로 계속해 보도록 하죠."

크루제이커가 나름 눈치를 써서 발휘한 배려가 엉뚱한 방향으로 전개되고 있었다.

7

베르시아 신성력 1391년 5월 12일.

케이서스 공화국의 수도 바르시어스.

그 수도의 정중앙에 위치한 대광장에 많은 인파가 벌 떼같이 모여 있었다. 그들의 관심사는 잠시 후 시작될 사형식에 쏠려 있었다.

임시로 설치된 사형대 위에 무릎을 꿇고 앉아 있는 남자의 행색은 참으로 초라했다. 한때 케이서스 공화국의 권력 핵심부에 위치했던 그는 쿠데타를 시도했다는 이유로 일주일 전 체포되어 이 자리에 서게 되었다.

극심한 고문 탓에 한쪽 눈은 멀었고, 열 개의 손가락 중 손톱이 있는 곳은 하나도 없었다. 마구 헝클어진 머리 사이엔 때와 피가 엉겨 붙어 딱지가 너덜너덜 달려 있었다.

「레이커스 A. 모르올.」

제국의 마수로부터 대륙을 구원한 다섯 영웅 중 한 명, 그랜드 마스터 나르디안 A. 모르올의 아버지.

그는 자신의 이름을 부르는 관리의 말에 힘겹게 고개를 들어 올렸다.

「베르시아님의 품으로 가기 전에 마지막으로 할 말은 없는가?」

관리 옆에 서 있는 신부는 옆구리에 성서를 끼고 굳은 표정으로 레이커스를 바라보았다.

「나… 나는.」

그는 하던 말을 멈추고 사형대 왼쪽에 설치된 참관인석에 앉아 있는 딸을 바라보았다.

레이커스에겐 아무런 죄가 없었다.

제국 전쟁 이후 본의 아니게 큰 영향을 끼치게 된 딸의 아버지라는 게 죄라면 죄일까. 모르올 가문의 성장을 두려워한 케이서스 공화국 내의 정치 파벌이 하나로 뭉쳐서 그를 모함

했다. 그 결과 그의 아들 둘과 부인은 이미 전날 처형되었다.

바로 이 자리에서.

「내 계획을 딸년이 방해하지만 않았다면… 이렇게 끝나지 않았을 텐데! 모두 저년 때문에!」

하지만 딸만큼은 절대로 음모에 휘말리게 만들 수 없었다.

왼쪽 눈으로 더 이상 앞을 볼 수 없어도, 모든 손톱이 뽑혀 나가는 고통 속에서도 그는 딸의 이름만큼은 대지 않았다. 반대로 딸의 방해 때문에 일을 그르쳤다며 거짓 증오를 내뿜었다.

「……」

나르디안은 자신을 향해 최후의 발악을 하고 있는 아버지 레이커스를 말없이 바라보고 있었다.

그녀야말로 아버지가 결백하다고 믿고 있었다.

하지만 지금 아버지를 변호한다면 모르올 가문을 노리는 이들의 의도대로 돌아갈 것이 뻔했다. 남들 눈에 띄지 않게 의자 아래로 내민 손을 강하게 주먹 쥘 뿐이었다.

「너만 없었다면! 너 때문에!」

마구 발버둥 치던 레이커스는 결국 집행인들의 손에 이끌려 처형대 위에 목을 올렸다.

관리는 고개를 끄덕거렸고, 날이 시퍼렇게 선 도끼를 든 집행인이 레이커스 옆에 섰다.

「베르시아님의 가호가, 그대에게 깃들기를.」

성서를 펴 든 신부는 성호를 그으며 기도문을 읊은 뒤 사형
대 뒤로 내려갔다.

사형대 주위에 모여든 시민들은 목소리를 높이며 레이커
스를 욕하기 시작했다. 딸의 명성을 등에 업고 국가를 전복시
키려 했다고 알려진 레이커스에게 그들은 조금의 자비도 용
납하지 않았다.

눈구멍만 뚫린 마스크를 뒤집어쓴 집행인이 도끼를 양손
으로 쥐고 머리 위로 올리자 욕설은 환호성으로 바뀌었다.

그들의 함성을 듣는 나르디안은 귀가 썩는 듯한 느낌을 받
았다. 스스로 판단하려하지 않고 그저 남의 의견만을 듣고 따
라가는 이들을 위해 싸운 지난 시간이 후회되기만 했다.

관리는 오른손을 천천히 들어 올리더니 빠르게 아래로 내
렸다. 그와 동시에 집행인의 도끼가 빠르게 휘둘러지며 레이
커스의 목을 향해 내리찍어졌다.

*   *   *

"헉, 헉……."

꿈에서 깨어난 나르디안은 거칠게 숨을 내쉬면서 몸을 부
들부들 떨었다.

꿈의 마지막을 장식한 붉은색 피.

그녀는 얼굴을 두 손으로 감싸 쥐더니 이내 귀를 틀어막았

다. 아버지의 목이 사형대 아래로 굴러 떨어지는 걸 보면서 시민들이 내지른 환호성이 여전히 귓가에 맴돌고 있었다.

나르디안은 어금니를 꽉 깨물며 교차시킨 양팔로 어깨를 움켜쥐었다. 제국 전쟁 동안 지켜야 했던 케이서스 공화국의 시민들은 어느새 가장 큰 증오의 대상이 되어버렸다.

"무슨 일인가?"

"들어오지 마!"

문밖에서 들려온 베른의 목소리에 나르디안은 날카롭게 대답했다.

그녀는 숨을 천천히 고르면서 그때의 잔혹한 광경을 천천히 뇌리에서 지웠다.

"절대로 들어오지 말아요."

"…알겠다."

베른은 노크하려던 오른손을 거두고선 문밖에 우두커니 서 있었다.

모함으로 그녀의 일가족이 참살당한 지 어느덧 2년.

베른은 자신마저 음모에 휘말릴 것을 각오하고 그녀를 변호하고 보호했다. 그리고 묵묵히 그녀가 복수의 칼날을 공화국 내 정적들에게 하나씩 휘두르는 걸 지켜봤다. 그것이 그가 할 수 있는 최선의 일이라 믿으면서.

하지만 그녀가 거의 매일 밤 악몽에 시달리는 것까지 막을 수는 없었다.

"괜찮은가?"

"이제 괜찮아요."

"보고를 하려고 왔지만 역시 시간이 늦었군."

베른은 복도에 설치된 창문을 통해 저택 밖을 내다보았다. 짙은 어둠 속에서 달이 은은한 빛을 발하고 있었다.

"아니, 괜찮아요. 역시 그 건이겠죠?"

"그렇다."

나르디안은 침대 위에서 내려와 탁자 위의 물 잔을 집어 들었다.

"편지에 대한 답장은 몇 통이나 왔죠?"

"현재까지 보낸 편지 수는 총 124통. 그중 열두 통의 답장이 왔다."

"지금 그 정도면 충분해요."

나르디안의 입가에 사악한 미소가 천천히 모습을 드러냈다.

자신을 제외한 가족이 모두 죽은 이후 그녀는 더 이상 공화국을 수호하는 의미없는 짓에 매달리지 않았다.

전쟁이 끝난 후의 영웅은 역적으로 몰리게 마련이라는 역사상의 교훈을 굳이 떠올릴 필요가 없었다. 지금의 평화가 영웅을 필요로 하지 않는다면 존재해야만 하는 세상으로 만들면 되기에.

"시간이 지나면 더욱 늘어날 게 뻔하니까요."

"그런가?"

"인간이란 그럴 수밖에 없죠."

그녀는 확신이 가득 찬 대답을 하며 물을 들이켰다. 그리고 빈 유리잔을 맨손으로 움켜쥐었다.

손바닥을 펼치자 산산조각 난 유리잔이 적색 카펫 위에 천천히 떨어졌다. 그리고 아래로 흘러내린 핏방울이 카펫을 더욱 짙게 물들였다.

Chapter 25
불길한 움직임

1

베르시아 신성력 1393년 7월 8일.

"으랏차차!"

거대한 통나무가 가로 방향으로 크게 휘둘러졌다.

거센 바람이 몰아치면서 땅바닥에 쌓여 있던 나뭇잎이 일제히 솟구쳤다. 레이지는 오러로 온몸을 감싸서, 마리에타는 마나의 장벽을 구현하여 막아내려 했지만 워낙 강력한 힘 앞에 뒤로 주욱 밀려 나갔다.

"어이어이, 젊은이들이 왜 그래? 벌써 지친 거야?"

크루제이커는 머리 위로 치켜든 통나무를 빙빙 돌리더니

땅바닥에 내리찍었다.

쿵!

오러가 실린 통나무가 만들어낸 충격이 지축을 뒤흔들었다. 레이지는 두 다리가 후들거리는 걸 간신히 버텨내며 검을 고쳐 쥐었다.

'그래도 마리에타와 함께라면 어느 정도 할 만하다고 생각했는데… 완전히 오산이었어.'

레이지는 뺨을 타고 흐르는 땀을 손바닥으로 훔쳐 내며 숨을 골랐다.

그가 엘번 섬에 머물게 된 지도 어느덧 3개월째.

아침부터 저녁까진 크루제이커로부터 오러에 대해 가르침을 받고, 자기 전까진 마리에타에게 마법 수련을 시키는 나날이 이어졌다.

제자와 스승의 입장을 번갈아가며 보내는 시간에 레이지는 매우 충실했다. 보다 더 남의 입장에서 생각하게 되었고, 기존에 쌓인 경험을 최대한 활용하면서 차근차근 성장하는 중이었다. 물론 랭크나 서클이 올라간 건 아니었지만, 지금의 수준에서 올라설 수 있는 최대한의 능력을 발휘하겠다는 일념으로 하루하루를 보냈다.

그러던 오늘 아침 식사 중 크루제이커가 넌지시 던진 말에 레이지는 고개를 끄덕거렸다.

"한번 아가씨와 너 둘이 동시에 나에게 덤벼보는 건 어때?"

비록 크루제이커가 랭크 6의 소드 마스터라 하여도 서클 5의 마리에타와 함께 대결한다면 밀고 밀리는 공방전을 벌일 수 있을 거라는 계산이 머릿속에서 내려졌다. 무엇보다 강한 상대와 맞붙는 것만큼 성장을 촉진시키는 요소는 드물다.

식사 후 세 명은 숲 한가운데 자리 잡은 공터에서 각자의 실력을 발휘했다.

하지만 레이지의 생각처럼 일이 돌아가지 않았다. 제대로 된 검도 아닌 통나무를 휘두르는 크루제이커에게 공격 한 번 하기 힘들었다.

'그렇다고 내가 포기할 것 같아?'

오러만으로 승부하겠다는 생각을 버렸다.

"스승님, 마법을 써도 되겠습니까?"

"그렇게 이기고 싶냐?"

크루제이커는 씨익 미소를 지으며 턱수염을 매만졌다.

"그래, 한번 마음껏 덤벼봐라."

"후회하지 마십시오."

"후회 같은 소리 하고 자빠졌다. 그건 이기고 난 뒤에나 해라."

레이지는 항상 허리 왼쪽에 매달고 있던 베이그란트의 서를 왼손에 집어 들었다.

"라스카(열려라)."

책을 돌돌 감고 있던 쇠사슬이 풀리면서 책이 공중에 뜬 채로 펼쳐지더니 페이지가 휘리릭 넘어갔다.

"제가 먼저 돌격할 테니 미리 주문을 시전하도록 하십쇼."

"네?"

마리에타의 대답을 듣기도 전에 레이지는 룬 문자를 읊으며 마법을 시전했다. 주문이 끝나자 레이지의 두 다리에 빛이 감돌았다.

"오호!"

빠른 속도로 뛰어든 레이지의 검이 크루제이커의 목을 향해 날카롭게 파고들었다. 크루제이커는 감탄하면서 맨손으로 그의 검을 움켜쥐었다.

"하지만 어쩌냐? 네 녀석의 오러로는 아직 무리야."

"그야 당연하죠. 하지만!"

레이지는 오른손을 펼치며 검을 포기했다. 순간 레이지의 모습이 사라지더니 크루제이커의 등 뒤에서 나타났다.

"블링크(Blink)냐?"

크루제이커는 뒤돌아보지 않고 통나무를 제자리에서 크게 휘둘렀다. 오러로 구현된 충격파가 그를 중심으로 원 모양으로 퍼져 나갔다.

하지만 레이지는 또 한 번 블링크를 써서 나무 위에 올라갔다. 그사이 마리에타는 최대한 집중을 유지하면서 주문을 읊는 중이었다.

"아가씨, 위험한 건 안 돼."

크루제이커는 여전히 얼굴에 미소를 띤 채 통나무를 머리 위에서 땅바닥을 향해 내리찍었다. 직선 형태의 충격파가 빠른 속도로 마리에타를 향해 전진했고, 그녀는 놀라 시전하던 주문을 취소하고 마나의 장벽을 급하게 구현했다.

"꺄아악!"

비명 소리가 울러 퍼지며 마리에타의 몸이 허공에 붕 떠올랐다. 크루제이커는 나무 위에서 주문을 외우고 있는 레이지를 흘낏 쳐다보더니 마리에타를 향해 높이 점프했다.

"레이지, 받아라!"

크루제이커는 공중에 뜬 상태에서 통나무를 휘둘러 마리에타를 멀리 날려 보냈다. 그 와중에도 그녀는 마나의 장벽을 다시 구현해 충격을 받지 않았지만 힘에 밀려 나가는 건 어쩔 수 없었다.

서클 5의 고위 마법 플레임 드래곤을 시전 중이던 레이지는 자신을 향해 날아오는 마리에타를 보고 시전을 중지했다. 그리고 두 손으로 안아 안전하게 지상에 착지했다.

"괜찮습니까?"

"괘, 괜찮아요."

마리에타는 살짝 붉어진 얼굴을 숨기기 위해 고개를 옆으로 돌렸다. 레이지는 살짝 찡그린 얼굴로 크루제이커를 노려보았다.

"방금 일부러 제 앞으로 떨어뜨린 거 아닙니까?"

"그래, 이렇게라도 공주님 안기를 시켜야 아가씨 마음이
좀 풀릴 거 아니냐?"

"하아……."

오러와 마법이 격돌하는 와중에도 그런 생각을 떠올릴 수
있다는 게 어이가 없었다.

"그리고 여기에서 플레임 드래곤을 시전해서 어떻게 하려
고? 이 숲 홀랑 불타 버리면 뒷감당은 네놈이 다 할 거냐?"

"……."

"난 자연을 사랑한다고. 여기에서 화전민이 될 생각 없으
니 불태우는 건 자제해라."

'그런 말을 하면서 매번 나무를 통째로 뽑아내는 건 어떻
게 설명해야 하지?'

레이지는 더 이상 논리적으로 대응하는 걸 포기하고 마리
에타를 커다란 바위 위에 천천히 내려놓았다.

"어때? 더 할 테냐?"

"아닙니다. 왠지 모르게 장난감 취급 받는 느낌이 들어 할
맘이 안 나는군요."

오러 수련을 할 때엔 레이지의 실력을 감안해 적절히 봐주
면서 상대하던 그였지만, 마리에타와 둘이 공격을 해오자 마
음껏 오러를 발휘하며 레이지를 압도했다.

"아가씨도 더 할 맘 없지?"

마리에타는 다소 기운 빠진 표정으로 고개를 가로저었다.

"지금의 저로선 도저히 크루제이커님을 상대할 수 없겠네요. 마법을 시전하려고 하면 죄다 도중에 취소시켜 버리니 뭘 어떻게 할 수가 없어요."

"그게 매직 유저를 상대할 때 오러 유저의 대응 방식이지. 제대로 된 마법이 한 번이라도 구현되면 골치 아파. 아가씨는 아직 실전 경험이 없기 때문에 당황한 탓도 있을 거야."

제국과의 전쟁에서 오랜 시간을 보낸 크루제이커와 마리에타는 애당초 비교 대상이 될 수 없었다.

"레이지 저놈이 아가씨를 제대로 보호했다면 이야기가 좀 달라졌을 수도 있지. 그런데 저놈, 아직도 오러에는 미숙해."

크루제이커의 평가에 레이지는 뭐라 대답할 수 없었다.

30년 가까이 매직 유저로서 살아와서일까, 오러 그 자체만으로 싸우기엔 당연히 부족할 수밖에 없었다.

"뭐, 그걸 감안하고 가르치고 있고 터득도 제법 빨라. 그래도 내 눈엔 여전히 모자라 보여."

레이지는 그의 말을 당연하게 받아들였다.

오러 유저로서 랭크 3은 그저 지나쳐야 하는 단계에 불과하다. 거기에 만족하거나 그 수준에서 모든 걸 터득하겠다는 욕심은 처음부터 가지지 않았다.

마리에타는 바위 위에서 일어서려고 했지만 두 다리가 후

들후들 떨려서 도로 앉고 말았다.

"하지만 정말로 대단하시네요. 할아버지와 마법 대련을 몇 번 하긴 했어도 이 정도까진 아니었어요."

"그야 펠튼님 입장에서 귀한 손녀딸에게 강하게 나올 리 없잖아? 그나마 나도 아가씨가 딸 같아서 조금 봐준 거라고."

"오러라는 걸 이렇게 체감하니 크루제이커님이 다르게 보여요."

"아가씨, 뉘앙스가 뭔가 묘한데? 그러면 이제까지 날 어떻게 본 거야?"

마리에타는 본능적으로 가장 먼저 눈에 들어오는 반짝거리는 머리를 바라보았다.

"좀 뭐랄까……."

"난 돌려 말하면 못 알아들어. 저 망할 제자 녀석처럼 직설적으로 지르라고."

그녀의 머릿속에서 반짝이는 대머리와 크라켄 다리의 쫀득쫀득함이 연달아 반복되었다. 그러나 그걸 절대 말할 수 없었다. 왠지 모르게 인간으로서 절대 입 밖으로 꺼내선 안 된다고 직감했다.

"좀 철이 없으신… 중년 남자로 봤죠."

"맞는 말이니 반박할 수가 없구먼. 쩝."

크루제이커는 머리를 벅벅 긁었다.

"그런데 아직도 떨리나 봐? 혼자 일어서기 힘들지?"

그는 마리에타를 두 손으로 휙 들어 올리더니 왼쪽 어깨에 앉혔다. 키가 2미터를 훌쩍 넘고 어깨가 워낙 넓은 체형인지라 그녀가 앉기에 충분했다.

"어때? 평소보다 시야가 확 넓어졌지?"

"그, 그렇긴 한데 좀 민망해요."

"민망하긴 뭐가? 나도 제때에 결혼했다면 아가씨만 한 딸이 있을 거야. 딸을 어깨에 태우는 게 민망한가?"

크루제이커는 얼떨떨해하는 마리에타의 등을 툭툭 두들긴 후 레이지를 흘낏 쳐다보았다.

"왜? 너도 타고 싶냐?"

"절대 아닙니다."

2

오두막으로 돌아온 레이지와 마리에타는 점심 준비를 하기 시작했다. 요리는 여전히 마리에타 몫이었지만 테이블을 세팅하고 요리 재료를 자르는 일은 레이지가 담당했다. 며칠 전 시범 삼아 레이지에게 요리를 시켰지만, 음식 투정은 범죄라며 부르짖던 크루제이커마저 '이건 좀 아니다'라면서 다시는 요리에 손도 못 대도록 못 박았다.

"흐음… 좋아, 적당해."

마리에타는 수프의 간을 본 뒤 흡족한 표정을 지으며 국자로 그릇 안을 휘저었다.

"레이지, 크루제이커님을 불러오세요."

레이지는 수건으로 손을 닦은 뒤 옆 오두막 안으로 들어갔다. 문을 열자 의자에 앉아 생각에 잠긴 크루제이커가 있었다.

"스승님, 식사 준비 다 되었습니다."

크루제이커는 턱수염을 매만지더니 머리를 벅벅 긁었다. 뭔가 고심하는 기색이 역력했다.

"미안. 지금 뭐 먹을 기분이 아니다."

"네?"

레이지는 자신의 귀를 의심했다.

크루제이커가 식사를 거른다니. 절대 있을 수 없는 일이다. 반들반들한 그의 머리에서 새로운 머리카락이 솟아날 가능성과 비등했다.

"혹시 어디 편찮으십니까?"

"내가 어디 아파 보이냐?"

"저, 혹시 오늘 점심에 크라켄 다리가 안 나와서 그러신 겁니까? 저에게 항상 밥투정은 인간이 할 짓이 아니라고 말하셨으면서……."

"잠시 혼자 생각할 게 있으니 니들끼리 알아서 밥 챙겨 먹어라. 그리고 오늘 오후 수련은 없다."

크루제이커는 손짓으로 레이지에게 밖으로 나가라는 제스처를 취했다.

레이지는 고개를 갸웃거리며 식사가 준비된 오두막으로 돌아갔다. 그사이 식탁 위에 음식을 모두 준비한 마리에타가 어리둥절한 얼굴로 레이지를 바라봤다.

"크루제이커님은요?"

"오늘 식사 안 하신답니다."

"네? 어디 아프신가요?"

3

그날 저녁.

크루제이커는 심각한 표정으로 의자에 앉아 한숨을 길게 내쉬었다. 맞은편에 앉아있던 레이지와 마리에타는 그가 뭔가에 고민하고 있다는 사실을 알아챘지만, 뭔지 몰라 서로 귓속말을 주고받을 뿐이었다.

"역시 크라켄 다리가 다 떨어져서 그런 거 아닐까요?"

"저분이 레이지처럼 밥투정하시는 분인가요?"

"하지만 식사까지 거르고 하루 종일 혼자 계시지 않았습니까? 이 섬에 온 지 벌써 몇 개월이 지났지만 저런 모습은 처음입니다."

"저도 처음 봐요. 저희들이 뭔가 실수한 것 없을까요?"

둘의 머리를 맞대어도 무엇 때문에 그가 저렇게 무게를 잡는지 도통 영문을 알 수 없었다.

"휴우……."

크루제이커는 길게 한숨을 내쉬더니 고개를 들어 천장을 응시했다.

"그래, 너희들에게 이야기하지 않고 떠날 수야 없지."

"네?"

"무슨 소리이신가요?"

크루제이커는 말없이 왼손에 쥐고 있던 편지 봉투를 탁자 위에 올려놓았다.

"레이지, 이거 누가 가지고 온 건지 아냐?"

"……!"

검은색의 편지 봉투.

그 봉투를 봉하고 있는 인장만이 레이지의 시야에 들어왔다. 자신도 모르게 일그러지던 얼굴을 급하게 아래로 숙였다.

'침착하자. 여기에서 티를 내면 어떻게 하겠다는 거야? 마리에타에게도 지적받을 정도였잖아.'

레이지는 마음을 가라앉히며 천천히 고개를 들었다.

"잘 모르겠습니다."

"아가씨는?"

"오늘 아침에 페어리 호가 이 섬에 정박했잖아요? 물건을 건네받긴 했어도 이런 편지는 보지 못했어요."

"아가씨가 못 느낄 정도라면 레이지 네 녀석이야 당연히 모를 테고……."

둘의 대화가 진행되는 와중에도 레이지의 눈은 편지에서 떨어질 줄 몰랐다.

30여 년간 지겹게 봐와야 했던 문양.

각각 적색과 푸른색으로 칠해진 두 마리의 사자가 앞발을 치켜들고 서로를 노려보는 형상. 그 사자 사이를 세로 방향으로 가로지르는 검까지 확인하자 레이지의 마음속에서 분노가 천천히 끓어오르기 시작했다.

'역시나 불씨는 완전히 꺼지지 않았어.'

크루제이커는 편지 봉투를 열어 편지지를 꺼내 탁자 위로 툭 던졌다.

"읽어봐."

레이지는 손을 내밀어 편지지를 집어 들었다. 그의 눈동자가 빠르게 좌에서 우로 이동하며 내용을 읽었다. 그의 어깨너머로 마리에타가 고개를 살짝 내밀며 뭐가 적혔는지 살펴보았다.

새로운 세상을 열기 위해 그대의 힘이 필요합니다. 만일 저희와 뜻을 같이하신다면 이 편지를 읽으신 후 원래 있던 자리에 그대로 놓아두십시오.

"무슨 뜻인가요?"

마리에타는 편지의 내용을 도통 이해할 수 없었다.

"아가씨는 이 편지를 봉하고 있던 문양이 뭔지 모르겠어?"

"네, 최소한 지금 현존하는 국가들의 문양은 아니에요."

"맞는 말이긴 해. 레이지 너는 뭔지 알겠냐?"

"직접 본 적은 없습니다만, 아버님께 들은 이야기가 있습니다."

이럴 땐 주변 인물을 핑계로 대는 게 가장 좋다. 레이지는 약간 굳은 표정으로 편지 봉투를 집어 들고 얼굴 가까이 가져갔다.

"두 마리의 사자가 서로 바라보는 형상이 그려진 깃발이 높이 솟아오르면 그 전장은 반드시 혈투가 되어버린다."

"레이지, 그렇다면 이 편지의 문양은 설마?"

"크루디아 제국의 문양이라고 생각됩니다."

4

크루디아 제국.

지금으로부터 300여 년 전에 건국된 국가로서, 역사상에 기록된 다른 제국들과 마찬가지로 조그마한 왕국으로 시작했다.

현재의 칼루아 왕국이 들어서기 전에 존재했던 제르기아스 왕국과의 전면전에서 승리를 쟁취한 크루디아 왕국은 그 후 영토를 확장하면서 프라디나스 대륙 유일의 제국임을 선포했다.

대륙의 절반 가까이에 해당하는 영토를 차지했음에도 크루디아 제국의 야망은 결코 멈추지 않았다. 대륙에 존재하는 국가명은 오직 크루디아 하나만이 존재해야 한다는 신념하에 본격적인 전쟁을 시작했다.

그것이 '프라디나스 대륙 전쟁'.

20여 년이 넘게 진행된 전쟁은 결국 크루디아 제국의 수도 켈티스 성이 함락됨으로써 종결되었다. 그러나 크루디아 제국 자체의 완벽한 소멸을 의미하진 않았다.

"레이지나 아가씨는 전쟁에 참여하지 않아서 모르겠지만, 이 문양만 보면 피가 끓어."

크루제이커는 탁자 위에 올려놓은 두 주먹을 불끈 움켜쥐었다.

"많은 동료들이 이 문양 아래 짓밟히고 피를 흘리며 죽어갔지. 반 제국 동맹군을 이끌었던 다섯 영웅이 아니었다면 이 문양이 전 대륙을 지배했을 거야. 상상만 해도 끔찍해."

살아남은 이들보다 죽어서 묻힌 이들이 더 많았다.

동료들의 시체를 바라보며 좌절했던 과거를 회상할수록 제국에 대한 크루제이커의 분노는 커져만 갔다.

"사라져야 하는 망령이 이렇게 다시 모습을 드러내다니, 어이가 없어."

종전 이후 시작된 평화가 영원하리라고는 생각하지 않았다.

하지만 너무 빨리 평화의 균열이 찾아왔다.

"스승님은 어떻게 하실 작정입니까?"

레이지는 침착한 표정으로 크루제이커를 응시하며 입을 열었다.

"뭘?"

"이건 아무리 봐도 제국의 잔당들이 스승님을 섭외하고자 하는 내용 같습니다만."

크루제이커는 분노를 숨기지 않고 표출했지만, 사람의 마음이란 타인이 쉽게 알아 볼 수 없는 법이다. 제이워드였을 당시 든든한 동료들과 함께했지만, 뒤통수를 친 이들도 분명히 존재했다. 그중 하나가 바로 나르디안이었다.

"기나긴 전쟁이 끝난 지 이제 겨우 4년밖에 안 됐어. 그런데 다시 피바람이 몰아치는 걸 두고 볼 수는 없지."

"그렇다면……."

"질 낮은 장난일 수도 있겠지. 하지만 이렇게 외딴 섬에 편지를 보내면서까지 장난을 치고자 하는 인간은 없을 거라고 봐."

크루제이커는 나무잔을 집어 들더니 안에 든 물을 한 번에 들이켰다. 그리고 주먹을 쥐어 으스러뜨렸다.

"제국이 만일 다시 일어서려고 한다면 조금이라도 빨리 짓밟아야 해. 단, 그걸 나 혼자서 이루기엔 절대 무리지."

손바닥이 펴지자 나무 부스러기가 아래로 후두두 떨어졌다. 마리에타는 침을 꿀꺽 삼키며 그의 눈치를 살폈다.

"난 날이 밝는 대로 이 섬을 떠나 길레터 왕국으로 돌아갈 거다. 케인즈와 만나서 앞으로의 일을 상의해야겠어."

그는 손바닥을 탁탁 털며 의자 등받이에 몸을 기댔다.

"레이지, 넌 어떻게 할 거냐? 나 없이 이 섬에서 저 아가씨
와 단둘이 머물 거냐?"

"아닙니다. 스승님의 가르침을 더 이상 받을 수 없다면 이
섬에 있을 이유는 없습니다."

"그러면 나를 따라 본가로 돌아갈 거냐?"

"그것 역시 아닙니다. 나름 큰소리를 치고 집을 떠났는데
벌써 돌아가기엔 폼이 안 나죠."

제국이 다시 모습을 드러내기 위해 움직이는 모습이 포착
된 이상 허송세월할 수는 없다. 잠시 중단했던 비밀 연구소
탐사를 다시 시작하든지, 다른 스승을 찾아 오러를 더 수련하
든지 해야 한다.

'제국의 잔존 세력이 크루제이커 한 명에게만 이런 편지를
보냈을 리 없어. 실력자로 소문난 다른 이들에게도 보냈을 게
분명해.'

그것도 길레터 왕국 단 하나만이 아닌, 다른 국가에도 보냈
을 거라고 짐작되었다.

"아가씨는?"

"저, 저는… 잘 모르겠어요."

그녀는 고개를 숙이고선 곁눈질로 레이지를 넌지시 바라
보았다.

'문제는 마리에타야.'

레이지에 대한 호감 하나만으로 외딴 섬까지 따라온 그녀다. 본가를 떠날 때처럼 아무 말 없이 모습을 감추거나 이런저런 핑계를 대며 그녀 곁을 떠난다면 호감은 강렬한 적의로 바뀔 게 뻔하다.

"앞으로 둘이 어떻게 행동할지는 다음날 해가 뜨기 전까지 정하도록 해. 난 먼저 잠을 청해야겠어."

그 말을 끝으로 크루제이커는 오두막 밖으로 나갔다.

둘만 남게 되자 오두막 안에 침묵이 감돌았다.

레이지는 앞으로 어떻게 행동할지에 대해 고심하고 있었고, 마리에타는 계속 레이지의 눈치만 보며 그가 입을 열기만을 기다리고 있었다.

'그래, 그 수밖에 없겠어.'

레이지는 결심을 굳힌 얼굴로 고개를 옆으로 돌렸다.

"마리에타."

"네? 아, 네!"

"절 따라갈 겁니까?"

마리에타는 두 눈을 동그랗게 뜨고서 레이지를 응시했다.

"지난번처럼 도망갈 거 아니었나요?"

"솔직히 그럴 생각이 아주 없는 건 아니었습니다."

"그럴 거라 생각했어요."

"하지만 말입니다, 언젠가 스승님이 저에게 이런 말을 한 적이 있죠. 최소한 널 위해 뭔가 해주는 사람에게 고마워하는 마음 정도는 가져라, 라고 말이죠."

단지 호감을 가졌다는 이유만으로 마리에타는 레이지에게 헌신적으로 행동했다. 레이지 입장에선 절대 취할 수 없는 입장이기도 하다.

"그래서 더욱더 마리에타 당신과 같이 있는 게 꺼려집니다."

"왜죠?"

"앞으로 제가 가야 할 행보가 당신에게 절대 이롭지 않을 거라 예측되어서 그렇습니다."

그녀의 호감에 직접적으로 대응해 줄 수 없다면 차라리 지금 끊어버리는 게 낫다. 그렇게 레이지는 판단했다.

"어떤 의미인지 잘 모르겠지만, 지금보다 훨씬 더 난처해질 수 있다 이런 말이죠?"

"네."

"그렇다면 문제없어요."

별거 아니라는 듯한 표정을 내비치는 그녀는 그 어느 때보다 당당했다.

"당신을 이용할 수 있습니다."

"제가 이용만 당하고 버려질 정도로 호락호락해 보이나요?"

마리에타는 오른손을 뻗더니 집게손가락으로 레이지의 코를 살짝 눌렀다.

"레이지, 전 당신이 그렇게 모진 사람으로 보이진 않아요. 비록 날카로운 성격에 뭔가 뒤틀린 부분이 존재하고, 뭔가 숨기려고 하면서 정작 완벽하게 기척을 감추지는 못하지만……."

레이지는 자신에 대해 솔직하게 말하는 마리에타를 바라보며 쓴웃음을 지었다.

"예전에 비해 많이 변한 모습이 맘에 들거든요."

"변했습니까?"

"지금 저와 같이 갈까 아닐까 때문에 고민하고 있잖아요? 예전 같으면 그냥 휭~ 하고 떠났을 텐데 말이죠. 그것만으로도 많이 변했다고 생각하는데, 틀렸나요?"

예전 제이워드대로 행동하려고 했지만, 레이지가 된 지금은 명백히 과거의 그와 달라져 있었다.

"무엇보다 당신에게 배울 게 아직 산더미처럼 남아 있어요. 그걸 다 터득한 뒤 아크메이지가 되면 당신이 내 치맛자락을 붙들고 안 놔줄 거잖아요?"

"약속은 약속이었죠."

"그 약속이 존재하는 한 제가 먼저 당신을 떠날 일은 없을 거예요."

마리에타는 손을 아래로 내려 레이지의 손을 살짝 쥐었다.

"저, 생각보다 집요한 편이니 각오하는 게 좋을 거예요."

"네, 명심하도록 하죠."

다음날.

크루제이커와 레이지, 그리고 마리에타는 작은 돛단배에 몸을 실고 바다 한가운데를 가로질러 갔다.

"그동안 저 섬에도 나름 정들었는데 섭섭하네요."

마리에타는 점점 작아지는 엘번 섬을 바라보며 아쉬움을 감추지 못했다.

그녀가 길레터 왕국 밖으로 난생처음 떠나 머무른 곳이기에 감회가 남달랐다. 바람에 실려 넘실거리는 그녀의 금발이 막 동트는 태양빛에 반사되어 화사하게 빛났다.

마리에타의 맞은편에 앉아 있는 레이지는 팔짱을 낀 채 생각에 잠겼다.

'그동안 엘번 섬에 머무르면서 랭크 3에 도달했지. 그리고 크루제이커에게 검술도 나름 배웠고.'

3개월이란 시간 동안 이룬 성과는 꽤 컸다.

결국 제이워드는 레이지의 몸으로 새 삶을 살게 된 지 1년도 안 되는 시간 만에 랭크 3의 소드 엑스퍼트가 되었다. 마나량은 서클 3에 이르렀고, 마리에타가 준 베이그란트의 서 덕분에 평상시에도 서클 5의 마법까지 구사할 수 있게 되었다.

무엇보다도 오러와 마법이 융합되어 알 수 없는 힘을 구현했다는 사실이 가장 인상깊었다.

'냉정히 따지면 엄청나게 빠른 편이지.'

그러나 절대 안심할 수 없는 상황이다.

그동안 모습을 감추고 있던 제국의 잔존 세력이 노골적으로 자신들을 드러내기 시작했다. 더 강해지지 않으면 지금의 그로서 앞으로 불어닥칠 거대한 폭풍을 막아낼 수 없다.

'그렇다고 마리에타를 동행한 상태에서 비밀 연구소를 탐사하기엔 무리야. 거긴 전적으로 나 혼자 가든가 다른 방안을 궁리해야 해.'

사실 베이그란트의 서 덕분에 서클에 대해서 예전만큼 초조해지진 않았다. 비밀 연구소를 대하는 칸나의 자세로 보아 실패를 반복할 것도 눈에 선했고.

"레이지, 뭐하냐?"

"네?"

"멍하니 있지 말고 저기~ 다가오는 친구나 반길 준비해라."

크루제이커는 신나게 젓고 있던 노를 놔두고선 목을 한 바퀴 돌리더니 어깨를 어루만졌다. 그리고 참각도를 꺼내 위로 들어 올리자 마리에타의 입에서 절로 감탄사가 나왔다.

"와아! 진짜 크긴 크군요. 진짜 쓸 수 있는 건가요?"

"랭크 6이라면 이 정도 검은 써야 하지."

"그런가요?"

'마리에타, 그건 절대 아니야.'

레이지는 마음속으로 태클을 걸 뿐 차마 입 밖으로 내뱉을 수 없었다. 마리에타의 머릿속에 그릇된 오러 유저의 선입관이 각인되는 걸 막을 수 없었다.

"넌 언제까지 멍하니 있을 거냐?"

크루제이커는 레이지의 뒷덜미를 낚아채 밀쳐내더니 참각도를 오른손 하나만으로 들고서 어깨에 툭툭 내려쳤다.

"자, 한 판 시원하게 놀아볼까?"

그들이 있는 배를 향해 어두운 그림자가 천천히 접근해 왔다. 잠시 후 물방울이 해수면 위로 부글부글 끓어오르더니 강렬한 물보라가 위로 치솟았다.

키이이이익!

괴이한 소리와 함께 물살을 가르고 나타난 크라켄이 여덟 개의 다리를 높이 쳐들었다.

그리고 그 자세로 굳어버렸다.

"오래간만이로군, 친구여!"

크루제이커는 양팔을 크게 벌리더니 억제하고 있던 오러를 주변으로 방출했다. 오러가 발하는 강렬한 빛에 레이지와 마리에타는 두 눈을 감고 고개를 옆으로 돌려야 했다.

"한 달 만이지? 그동안 잘려 나갔던 다리는 잘 자랐나?"

크루제이커는 오른손으로 머리를 쓰윽 매만지며 미소를 지었다. 거대한 덩치의 크라켄은 몸을 부들부들 떨면서 여덟 개의 다리를 자신의 뒤로 다급하게 숨겼다.

마리에타는 신기하다는 눈빛으로 크라켄을 요리조리 살펴봤다. 레이지는 허리에 차고 있던 검을 재빨리 꺼내며 마리에타를 뒤로 물러서게 했다.

"어머, 저 몬스터가 크라켄인가요?"

"마리에타, 절대 만만히 봐서는 안 됩니다. 웬만한 수준의 오로나 마법은 통용되지 않아요!"

"반짝거리는 저 머리가 생각보다 귀여운 이미지네요. 맛나게 생겼어요."

"……."

레이지는 손으로 얼굴을 감싸 쥐며 할 말을 잃었다.

"어디 보자, 나하고 아가씨, 그리고 이 녀석의 몫까지 챙겨 가야 하니까……."

크루제이커는 왼손을 펼치더니 손가락을 하나씩 접었다. 그리고 집게손가락을 도로 폈다.

"그냥 넘어갈까 싶었지만, 날 흑인으로 만들었던 대가를 치러야겠어. 한동안 다리 두 개로만 사냥하게나, 친구."

키이이이익!

앞으로 닥칠 고난을 예감한 크라켄의 비명 소리가 망망대해에 울러 퍼졌다.

Chapter 26

프린스 오브 발렌시아

1

"그러면 몸조심해라."

"그동안 신세 많이 졌습니다. 아버님께 대신 안부 전해주시길 바랍니다."

"케인즈에게 편지 한 통 안 보냈던 놈이 말은 많다. 더도 말고 아가씨에게 잘 대해라. 세상에서 여자에게 함부로 굴고서 성공하는 남자 하나도 못 봤다."

크루제이커는 있는 힘껏 레이지의 등짝을 손바닥으로 후려갈겼다. 그리고 마리에타를 향해 윙크한 뒤 손을 흔들면서 인파 속으로 사라졌다.

"으윽."

레이지는 잔뜩 인상을 쓴 채 등을 어루만졌다.

"무사히 도착하시겠죠?"

"랭크 6의 소드 마스터를 감히 누가 건드리겠습니까?"

"그나저나 너무 거금을 주셔서 난감하네요."

마리에타는 금화가 가득 담겨 아래로 축 늘어진 돈주머니를 양손에 쥐고 있었다.

3일 동안 크루제이커와 레이지가 번갈아 노를 저어가며 도착한 곳은 다르한 항구였다.

항구에 도착하자마자 그들은 근처 어시장으로 향했다. 크루제이커를 단번에 알아본 시장 주인은 큼지막하고 기다란 크라켄 다리가, 그것도 여섯 개나 있는 걸 보고 환호성을 질렀다.

한 명당 다리 두 개씩 200골드를 벌었지만, 크루제이커는 자신의 100골드를 선뜻 마리에타에게 내놓았다.

"그동안 요리하느라 고생 많았잖아? 수고비라고 생각하고 부담없이 받도록 해."

"참 통이 크신 분이에요. 레이지보다 여자 마음을 더 사기 쉬운 타입인데…… 아직까지 혼자이시니 좀 안타깝네요."

"역시 그것 때문이겠죠."

"그렇죠. 역시 그거는 좀……."

두 남녀의 머릿속에서 동시에 반짝이는 무언가를 떠올랐다가 사라졌다.

"우선 이 돈주머니를 어떻게든 해결해야 할 거 같습니다."

여행 경비가 많은 거야 부족한 편보다 훨씬 낫지만 거동하기 힘들 정도면 문제다. 무엇보다 소매치기로 보이는 젊은이들이 레이지와 마리에타 주변을 맴돌고 있었다.

"그러면 옷 사러 가요. 그동안 낡은 것만 입어서 솔직히 좀 그랬거든요."

마리에타는 섬에 머무는 동안 멋을 내지 못해서 나름 스트레스가 쌓여 있는 터였다. 다시 엘번 섬에 돌아올 때를 감안해 가출할 당시 챙겨왔던 옷들은 그대로 놔두고 왔다. 지금 그녀는 대충 챙겨 입은 옷 위로 로브를 걸친 상태였다.

레이지는 고개를 끄덕거린 뒤 품에서 무언가를 꺼냈다. 오른손의 장갑을 벗은 뒤 보석은 박히지 않은 투박한 디자인의 반지 세 개를 각각 둘째와 셋째, 넷째 손가락에 끼우고 다시 장갑을 꼈다.

그러자 레이지의 몸 안에 감돌고 있던 마나가 일순간 수축하더니 서클 3에서 1 수준으로 내려갔다.

마리에타는 그의 마나량 변화를 즉각 감지하더니 고개를 갸웃거렸다.

"레이지, 왜 그 반지로 마나를 억제시키는 거죠?"

"좀 자중하려는 의미에서입니다."

이제까지 그에게 숨겨진 무언가가 있다고 짐작케 한 원인은 죄다 마법을 사용했기 때문이다.

'어차피 베이그란트의 서 덕분에 당분간 마나량에 집착할 이유가 없고, 랭크 3의 오러라면 그럭저럭 웬만한 적은 상대할 수 있을 거야.'

"앞으로 남들 앞에서 마법을 쓸 일은 그다지 없을 겁니다."

"앞으로 당신이 할 일을 위해서인가요?"

"그런 셈이죠. 정 마법을 쓸 일이 생긴다 해도 당신이 곁에 있으니 문제없습니다."

그는 손바닥을 툭툭 턴 뒤에 주변을 둘러보았다.

항구 안에 온갖 종류의 가게들이 줄지어 들어서 있었다. 그 중 옷가게 간판을 발견하고는 걸음을 옮겼다.

"우선 여기부터 들르도록 하죠. 괜찮겠습니까?"

"네!"

2

베르시아 신성력 1379년 10월 17일.

프라디나스 제국 전쟁이 한창 진행되던 시절.

수백여 개의 막사가 설치된 메르올디스 평원에선 점심시간을 맞이해 10,000여 명의 병사들이 허기를 달래기 위해 식사 배급을 줄지어서 받고 있었다.

힘겨운 전투가 반복되는 하루하루를 보내는 그들에게 있어서 식사는 몇 안 되는 즐거움 중 하나였다.

그 즐거움을 외면하고 막사에서 조금 떨어진 곳에서 작별인사를 나누는 두 남자가 있었다.

「정말 떠나야 하냐?」

30대에 들어선 제이워드의 얼굴엔 아쉬움이 가득했다.

그의 맞은편에 서 있는 같은 30대의 남성은 제이워드의 어깨를 두들기며 안쓰러운 미소를 지었다.

「나도 너와 함께 계속 싸우고 싶어. 하지만 아버님께서 승하하셨으니 별수 없잖아?」

쥴리앙 조르디어스 발렌시아.

일명 프린스(Prince) 쥴리앙. 발렌시아 왕국의 넷째 왕자인 그는 10년 동안 머물렀던 전장을 떠나 왕궁으로 돌아가야 하는 입장이었다.

「나 같은 놈에게 왕위가 돌아올지는 상상도 못했어. 형님들께서 그렇게 어이없이 돌아가실 줄 누가 알았겠냐.」

제국과의 전쟁에 박차를 가하던 발렌시아 왕국은 쥴리앙을 포함한 네 명의 왕자를 전장에 투입시켰다. 그러던 중 한 달 전에 제국의 승리로 끝난 키엘론 해전에서 세 명의 왕자가 모두 익사하는 불행을 맞이했다. 그 충격으로 시름시름 앓던 발렌시아의 왕 오를레앙 3세가 일주일 전 사망했다는 소식이 그저께 전달되었다.

「솔직히 난 왕좌에 앉아서 고리타분한 이야기만 듣는 입장 따위 질색이야. 하지만 어쩌겠어?」

오를레앙 3세는 넷째 왕자인 그에게 왕위를 내려준다는 유언을 남겼다. 왕궁 내 정치 암투에 질려 일부러 전쟁터로 떠난 그에게 왕위를 물려받으라는 말이 그리 고맙게 느껴지지 않았다.

「제이워드, 너와 룬 문자를 주고받으며 토론하던 밤들이 그리워. 조금만 더 시간이 있었다면 너를 능가했을 거야.」

「떠나면서 큰소리치기냐?」

제이워드와 같은 매직 유저인 쥴리앙은 유독 제이워드와 잘 어울렸다. 복수라는 일념 하나만 가지고 살아가던 제이워드는 적은 물론 아군 사이에서도 두려운 존재로 인식되었다. 그런 그에게 넉살 좋게 다가온 쥴리앙은 제이워드에게 몇 안 되는 전우 중 한 명이었다.

「이제부턴 좀 자제라는 걸 알고 살도록 해. 더 이상 날뛰는 걸 막아줄 사람은 이제 없다고.」

「그래, 노력해 보도록 할게.」

불같은 성격 때문에 제이워드는 유독 부대 내에서 충돌이 잦은 편이었다. 그럴 때 마다 쥴리앙이 나서서 그를 변호했다. 주변에선 배경으로 왕자를 두고 날뛴다고 수군거렸지만, 제이워드는 단 한 번도 쥴리앙에게 뭔가 부탁한 적이 없었다.

그렇기에 쥴리앙은 제이워드와 신분과 국경을 넘어선 우정을 나눌 수 있었다.

「넌 평소에 여자 없는 전쟁터 따위 지루하다고 말했잖아? 이제 속 시원하냐?」

「오, 그건 내 천성이라고. 남성으로서 여성은 가까이해야만 하는 존재라고. 안 그래?」

「널 기다리고 있는 고향의 부인은 생각 안 하냐? 아들이 벌써 열 살이라며?」

「오, 그 말만은 제발~!」

제이워드의 지적에 쥴리앙은 이마를 손으로 짚고서 고개를 흔들었다.

쥴리앙이 지닌 가장 큰 문제는 난잡한 여성 편력.

아리따운 여성만 보면 무턱대고 얼굴을 들이대며 작업을 걸기 일쑤였다. 거기에 그치지 않고 제이워드에게도 좋은 여자를 소개시켜 준다며 난리를 피우기도 했다.

「그래도 난 네가 부러워. 네가 뛰어드는 전장은 치열함 속에서 전우애를 느낄 수 있지만……」

쥴리앙은 고개를 들어 하늘을 바라보았다.

구름 한 점 없이 맑은 하늘이 오늘따라 그에게 서글프게만 느껴졌다.

「앞으로 내가 뛰어들 전장은 추잡함밖에 남지 않는 곳이니까.」

그 누구도 믿을 수 없는 정치라는 암투.

오를레앙 3세의 넷째 부인 안느는 자신의 열 살 된 아들 노르앙을 진정한 왕으로 내세우려는 계획을 준비 중이었다. 본의 아니게 귀여운 사촌동생과 권력을 두고 피를 흘려야 할지 모른다는 생각에 쥴리앙의 표정은 그리 밝지 못했다.

하지만 쥴리앙은 애써 미소를 지으며 우울함을 떨쳐 냈다.

「너라면 언제든지 환영이니 여유 좀 생기면 발렌시아 왕궁에 들러줘. 아리따운 시녀들에 둘러싸여 희희낙락하는 네 녀석을 보고 싶거든.」

「나에게 여자 따윈 필요없어.」

「그렇게 말하는 놈치고 나중에 치마폭에 감싸여 쩔쩔매지 않는 놈 못 봤다.」

쥴리앙은 제이워드의 양 어깨에 손을 얹었다.

「떠나기 전에 선물 하나 하고 갈까?」

「지난번처럼 억지로 여자 떠맡기려고 하면 미리 거절해 두겠어.」

「아냐. 남잔데?」

'여자'가 아닌 '남자'라는 단어가 쥴리앙의 입에서 나오자 제이워드는 의외라는 표정을 지었다.

「저기에 서서 날 노려보고 있는 저 애송이 말이냐?」

제이워드는 오른손을 내밀더니 쥴리앙의 어깨너머를 가리켰다.

10대 중후반으로 보이는 앳된 얼굴이 전쟁터에 어울리지 않았다. 짧게 자른 갈색 머리에 나이답지 않은 고지식함이 엿보였다.

「호오, 소드 마스터인가?」

제이워드는 소년의 몸에서 뿜어져 나오는 기백을 감지하고 턱을 어루만졌다.

「졸다크 왕국 알지? 내 어머님께서 그 왕국 출신이잖냐. 그래서 어릴 때부터 알고 지내던 사이지.」

「소드 마스터라면 최소 랭크 5일 텐데, 졸다크 왕국이 잘도 이런 능력자를 보내주었군.」

「그게 좀 사정이 있어서 말이지. 하하하!」

쥴리앙은 억지로 웃음을 터뜨리며 대답을 회피했다.

「너보다 열 살 정도 어리지만, 조금만 지나면 널 능가할지도 몰라. 그 정도로 잠재력이 무궁무진한 녀석이지.」

「열 살? 그러면 스무 살이 넘었다는 건가? 저 얼굴로?」

아무리 높게 잡아도 열일곱 살 이상으로 안 보이는 얼굴이었다.

쥴리앙은 손짓으로 소년을 불렀다.

「자, 이 녀석이 내가 말했던 그 친구야.」

소년은 시선을 위에서 아래로 내리면서 제이워드를 쑥 훑어보았다.

「광견 제이워드?」

순간 줄리앙의 안색이 새하얗게 변했다.

제이워드는 눈썹 사이를 일그러뜨리면서 팔짱을 꼈다.

「호오, 정면에서 그 별명을 들어보기는 두 번째로군. 배짱한번 대단한데?」

「이, 이것 봐! 제이워드에게 그 말만은 해서 안 된다고!」

제국군을 보면 미친개처럼 앞뒤 안 가리고 달려든다고 해서 붙여진 별명.

하지만 그 별명은 아군 내에서 더 널리 통용되었다. 조금이라도 자신의 심기를 건드리는 자는 절대 그냥 안 보냈기에 경멸의 의미로 사용되었다.

제이워드와 소년은 서로 말없이 상대방을 노려보았다.

줄리앙은 연신 뺨을 타고 흘러내리는 식은땀을 닦아내며 눈치만 보고 있었다.

「그래, 내가 광견 제이워드 M. 만델이다. 너는?」

「프레드릭 A. 테일런입니다. 잘 부탁드립니다.」

*   *   *

잠에서 깨어난 레이지는 뻐근해진 목을 어루만지며 의자에 등을 기댔다.

'그래, 그 녀석이 있었지.'

프레드릭을 자신에게 소개시켜 주었던, 전혀 왕자 같지 않던 왕자.

특유의 능글맞은 미소가 눈앞에 선명하게 그려졌다. 20년 넘도록 전쟁터를 오가면서 만났던 전우 중 현재까지 드물게 살아남은 자이기도 했다.

'결국 왕이 되었지. 그후 두세 번 더 만났고. 마지막으로 본 게 아마 5년 전이었던가?'

쥴리앙은 그때 이후 신분상의 이유로 직접 전장에 뛰어들지 못했지만, 물자 보급이라든가 실력있는 자들을 소개시켜 주는 등 간접적으로 제이워드를 지원해 주었다.

그를 통해 만난 전우가 바로 프레드릭.

그다음이 엘레노어.

'내 전우 중에 가장 출세한 놈이 쥴리앙이라니. 세상일은 참 알다가도 모르겠어.'

아직 졸음이 남아 있어서인지 레이지는 입을 크게 벌리며 하품했다. 바로 그때 탈의실에서 나온 마리에타와 눈이 마주쳤다.

"아이 참, 그렇게 졸려요?"

"그야 피곤해서죠. 계속 노를 젓지 않았습니까?"

그는 딱딱하게 굳어버린 어깨를 주먹으로 두들겼다.

사실 더 오래 노를 저은 쪽은 크루제이커였지만, 피곤하긴커녕 오래간만에 몸을 제대로 써서 시원하다는 말을 꺼낼 땐 반박할 마음조차 생기지 않았다.

"이 옷은 어때요? 아까 것보다 화려하지 않나요?"

마리에타는 막 갈아입은 보라색 원피스를 가리키며 말했다. 제자리에서 한 바퀴 돌자 원피스의 끝자락이 살짝 떠올랐다가 가라앉았다.

"지금 그 옷, 열 번째 아닙니까?"

"열세 번째예요."

잠시 조는 사이 세 벌이나 더 갈아입었다는 이야기다.

레이지는 다리를 꼬더니 오른손으로 턱을 받히고선 마리에타의 원피스를 딱 2초간 바라보았다.

"마리에타는 워낙 아름다우니 뭘 입어도 잘 어울립니다."

"방금 한 말, 여자가 옷 고를 때 남자가 택할 수 있는 가장 성의없는 대답이라는 거 모르나요?"

"어차피 잘 어울린다고 말해도 다른 옷으로 또 갈아입을 거 아닙니까?"

레이지의 반격에 마리에타는 입술을 삐죽 내밀며 양 볼을 크게 부풀렸다. 그리고선 도로 탈의실에 들어가더니 이제까지 입었던 옷을 모두 꺼내 카운터로 가져갔다.

"전부 사겠어요!"

"감사합니다!"

점원은 마리에타가 건네준 돈주머니 안에서 정확히 옷 대금의 금액만을 빠르게 계산해 빼낸 뒤 산더미처럼 쌓인 옷을 차곡차곡 접었다. 그리고 커다란 여행용 가방에 집어넣었다.

"가방은 가게에서 특별히 선물로 드리는 겁니다. 애용해 주셔서 감사합니다!"

"다음에 들르면 꼭 이용할게요."

"그 말씀, 꼭 기억하겠습니다!"

마리에타는 오른손에 가방을, 왼손으로 레이지를 잡아끌고서 가게 밖으로 나왔다.

"휴우, 역시 한 번에 지르는 맛이 각별해요."

"아까 스승님이 건네준 금액의 반을 쓴 거 같습니다만."

"너무 걱정하지 말아요. 나머지는 최대한 아껴 쓸 거예요."

마리에타는 아까 받은 스트레스를 말끔히 날려 버린 듯 상쾌한 미소를 지으며 두 팔을 벌렸다.

"자, 이젠 어디로 갈 거죠?"

그녀의 말에 레이지는 오른팔을 내밀며 동쪽을 가리켰다.

"발렌시아 왕국입니다."

3

발렌시아 왕국.

칼루아 왕국의 남동쪽에 위치한 나라로 영토 크기는 길레터 왕국의 두 배 정도에 해당한다.

건국된 지 이제 겨우 100년을 넘긴 왕국이지만, 프라디나스 대륙 전쟁 당시 제국에 정면으로 맞서 싸운 나라로 대륙 곳곳에 이름을 날렸다. 특히 네 명의 왕자를 전장에 보낸 점 때문에 발렌시아 왕가는 '용맹' 이라는 단어 하나로 축약될 수 있었다.

'그 녀석이 전장에서 활약하긴 했지만, 왠지 용맹이라는 단어는 안 어울리는데.'

레이지가 기억하고 있는 발렌시아 왕가의 이미지는 뭔가 가벼웠다.

'여자를 보면 그냥 지나가지 못하고, 여자를 갈구하며 밤 늦은 시각에 몰래 본진 밖으로 나가기도 하고, 여자가 스쳐 지나가면……'

왠지 모르게 그 어떤 걸 떠올리든 간에 '여자' 라는 단어가 빠지지 않고 들어갔다.

"그런데 레이지, 진짜 발렌시아 왕궁에 들어갈 수 있을까요?"

마리에타의 우려 섞인 질문에 레이지는 고개를 살짝 끄덕 거렸다.

"당신은 길레터의 고명하신 대마법사 펠튼님의 손녀 아닙니까? 그것만으로도 당신의 알현 신청은 통과되고도 남을 겁니다."

예전 칼루아 왕국 국경선을 홀로 넘어갈 때, 크로이덴 가문의 이름만으로도 무사통과될 수 있었다.

마리에타의 경우는 가문의 이름값과 더불어 그녀 본인이

10대의 나이에 서클 5에 도달한 마법사라는 점까지 더해져 있다. 실제로 발렌시아 왕국의 국경선에서 검문을 받을 때 마리에타가 제시한 포르테 가문의 반지를 보고 병사들이 기겁하며 물러섰다. 심지어 검문소 소장이 직접 나와 마리에타에게 인사를 건넬 정도였다.

"그런데 솔직히 좀 지치는군요. 3일 동안 마차만 타다 보니 허리가 결려요."

현재 레이지와 마리에타는 서로 마주 보고서 마차 안에 앉아 있었다. 매일 마차를 갈아타며 아침부터 저녁까지 이동했다. 저녁에는 여관에 머무르긴 했어도 여자인 마리에타에겐 강행군이나 다름없었다.

"많이 피곤합니까?"

"네. 하지만 피부는 여전히 탱탱해요."

"진짜 지독할 정도로 효과가 좋군요. 왜 100골드씩이나 내면서 그걸 통째로 사가는지 이해하겠습니다."

레이지는 피식 웃더니 창문 밖으로 시선을 돌렸다.

'왕궁 안으로 들어갈 수 있다 해도 그 녀석과 단둘이서 이야기할 수 있는 기회를 잡아야 해. 물론 지금의 내 모습이 아닌 상태에서.'

레이지는 이제까지 자기 자신이 강해지는 것에만 매달렸다.

막상 예전 제이워드 시절 만났던 이들과의 인맥을 부활시키는 것에는 관심을 끊었다. 이는 전우였던 나르디안의 배신 때문에 생긴 불신감이 큰 몫을 차지했다.

'하지만 제국의 잔당들이 본격적으로 움직이기 시작한 이상, 나 혼자만 강해지는 걸로 해결될 문제가 아니야.'

옛 동료들이 모두 그녀처럼 제이워드에게 등을 돌렸을 리는 없다. 그렇다면 여전히 제이워드를 도와줄 수 있는 이들을 찾아야 한다.

'쥴리앙을 만나야 해. 한 나라의 왕이니 어느 정도는 지원을 기대해도 되겠지.'

물론 쥴리앙이 제이워드를 배신하지 않았다는 가정이 성립할 때의 이야기이다.

'만일 나르디안과 내통하고 있거나 이미 제국의 편으로 돌아섰다면 지금 당장 처치하는 것도 나쁘진 않지. 하지만 역시 지금의 내 힘으로는 무리야. 어떻게 해야……'

덜컹.

"꺄악!"

마차가 갑자기 위로 튀어오르며 마리에타의 비명 소리가 울려 퍼졌다. 레이지는 자신을 향해 날아온 마리에타를 꼭 껴안으면서 흔들림이 멈추기를 기다렸다.

"두, 두 분 모두 괜찮으십니까?"

말을 몰던 마부는 긴장한 목소리로 안부를 물었다.

"마리에타, 괜찮습니까?"

"네. 괘, 괜찮아요."

"도대체 무슨 일이야?"

레이지는 마리에타를 원래의 자리에 도로 앉힌 후 문을 열고 마차 밖으로 내려왔다.

"보다시피 이 모양입니다."

마부는 어깨를 축 늘어뜨리며 마차의 오른쪽 앞바퀴를 가리켰다. 바퀴의 반 이상이 박살 나버렸다.

"어제 바퀴를 모두 갈았는데, 하나가 불량품이었던 것 같습니다. 에잉, 역시 너무 싼 걸 쓰는 게 아니었어."

마부는 길게 한숨을 내쉬면서 망가진 바퀴를 살펴보았다.

"수리하려면 어느 정도 시간이 걸리지?"

"고치는 건 불가능하고 예비 바퀴를 달면 됩니다. 한 10분 정도만 기다리시면 됩니다."

마부는 말들을 나무에 묶어둔 뒤 마차 밑으로 기어들어 가 예비 바퀴를 찾기 시작했다.

"어? 어떻게 된 거지? 분명히 여기 있어야 하는데?"

"뭔가 잘못되었나?"

"잠시만 기다려 주십시오. 이상하다. 여기가 아닌가?"

한동안 마차 밑에서 분주하게 움직이던 마부는 먼지 투성이가 된 채로 빠져나왔다.

"아이고, 이걸 어떻게 하나……."

"예비 바퀴는?"

"그게 말입니다, 실수로 빼놓고 온 모양입니다. 정말 면목이 없습니다."

마부는 연신 허리를 굽실거리며 사과를 반복했다.

하지만 레이지는 신경도 쓰지 않고 자세를 낮추어 망가진 바퀴를 만져 보았다. 금이 간 부분이라든지 어디가 어떤 식으로 부서졌는지 구체적으로 파악하기 시작했다.

'이 정도라면 마법으로 부서진 부분을 메우고 형태를 원래대로 돌릴 수 있겠어. 내 마법이라면 금방 고쳐지겠지만, 마리에타가 있는데 굳이 그럴 필요야 없지. 타인 앞에서 일부러 마법 쓰는 걸 보여줄 이유도 없고. 그녀에게 주문식만 가르쳐 주면 될 거야.'

그사이 마리에타는 마차 문을 열고 조심스럽게 땅에 발을 디뎠다.

"레이지, 어떻게 된 건가요?"

"마차 바퀴 하나가 망가진 겁니다."

"그러면 어떻게 하죠?"

"당신의 마법이라면 충분히 고칠 수 있을 겁니다."

레이지는 마리에타의 손을 붙들더니 마차로부터 좀 떨어진 곳으로 이끌었다.

"제가 말하는 주문을 그대로 따라 하면 됩니다. 어디가 망가졌는지 미리 파악했으니 따로 살펴볼 필요는 없습니다. 우선 금이 간 부분을 붙일 때에는……."

하지만 마리에타의 시선은 그가 아닌 다른 곳을 향하고 있었다. 그녀는 손을 내밀더니 레이지의 등 뒤를 가리켰다.

"저기에 마차가 또 오는데요?"

4

모래바람을 일으키며 빠른 속도로 달려오는 마차.

그 마차의 속도가 천천히 느려지기 시작하더니 레이지와 마리에타가 타고 왔던 마차 옆에 정확하게 멈추었다.

'뭐야, 하녀가 마차를 몰고 있잖아?'

검은색 원피스, 그 위에 걸친 하얀색의 에이프런.

그리고 머리에 쓴 헤드 드레스와 잘 닦여져 광택까지 나는 검은색의 스트랩 슈즈, 발목 바로 위까지 내려온 스커트 아래로 살짝 드러난 검은색 스타킹.

아무리 뜯어봐도 명백한 하녀의 복장 그 자체였다.

'하녀가 마차를 몰지 말라는 법이 있는 건 아니지만 역시 이상해. 게다가 두 명이 동시에 마부석에?'

자세히 보니 두 마리가 아닌 여섯 마리의 말이 마차를 끌고 있었다. 게다가 그 말들은 죄다 백마였다.

레이지는 천천히 걸음을 옮기면서 마차의 측면을 슬쩍 바라보았다. 그리고 표정이 굳어버렸다.

'뭐, 뭐야? 저렇게 긴 마차가 있었나?'

보통의 마차 세 개를 연달아 이어붙인 듯한 길이.

마차의 문이 왼쪽과 오른쪽에 각각 두 개씩 총 네 개가 자리 잡고 있었다. 게다가 정성들여 조각된 마차 장식이 화려한 분위기를 연출했다. 총 여덟 개의 바퀴에는 무려 금칠이 되어 있었다.

"레이지, 원래 마차가 저런 거예요?"

"절대 아닙니다."

마리에타 역시 처음 보는 신기한 마차 앞에 넋을 잃었다. 어떻게 바퀴를 고칠까 고민하던 마부 역시 갑자기 등장한 화려하고도 길쭉한 마차를 보고 입을 크게 벌렸다.

"무슨 일이지?"

마차 안에서 중후한 억양을 지닌 남성의 목소리가 흘러나왔다. 마부석에서 마차를 몰던 두 명의 하녀는 스커트를 살짝 누르면서 내려온 뒤 목소리가 흘러나온 문 쪽으로 천천히 걸어갔다.

"아무래도 두 남녀 분께서 곤란에 처하신 것 같습니다. 마차를 타고 오신 것 같은데, 안타깝게도 바퀴가 부러진 것 같습니다."

"저런, 안타깝게 되었군."

문이 살짝 열리면서 목소리의 주인공이 얼굴을 살짝 내밀었다.

순간 레이지는 자신의 두 눈을 비볐다.

'설마 그 녀석?'

한때 자신과 함께 전쟁터에서 싸우던 전우의 얼굴에 떠올랐다. 처음 만났던 20년 전으로 돌아가 버린 듯한 착각마저 불러일으켰다.

하지만 시간이 흘렀음을 인지하자 놀란 나머지 크게 떠진 레이지의 두 눈이 작아지면서 원래대로 돌아갔다.

'하지만 그 녀석과 너무나 똑같은 얼굴이야. 다시 봐도 믿기 힘들 정도로군.'

어깨에 살짝 닿을 정도의 길이를 지닌 금발을 올백으로 넘긴 헤어스타일.

마치 조각상처럼 잘 빚어진 눈과 코, 그리고 입. 그럼에도 조각상과 달리 살아 숨 쉬고 있는 생동감을 맘껏 뿜어내고 있었다. 나이는 레이지보다 서너 살 정도 많아 보이는 20대 초반 정도로 짐작되었다.

'하지만 다른 점도 분명히 있군.'

차이점이라면 예전 '그 녀석'과 달리 탄탄하게 단련된 근육이 옷 너머로 느껴질 정도였다.

"오!"

그는 마리에타를 보자마자 깜짝 놀라더니 마차 아래로 뛰어내렸다. 그가 손가락을 튕기자 하녀는 한 송이의 붉은 장미꽃을 꺼내 건네주었다.

그는 기름기가 흘러넘치는 머리를 손으로 한 번 쓰윽 빗어 넘기더니 마리에타의 앞으로 걸어왔다. 그리고 왼쪽 무릎을 꿇더니 오른손을 위로 내밀며 마리에타를 향해 장미꽃을 내밀었다.

"실례가 되지 않는다면 이 장미와 버금가는 아름다움을 지닌 그대의 이름을 알고 싶습니다."

"네?"

마리에타는 멍한 얼굴로 그가 건넨 장미를 손에 쥐었다.

"제 이름 말인가요?"

"목소리마저도 감미롭군요."

남자는 두 눈을 지그시 감더니 귀를 쫑긋거렸다.

마리에타가 어찌할 줄을 모르고 당황하는 사이, 레이지는 그를 자세히 살펴보았다.

'그 녀석에겐 아들이 있다고 들었어. 지금은 그 아들이 한두 명은 아니겠지. 그래도 속단할 수는 없으니……'

레이지는 마차로 시선을 돌린 뒤 문에 조각되어 있는 문양을 찬찬히 뜯어보았다.

'아하, 그 녀석의 아들이 확실하겠군.'

레이지 입장에서 상대를 경계할 이유는 없어졌다. 반대로 상대측에서 레이지를 경계한다면 모를까.

"레이지, 어떻게 해야 하죠?"

"별 문제 없을 겁니다. 이름을 가르쳐 드리십시오."

"정말로요?"

"네."

마리에타는 두근거리는 가슴 위에 두 손을 살짝 얹고서 천천히 입을 열었다.

"저는 길레터 왕국에서 온 마리에타 M. 포르테라고 합니다."

"포르테? 그 포르테라 함은?"

포르테라는 단어에 남자의 눈이 번쩍 뜨였다.

그의 옆에 계속 서 있던 하녀가 고개를 살짝 끄덕이더니 마리에타를 향해 걸어왔다.

"잠시 실례하겠습니다."

하녀는 마리에타의 오른손에 끼고 있는 반지를 살펴본 뒤 재차 고개를 끄덕거렸다.

"확실합니다."

"오오, 그렇다면 아가씨께선 그 고명한 대마법사 펠튼 M. 포르테님의 손녀이자 서클 5의 마법사인 마리에타 M. 포르테 님이 맞으십니까?"

남자는 반짝거리는 눈으로 마리에타를 바라보며 감탄을 금치 못했다.

"한데 옆에 서 계신 남자 분은?"

마리에타는 레이지의 오른팔을 잡아끌더니 자신의 양팔 사이에 끼웠다.

"이런 사이죠."

"저런, 당신을 너무 늦게 만난 게 한스러울 뿐입니다. 화사한 장미를 손에 품은 그대에게 존경의 의미를 담아 이걸 선물

하도록 하겠습니다."

이번엔 레이지를 향해 장미를 건네는 남자였다.

'남자에게 장미를 받기는 난생처음이로군.'

레이지는 씁쓸한 미소를 지으며 장미를 얼굴 가까이 가져
갔다. 막 딴 것처럼 진한 장미향이 코를 통해 전달되었다.

"이렇게 두 분을 만난 것은 하늘의 운명일지도 모릅니다.
비록 누추하지만 제 마차에서 함께 이야기를 나누며 잠시 멈
춘 여행길을 계속 가봄이 어떠하실는지요?"

남자는 양손을 옆으로 젖히더니 마차의 입구를 가리켰다. 미
리 준비라도 한 듯 하녀들이 먼저 문을 활짝 열어놓고 있었다.

"하지만 저희들은 타고 온 마차가 있어서 그냥 저희들끼리
가기엔 좀……."

"아, 아닙니다! 저 따윈 신경 쓰지 마시죠!"

뒤늦게 마차에 새겨진 문양을 알아본 마부는 무릎을 꿇고
서 납작 엎드려 있었다.

"자, 타시죠."

결국 레이지와 마리에타는 반강제로 남자의 마차에 타게
되었다.

"마부 양반, 당신의 마차가 고장 나지 않았다면 난 이 아름
다운 여성 분을 영영 보지 못하고 지나쳤을지도 모르오."

"화, 황송할 따름입니다!"

"이에 약소하게나마 내 마음을 전하도록 하겠소."

마부는 머리맡에 뭔가 짤그랑 하는 돈 소리를 듣고 고개를 들었다.

작은 가죽 주머니 안을 뒤진 마부는 백금화를 집어 들고선 자리에서 번쩍 일어섰다. 그러다 도로 엎드리더니 마차를 향해 연달아 절을 했다.

"가, 감사합니다! 이 은혜, 죽을 때까지 절대 잊지 않겠습니다!"

그리고 나무에 매어놓은 말을 푼 뒤에 위에 올라탔다. 망가진 마차 따위 고칠 생각은 날아간 지 오래였다. 마부는 고삐를 마구 내려치며 미친 듯이 웃음을 터뜨렸다.

"드디어! 드디어 여관을 마련할 수 있게 되었어! 앞으로 5년은 더 벌어야 했는데! 으하하!"

세상의 모든 것을 얻은 듯한 목소리가 점점 멀어지면서 마부의 모습이 지평선 너머로 사라졌다.

반면 마차 안에 들어온 마리에타는 주변을 두리번거리기만 했다. 방금 전까지 탔던 마차보다 훨씬 넓고 쾌적한 분위기에 도저히 적응할 수 없었다. 이에 레이지는 피식 웃으면서 정면을 가리켰다.

"이거 모르십니까?"

"아!"

마차 안에 그려진 문양을 살펴본 마리에타는 뒤늦게 이 마차가 어디에서 왔는지 알아챘다. 그리고 느끼한 분위기를 연출하는 이 남자의 신분도 대략 짐작할 수 있었다.

"아차! 제 소개를 미처 못 드렸군요."

남자는 머리를 양손으로 쓰윽 뒤로 넘기더니 자리에 앉은 채로 오른손을 배에 가져가고 왼손을 뒤로 젖혔다.

"찬란하고 위대한 발렌시아 왕국의 10대 왕이신 쥴리앙 조르디어스 발렌시아의 아들인 오를레앙 쥴리앙 발렌시아라고 합니다."

마치 연극배우의 동작마냥 과장된 몸짓이었지만 레이지는 놀라지 않았다. 오히려 당연하게 여겼다.

'역시 쥴리앙의 핏줄이었어. 아들이라면 이러고도 남지.'

여자 앞에선 그 누구보다 느끼해지던 쥴리앙.

10년 전 훗날을 기약하며 헤어졌던 전우의 얼굴이 그의 아들과 겹쳐지며 아련한 기분마저 느껴졌다.

5

오를레앙 쥴리앙 발렌시아.

현 발렌시아 왕인 쥴리앙의 장남인 그는 지역 순찰이라는 임무를 맡고서 발렌시아 곳곳을 돌아다니는 중이었다.

전쟁이 끝난 지 어언 4년이라는 시간이 흘렀지만 모든 영토가 복구된 것은 결코 아니었다. 전쟁이 훑고 지나간 자리에 남은 아픔이 아물기엔 더 오랜 시간을 필요로 한다.

그래서 발렌시아 왕실에서는 왕태자인 오를레앙을 직접 파견해 피해 상황과 복구에 필요한 자금과 인력 정도를 파악하기 시작했다.

"지금은 세 번째 파견을 마치고 돌아오는 길입니다."

"그러시군요."

일 년에 한 번씩 최소 3개월은 걸리는 강행군임에도 오를레앙은 꼼꼼하게 모든 일을 처리했다.

"매우 보람찬 일입니다. 국민들의 웃는 모습을 보는 게 저의 즐거움 중 하나입니다."

오를레앙은 찻잔을 기울여 한 모금 들이켠 후 옆에 앉아 있는 하녀 마리안느가 들고 있는 접시 위에 올려놓았다. 생각보다 빠른 속도로 달리는 마차 안임에도 찻잔 안에 든 홍차가 흘러넘치지 않았다.

"솔직히 말한다면 이 아리따운 아가씨들과 함께하는 지금 이 순간이 솔직히 더 즐겁습니다. 거기에 비록 다른 이의 손에 쥐어진 꽃이긴 해도, 마리에타 양과 함께 이 자리에 있다는 사실 역시 절 즐겁게 하는군요."

오를레앙은 뒷좌석에 누워 있는 마리에타를 가리키며 흐뭇한 표정을 지었다.

그동안의 피로가 갑자기 풀려서일까, 마리에타는 널찍하고 편안한 왕자 전용 마차에 앉은 후 얼마 안 되어서 기절하듯 잠에 빠져들었다. 이에 하녀들이 그녀를 깨지 않도록 조심스럽게 부축해 뒷좌석에 뉘었다.

"흐음, 역시 미인은 꿈속에 빠져 있는 모습마저도 감미롭군요."

'아름다움' 과 '여성' 이라는 단어를 대화 내내 빼놓지 않는 모습에 레이지는 오를레앙의 아버지를 떠올리며 가볍게 웃었고, 마리안느는 오른손을 입가에 가져가고선 헛기침을 했다.

"안 그런가, 카트린느?"

마리안느 옆에 앉아 있던 여기사 카트린느는 고개를 옆으로 돌리더니 살짝 고개를 끄덕이고선 다시 정면만을 응시했다.

레이지와 거의 비등한 키의 그녀는 늘씬한 체형의 미녀에 가까웠다. 오뚝하게 솟은 콧날과 약간 도톰하지만 살짝 색기까지 느껴지는 입술만으로도 미인 소리를 듣기에 부족함이 없었고, 길게 기른 보라색 머리카락을 곱게 빗어 얼굴 왼쪽을 살짝 가려 은은한 느낌을 자아냈다.

특이하게도 왼쪽 얼굴에 가죽 재질로 된 검은색 가면을 쓰고 있었다. 이마에서 시작되어 입술 옆으로 비켜 지나가는 가면 안에 뭐가 숨겨져 있는지 궁금했지만, 레이지는 굳이 물어보진 않았다.

"그런데 마차가 참으로 특이하군요."

"아, 이 마차는 제가 직접 디자인하고 제작한 물건입니다. 멋지지 않습니까?"

오를레앙 전용 마차 '콜드란세'.

마차 안에 설치된 좌석은 가로 방향으로 네 자리씩 세 줄로 총 열두 개였다. 그중 맨 앞줄과 둘째 줄의 좌석은 서로 마주 보도록 제작되었다. 가운데에 사람 한 명이 충분히 이동할 수 있는 공간을 마련했고, 마차의 천장은 서서 자리를 옮길 수 있도록 바닥에서 2미터 이상 떨어져 있다.

보통 마차보다 훨씬 넓고 긴 탓에 여섯 마리의 말로 이끌게 했으며, 말들도 혈통이 확실한 백마들만 추렸다.

마차의 속도가 얼마나 빠른지 마차 문에 달린 커튼을 살짝 걷자 밖의 경치가 뒤로 휙휙 지나갔다. 유리창을 달아 다행히도 안으로 바람이 들어오지 않았다.

"저희들을 태워주신 점 진심으로 감사드립니다. 하지만 위험하지 않습니까?"

"따로 문제될 일이 있습니까?"

상당히 느끼한 면을 지니고 있긴 해도 오를레앙이 엄연히 한 나라의 왕태자임은 부정할 수 없다. 단지 아름다운 여성을 발견했다는 이유만으로 자신의 마차에 냅다 태우는 경우는 신변 보호 차원에서 절대 있을 수 없는 일이다.

"신분을 확인했으니 문제될 바가 뭐 있겠습니까?"

"저희들이 혹시라도 오를레앙 전하의 목숨을 노리는 암살자라면……."

"암살자라 하여도 아름다운 꽃이라면 하등 문제될 바가 없습니다. 세상에 핀 꽃들 모두가 저를 향해 향기로운 꽃가루를 날릴 거라고 생각하진 않으니까요."

"아, 네. 그렇겠군요."

결국 오를레앙의 대화는 무조건 아름다움으로 결론지어졌다.

'아버지보다 한술 더 뜨는 인간이야. 쥴리앙과 이야기할 때도 이렇지는 않았는데.'

크루제이커 이후로 레이지의 말문을 막히게 만든 인간은 처음이었다.

"그리고 전 그리 만만하지 않습니다."

자신만만한 오를레앙의 말과 표정에 레이지는 입술을 굳게 다물었다.

'쥴리앙처럼 오를레앙도 매직 유저일까? 단련된 육체를 보아하니 오러 유저에 가까울 텐데……'

제국 전쟁 당시 쥴리앙의 서클은 4. 당시의 제이워드보다 한 단계 아래였다. 하지만 계속 전쟁터에서 싸웠다면 아크메이지는 못 되더라도 최소한 서클 5나 6에 도달할 정도의 실력을 갖추고 있었다.

하지만 오를레앙의 몸에서 느껴지는 마나량은 서클 1을 약간 웃도는 수준에 불과했다. 오러는 아예 느껴지지도 않았다.

'혹시 나처럼 다른 장비로 마나를 억제하는 걸지도 몰라. 속단은 금물이야.'

그렇다고 왕자의 몸을 함부로 뒤져볼 수도 없는 노릇이기에 더 이상 파고드는 걸 깔끔히 포기했다.

바로 그때, 뒷좌석에서 막 깨어난 마리에타의 목소리가 흘러나왔다.

"으응……."

"오, 깨어나셨군요."

오를레앙은 기뻐하면서 품에서 무언가를 꺼냈다.

"마리에타 양에게 그걸 드리도록."

"네, 분부대로 하겠습니다."

마리안느의 맞은편에 앉아 있던 또 한 명의 하녀 클레어는 물이 든 잔과 작은 알약을 들고서 마리에타가 누워 있는 좌석으로 걸어갔다. 그리고 그녀의 목을 부축하면서 약을 먹였다.

"어떠십니까?"

"아, 여긴 어디인가요?"

"마리에타 아가씨께선 누적된 피로 때문에 잠시 누워 계셨습니다."

"아, 그 마차 안이로군요. 고마워요. 이름이……."

"클레어라고 불러주십시오."

"고마워요, 클레어."

방금 전까지 축 늘어져 있던 마리에타는 몸을 벌떡 일으켰다. 그동안 쌓인 피로가 한 방에 날아가면서 몸이 날아갈 듯 상쾌해졌다.

"마리에타 양, 약의 효능에 만족하십니까?"

"아, 방금 전 제가 먹은 그것 말인가요?"

"발렌시아 왕가 대대로 내려오는 비약입니다. 이것만 있으면 웬만한 피로는 싹 사라지고 활력이 샘솟죠. 격무에 지친 왕이나 측근들에게만 특별히 제공됩니다."

"이 귀한 걸⋯⋯. 정말 감사합니다."

"별말씀을. 전 단지 아름다운 꽃이 시드는 것을 보고만 있을 수 없기에 드린 겁니다."

그 특유의 느끼한 어조와 말투에 하녀들과 여기사들은 조금의 미동도 없이 눈을 지그시 감을 뿐이었다.

'이미 익숙해지고도 남았겠지.'

레이지는 맨 처음 줄리앙과 만났던 때를 떠올렸다.

그때엔 뭐 이런 인간이 다 있나 싶었다. 여자 뒤꽁무니만 쫓는 건 대충 넘어간다 치더라도, 매번 '아름다움'이란 단어가 빠지지 않는 대화는 인간으로서 견디기 힘들었다.

하지만 하도 듣다 보니 자연스레 적응되었다. 그뒤 헤어짐을 아쉬워하는 사이로까지 발전했지만.

"무려 3일씩이나 쉬지 않고 마차를 탔으니 당연한 결과입니다. 그럴 때일수록 새로운 활력이 필요하게 마련이죠. 혹시 괜찮으시다면 누추한 곳으로 안내해 드리고 싶은데⋯⋯."

오를레앙은 백금화 하나를 꺼내 엄지손가락으로 튕겨 올렸다. 그리고 공중에서 낚아채더니 금화 앞면이 정면을 향하도록 내밀었다.

"발렌시아 왕궁 말입니다."

"네?"

백금화 동전 앞면에는 발렌시아 왕궁의 전경이 정교하게 세공되어 있었다.

"마침 제가 왕궁으로 돌아오는 걸 환영하는 의미에서 파티가 예정되어 있기도 합니다. 꼭 참석해 주셔서 그 아름다움을 맘껏 과시해 주시기를 이 오를레앙이 직접 부탁드리겠습니다."

왕궁에서 치러지는 파티.

어렸을 때부터 파티란 파티에 빠지지 않고 참석했던 그녀지만, 왕궁 내에서 열린 파티에는 아직 참석한 적이 없다.

"마리에타 양을 절대 실망시켜 드리지 않을 것입니다. 최고의 음식, 최고의 음악, 그리고 최고의 드레스를 준비하도록 하겠습니다."

"전하의 부탁, 영광으로 여기겠습니다."

"저야말로 영광이지요."

그녀는 못 이기는 척 오를레앙의 초대를 받아들였다. 어차피 알현 신청을 하려고 했는데 왕자 쪽에서 오기를 원하니 부담이 훨씬 덜해졌다.

오를레앙과 마리에타가 서로 이야기를 나누는 와중에 레이지는 마차 안을 한 번 더 섬세하게 관찰했다.

'아무래도 뭔가 이상해.'

레이지는 더 이상 궁금함을 참을 수 없었다. 직접 당사자에게 물어보는 수밖에 없었다.

"오를레앙 전하, 여기에 있는 분들 말고 다른 수행원은 없습니까?"

"전 보다시피 아름다움을 사랑하죠. 그리고 그 아름다움을 항상 옆에 두길 원합니다. 저와 함께하는 이들은 모두 아름다워야 합니다."

레이지가 파악한 오를레앙의 수행원들은 총 열 명.

마차를 몰고 있는 하녀 두 명.

마차 안에서 그를 시중들고 있는 하녀 마리안느와 클레어.

그리고 경호기사 자격으로 마차에 탄 여섯 명의 여기사들.

죄다 여자뿐이었다.

"전부 여성 분들입니까?"

"물론입니다."

수행원들이야 데리고 다니는 사람 마음대로 수를 결정하면 되지만, 순수하게 '여자'들로만 구성하는 경우는 극히 드물다.

아니, 없다.

'아무리 여자에 환장한 그 녀석의 핏줄을 타고났다고 쳐도 정도가 심한데?'

이럴 경우 결론은 간단히 두 개로 나뉜다.

진짜 아무런 생각이 없던가, 뭔가를 숨기고 있을 경우다.

"지방 순찰을 다닌다고 하셨습니까?"

"네. 매일 새로움을 조우하는지라 지루할 틈이 없을 정도입니다."

"왕태자라는 입장상 위협을 받거나 하진 않습니까?"

단 열 명밖에 안 되는, 그것도 여성으로만 구성된 수행원들을 이끌고 다니는 왕태자라면 차기 권력을 노리는 왕족들의 먹잇감이 되기 쉽다.

"당연히 위협을 받게 마련이죠."

"위협을 받고 있으면서 이렇게 거창하게 티를 내고 다니면 곤란하지 않습니까?"

한눈에 봐도 눈에 확 띄는 마차 하며, 여자만을 대동하고 다니는 부분 하며, 누군가에게 자신의 신분을 숨기려는 의도는 조금도 엿보이지 않았다.

"매우 곤란하지요."

말과 다르게 오를레앙의 태도에는 여유가 흘러넘쳤다.

"그리고 그렇게 되길 노린 겁니다."

오를레앙은 두 손을 들어 올리더니 가볍게 손뼉을 쳤다.

그러자 계속 달리던 마차가 천천히 속도를 줄이더니 멈춰섰다. 레이지는 순간 몸을 움찔거리더니 고개를 좌우로 빠르게 돌렸다.

"레이지님도 느끼셨습니까?"

"네."

"마리에타님도 알아채셨군요."

그녀는 살짝 긴장한 얼굴로 레이지의 오른손을 붙들었다.

오를레앙은 찻잔에 남은 차를 한 모금 들이켜고선 두 눈을 지그시 감았다.

"마리안느, 클레어."

"네."

"명령하십시오."

오를레앙의 옆에 나란히 앉아 있던 두 명의 하녀가 차례대로 대답했다.

"너희들은 귀중한 손님 두 분의 안전을 지켜드리도록."

"명을 받들겠습니다."

"그리고 카트린느, 에레오놀, 제인, 마가레트, 셀레나, 잔느."

"네!"

그리고 여섯 여기사의 이름이 순서대로 호명되었다. 그녀들은 일제히 같은 말로 동시에 대답했다.

"나의 아름다운 장미들에게 부탁 좀 해야겠어."

오를레앙은 찻잔을 머리 위로 높이 들어 올렸다. 그리고 입에 가져갔다.

"벌레들이 달라붙었다. 가시를 드러내도록."

"명을 받들겠습니다!"

Chapter 27
다소 특이한 심미관

1

네 개의 마차 문이 동시에 열리면서 안에 있던 여기사들이 밖으로 몸을 날렸다. 그녀들의 손에는 검이 들려 있었고, 오 러에 휘감겨 강렬한 빛을 발하고 있었다.

마차가 멈춰 선 곳은 삼림이 우거진 숲 안.

마차 길 양쪽 옆으로 나무들이 빽빽이 들어차 있었다. 그녀 들은 각각 마차의 정면과 측면, 그리고 후위에 자리 잡고 경 계를 늦추지 않았다.

레이지는 마리에타의 손을 붙잡고 마차 밖으로 급하게 나 왔다. 암살자들이 노릴 대상은 오를레앙 왕자임이 뻔하다. 그 렇다면 괜히 마차 안에 그와 함께 남아 있게 될 경우 쓸데없는 의심을 사기 딱 좋다.

"레이지님? 왜 일부러 마차 밖으로 나가십니까?"

팽팽한 긴장감이 감도는 가운에 오를레앙의 목소리만은 여전히 태평스러웠다.

"절 의식해서 굳이 그러실 필요는 없습니다. 편안히 마차 안에서 아름다운 장미들이 만들어내는 춤을 구경하시는 편이……."

"저도 그 춤에 동참하도록 하겠습니다."

"호오!"

오를레앙은 레이지의 기세에 감탄사를 내뱉었다.

하지만 레이지는 그가 데리고 온 여기사들을 보고 입을 꾹 다물고서 마음속으로 감탄을 연발하고 있었다.

'전부 나와 똑같이 랭크 3의 오러 유저들이야. 게다가 카트린느라는 저 여기사는… 랭크 4!'

기사이니 당연히 오러 유저라고 생각했지만 레이지를 넘어설 정도의 수준이라고는 짐작하지 못했다.

이는 경호라는 직책상 평소에 오러를 억제하는 수련을 받아왔기 때문이다. 오를레앙의 옆에 항상 붙어 다니다 보면 주요 인사들과 접촉할 경우는 부지기수다. 그런 입장에서 오러를 항상 풍기고 다니면 본의 아니게 위협적인 이미지를 가져다 줄 수 있기에.

'옛날 같으면 쉽게 알아챘을 텐데, 레이지의 몸으로 옮긴

이후 이런 부분이 많이 둔해졌다는 걸 느껴.'

무엇보다 워낙 강렬한 오러를 마구 뿜어내던 크루제이커와 오랫동안 같이 있었던 부분도 크게 작용했다.

'숨어 있는 놈들의 수는 대략 15명에서 20명 정도 되겠군. 어느 정도의 실력을 지닌 암살자들인지 모르겠지만, 이 여기사들과 함께라면 큰 문제는 없을 거야. 다만……'

마리에타가 레이지의 옷자락을 붙들고 부들부들 떨고 있었다.

"마리에타, 두렵습니까?"

"……."

"정 버티기 힘들다면 당신이라도 마차 안으로 도로 들어가십시오. 무리는 금물입니다."

열 살 이전부터 마법 하나에만 매달려 왔고, 매직 유저로 명성이 자자한 포르테 가문의 유일한 후계자로 체계적인 영재교육을 받으며 육성되었다. 현재 십대임에도 서클 5에 올라선 매직 유저는 그녀를 포함해도 대륙을 통틀어 다섯 명도 채 되지 못한다.

하지만 진정한 '실전'은 그녀에게 처음이었다.

"아니에요. 버틸 만해요."

"다시 말하지만, 무리하지 마십시오."

레이지는 정면을 계속 응시하면서 눈동자만 옆으로 굴려 좌우를 살폈다.

'기습하지 못하고 숨어 있다는 사실 자체를 들킨 이상, 암살 가능성은 극히 낮아지지. 이 상태로 경계를 유지하면서 숲을 빠져나가는 것도 하나의 방법이야.'

마차 콜드란세의 속도를 감안하면 절대 불가능한 일은 아니다.

'하지만 내가 알고 있던 쥴리앙이라면, 그리고 그 녀석의 핏줄을 타고난 아들이라면……'

"기다리기 너무나 지루해."

하품 소리와 함께 오를레앙의 목소리가 마차 안에서 흘러나왔다.

"벌레는 직접 가지를 붙잡고 흔들며 털어내야지. 안 그래?"

그의 말이 끝나기가 무섭게 여기사들이 자리에서 벗어나 숲 안으로 뛰어들었다. 동시에 숨어 있던 암살자들이 일제히 나무 위로 솟아오르며 모습을 드러냈다.

'역시!'

경호의 목적은 어디까지나 누군가를 지키는 것이지, 위해를 가하려는 자들을 먼저 처리하는 게 아니다. 그럼에도 그녀들에게 먼저 맞서 싸우라는 지시를 내린 건 오를레앙이었다.

'피는 못 속이는군!'

당시의 제이워드와 쥴리앙이 서로 어울릴 수 있었던 공통점. 그건 제이워드만큼이나 쥴리앙의 저돌적인 성향 때문이었다.

"크아악!"

비명 소리와 함께 솟아오른 핏줄기가 나무를 붉게 물들였
다.

2

"하앗!"

카트린느의 도가 큰 궤적을 그리며 휘둘러졌다.

일반적인 검이 아닌, 긴 도(刀)를 이용하는 그녀의 움직임
은 매우 민첩했다. 전투가 시작된 지 아직 1분도 지나지 않았
음에도 그녀의 검에 쓰러진 암살자가 벌써 세 명이었다.

다른 여기사들 역시 암살자들의 등장에 전혀 밀리지 않고
맹렬하게 검을 휘둘렀다. 레이지까지 포함해 7대 20이라는
수적 열세는 전혀 느껴지지 않았다. 시간이 지날수록 땅바닥
에 쓰러지는 건 암살자들의 시체뿐이었다.

"크윽!"

레이지는 자신에게 덤벼든 암살자의 단검을 막아내며 뒤
로 물러섰다.

예전 어설프게 자신을 습격했던 형의 부하들과는 확실히 차
원이 달랐다. 두 개의 단검을 자유자재로 사용하면서 시야를
혼란시켰고, 정기적으로 도를 검집에 넣었다 뺐다를 반복하며

검날에 발라놓은 독이 항상 축축이 젖어 있도록 유지했다.

레이지는 계속 암살자의 공격을 막아내면서 동시에 카트린느의 움직임을 살폈다.

'죠르제와는 비교 자체가 불가능해. 같은 랭크 4임에도 격차가 확 드러나는군.'

레이지는 크루제이커에게 배운 지식으로 그녀를 랭크 4의 오러 유저로 판단했다. 오러를 도뿐만이 아닌 전신에 두르고 상대방에게 돌격하는 모습만으로도 랭크 4 이상임은 분명했지만 랭크 5의 특징인 기술의 특화는 아직 엿보이지 않았기에.

"앗차차차!"

레이지는 자신의 허벅지를 노리고 파고든 암살자의 공격을 살짝 피한 뒤 검자루 끝으로 단검을 튕겨냈다. 하지만 상대의 빈틈을 만들어냈음에도 검을 고쳐 잡으며 뒤로 한 걸음 물러섰다.

'다른 오러 유저가 싸우는 방식을 보는 것만으로도 큰 공부가 되었어.'

어차피 여기사들만으로도 암살자들을 모두 해치우기에 충분하다. 그러기에 레이지는 자신의 '몫'으로 남겨진 암살자를 대충 상대하면서 여기사들의 동작과 행동 패턴을 눈으로 기억했다. 얼마 전까지 그가 상대했던 크루제이커에 비하면 암살자들의 공격은 약간 두려운 정도에 불과했다.

'마리에타는 여전히 그 상태인가?'

레이지는 고개를 좌우로 돌리더니 뒤를 돌아본 후에야 그
녀를 발견했다.

　그녀는 반구체의 거대한 마나의 장벽을 형성해 자신을 보
호하고 있었다. 암살자들은 자신의 무기가 장벽을 뚫지 못하
고 튕겨 나가는 걸 확인한 뒤 여기사들에게 달려들었다.

　'하지만 아직도 방어에만 치중하고 공격을 못하는군. 어쩔
수 없나…….'

　장벽 안에 있는 마리에타의 입술은 부들부들 떨고 있었다.
새하얗게 질린 얼굴로 정면만을 바라보고 있을 뿐이었다.

　'……!'

　너무 주변을 둘러보는 데 신경을 써서였을까.

　레이지는 고개를 급하게 뒤로 젖히면서 공격을 피했다. 하
마터면 얼굴에 긴 흉터가 생길 뻔했다.

　'이번엔 진짜 위험했어. 크루제이커가 보고 있었다면 불호
령이 떨어졌을 거야.'

　그는 수련 도중 조금이라도 집중력이 떨어지는 모습을 레
이지가 보일 때마다 오러를 폭발시켜 날려 버리곤 했다.

　반대로 너무 한 가지에만 집중에서 시야를 좁히는 행동도
규제했다. 마법을 구현할 때라면 문제없었지만 오러를 구현
할 때엔 매번 트집을 잡히곤 했다.

　'하지만 저 여기사들의 움직임은 아주 좋은 참고가 되고
있어. 눈을 떼기 힘들군.'

레이지는 방어에 치중하면서 주변에서 벌어지는 전투를 꼼꼼히 챙겨보는 기묘한 행동을 멈추지 않았다.

그런 그를 마차 안에서 유심히 지켜보는 눈이 있었다.

"호오, 특이한 움직임이야."

오를레앙은 여유롭게 남은 차를 마저 들이켜며 레이지의 동작을 주시했다.

"검을 처음 쥔 초보자 같은 느낌을 풍기다가도, 언제 그랬냐는 듯 차갑고 날카롭게 검을 휘둘러. 고수인지 하수인지 전혀 종잡을 수 없는 남자로군."

그는 다 마신 찻잔을 마리안느가 들고 있는 접시 위에 내려놓고 비단 장갑을 왼손부터 꼈다.

'뭔가 주변을 관찰하는 기분도 들지만, 저런 아수라장 속에서 그럴 수 있다면 미친놈이거나 크게 될 놈이거나 둘 중 하나지.'

가능한 한 후자 쪽이 되길 바랐다.

하지만 왠지 전자 쪽이 더 재미있을 거라는 기대감도 들었다.

"레이지님의 형이 바로 그 유명한 케이지 경 맞지?"

"네, 전하."

마리안느의 대답에 오를레앙은 그에 관한 소문을 머릿속에서 되새겼다.

"크로이덴가의 망나니가 바로 저 소년이란 말이지."

하지만 첫인상부터 망나니와는 거리가 멀었다.

소문은 퍼지면 퍼질수록 본질과 달라지고 변형되게 마련이지만, 아무런 근거 없이 많은 이들의 귀로 전달되지는 않는다.

"흐음, 흥미로워. 아름다움을 지니진 않았지만……."

레이지의 검이 만들어내는 움직임은 그의 눈에 아직 다듬어지지 않은 원석처럼 다가왔다.

"왼쪽 허리에 달고 다니는 저 책은 아무래도 그거겠지?"

"네, 베이그란트의 서가 분명합니다."

"그럼에도 마나량 자체는 서클 1에서 2 사이란 말이야. 장미로부터 선물 받은 것일 테지?"

"포르테 가문에 베이그란트의 서 중 하나가 대대로 내려온다는 정보가 확인된 바 있습니다."

"꽤나 저 아가씨의 마음에 들었나 보군. 그런데 저 소년 말이야. 금발이라고 들었는데 아무리 봐도 흑발이야. 염색이려나?"

"정교한 마나의 흐름이 머리카락에 느껴졌습니다."

"그야 그가 차지한 장미께서 친히 바꾸어주셨겠지. 원래의 자신을 한창 부정할 나이 아닌가?"

오를레앙은 양손을 깍지 끼더니 앞으로 쭉 내밀며 몸을 풀기 시작했다.

"현재 시간은?"

"예정 시간으로부터 정확히 20시간 하고도 35분이 남았습니다."

마리안느는 에이프런 안쪽에서 회중시계를 꺼내 시간을

확인했다.

오를레앙은 목을 한 바퀴 돌린 뒤 왼손을 옆으로 내밀었다.

"클레어, 아르젠트를."

"네, 전하."

클레어는 좌석 아래로 손을 뻗더니 기다란 나무 상자를 꺼냈다. 뚜껑을 조심스레 연 뒤 적색 비단 위에 가지런히 놓인 레이피어를 두 손으로 공손히 집어 오를레앙에게 건네주었다.

순간 마차 밖으로 강렬한 오러가 뿜어져 나왔다.

암살자들은 물론 그들과 싸우던 여기사들의 동작이 일제히 멈추었다. 레이지도 예외는 아니었다.

'이 오러는… 설마 소드 마스터!'

3

"흐음."

오를레앙은 마차 밖으로 걸어나오며 자신에게 집중된 시선을 하나씩 훑어봤다.

"마가레트."

"네!"

"검의 움직임이 조금 느리다. 상대의 반격을 너무 염두에 두지 말고 검을 휘두르도록."

"명심하겠습니다!"

"그리고 제인, 부상을 입었을 때엔 너무 지혈 포션을 마시는 것에만 열중하지 마라. 치료하는 척하면서 일부터 빈틈을 보이고 반격을 가하는 것도 전법의 하나다. 셀레나, 그대는 너무 일대일의 상황에 집중하는 경향이 있는데······."

오를레앙은 태연하게 경호기사들에게 하나하나 지적 사항을 옳기 시작했다.

막상 그를 노리기 위해 잠복해 있었던 암살자들은 오를레앙이 뿜어내는 오러에 압도되어 접근하기는커녕 슬금슬금 뒷걸음질 쳤다.

그 오러의 근원지는 오를레앙의 왼손에 쥐어져 있는, 발렌시아 왕가 대대로 전해지는 보검 '아르젠트'였다.

"카트린느, 10분 동안 정확히 다섯 명을 혼자서 해치웠더군."

"미흡한 모습을 보여드려서 죄송할 따름입니다."

그녀는 양손에 쥔 도를 앞으로 내밀고 오를레앙에게 등을 보인 자세로 사과했다.

"아냐, 아냐. 나의 아름다운 장미들에게 조금 일정이 지체되었다고 어찌 욕하겠나?"

오를레앙은 고개를 가로저으며 맨 앞으로 나섰다.

"자, 나머지 놈들은 나에게 맡기고 모두 쉬도록."

"명을 따르겠습니다."

그녀들은 진짜로 검을 거두더니 뒤로 물러섰다.

오를레앙은 아르젠트를 내밀며 강한 자신감을 표출했다.

"자, 너희들이 노리던 내가 힘든 발걸음을 하면서 모습을 드러냈잖아? 뭐해?"

남은 암살자의 수는 총 일곱 명.

그들은 서로 눈치를 보면서 나서길 꺼려 하는 중이었다.

"그러면 내가 먼저 가도록 하지!"

오를레앙은 아르젠트를 수직으로 세워 검끝이 위로 향하게, 그리고 검자루를 가슴에 가져갔다.

그러자 그의 몸에서 뿜어져 나온 오러가 지면을 타고 주변으로 빠르게 퍼져 나갔다.

"움직여 봐라, 더러운 벌레들이여."

암살자들은 두 발이 땅바닥에 달라붙은 듯 움직이지 못했다. 검은 가면으로 얼굴을 가리고 있었지만, 그 너머로 당황한 표정은 굳이 확인할 필요가 없었다.

그를 중심으로 20미터에 달하는 지름의 원이 형성되었다. 지면이 오러에 뒤덮여 빛나고 있었고, 그 안에 포함된 레이지는 온몸을 강하게 짓누르는 압박감에 서 있는 것조차 힘들었다.

'강하다!'

순간 굽혀질 뻔했던 무릎을 간신히 펴면서 레이지는 검을 다시 고쳐 쥐었다. 자신보다 분명히 강한 오러였지만, 크루제이커로부터 혹독한 수련을 겪은 경험 덕분에 버틸 수 있었다.

"호오, 레이지님. 생각보다 강하시군요."

오를레앙의 말투는 순수한 칭찬인지 비아냥거림인지 애매모호하게 느껴졌다.

레이지는 아주 천천히 한 걸음씩 걸음을 걷기 시작했다. 암살자들 대부분은 여전히 오를레앙의 오러에 억눌러 움직이지 못했지만 그중 한 명이 레이지처럼 비틀거리며 뒷걸음질 치기 시작했다.

"내가 도망을 허락할 것 같으냐?"

오를레앙의 몸이 미끄러지듯 지면을 타고 빠르게 전진했다. 그가 지나간 자리에 백색의 오러가 잔상을 남겼고, 뒤이어 핏줄기가 암살자의 가슴에서 거세게 뿜어져 나왔다.

"다음은 너하고 너."

오를레앙은 아르젠트로 다음 대상을 가리키며 말했다. 그리고 말이 끝나기가 무섭게 그의 모습이 모두의 시야에서 사라졌다.

"……!"

레이지의 시야에 그가 다시 모습을 나타냈을 땐, 두 명의 암살자 목이 베어져 허공에 솟아오른 뒤였다. 잘린 목에서 뿜어져 나온 피로 땅바닥이 붉게 물들었다.

"아직도 네 명이나 남았나? 귀찮아."

오를레앙은 아르젠트를 앞으로 내밀었다.

그러자 아르젠트의 검자루에 박혀 있는 보석이 붉은 빛을 발하더니 네 명의 남은 암살자들을 둘러싸는 원형의 빛이 지면에서 하늘을 향해 솟아올랐다.

'저건 일반적인 오러와는 달라. 저 검에 숨겨진 힘인가?'

레이지는 자신도 모르게 침을 꿀꺽 삼켰다.

빛에 감싸여 공중에 떠오른 네 명의 몸이 점차 희미해지더니 길게 늘어나면서 조각으로 분해되었다. 오를레앙이 검을 거두자 빛이 사라지면서 암살자들은 흔적도 없이 사라져 버렸다.

그와 동시에 오를레앙이 퍼뜨렸던 마나의 원이 빠른 속도로 줄어들더니 아르젠트로 흡수되면서 모습을 감추었다.

"버티기 꽤 힘드셨을 겁니다. 미리 말씀드리는 걸 잊어버려서 죄송합니다."

"아닙니다."

레이지는 아직도 욱신거리는 양쪽 어깨를 번갈아가며 주물렀다. 오를레앙의 뒤에는 여섯 명의 여기사가 한쪽 무릎을 꿇고서 그의 명령을 기다리고 있었다.

"부상을 입은 자들은 최대한 빨리 응급처치를 하고 마차로 복귀하도록."

"알겠습니다!"

"그리고 마리안느."

"네."

어느새 마차 밖으로 나온 마리안느가 오를레앙의 오른쪽에 서 있었다. 그녀는 암살자들이 떨어뜨린 단검을 집어 들더니 날에 묻어 있는 독을 손가락 끝으로 살짝 긁어냈다. 그리고 놀랍게도 혓바닥으로 맛을 보았다.

"독의 출처는?"

"프레안스 지방에서 생산되는 독입니다."

"그렇다면 나레시안 숙부께서 보낸 놈들이겠군. 이번엔 돈 좀 깨지셨겠어. 하하하!"

오를레앙은 하늘을 바라보며 웃음을 터뜨렸다. 그리고 검 집 안에 든 아르젠트를 왼쪽으로 내밀었다. 마리안느처럼 기척도 없이 나타난 클레어가 아르젠트를 받아 상자 안에 넣고 뚜껑을 닫았다.

'아, 마리에타는?'

레이지는 뒤를 돌아보았다.

그녀는 마나의 장벽 안에서 두 무릎을 꿇고 앉아 있었다. 고개를 떨구고서 부들부들 떨고 있었다.

"마리에타, 끝났습니다."

"……."

"마리에타?"

"끝났군요."

주변을 감싸고 있던 마나의 장벽이 천천히 사라지면서 마리에타는 고개를 들었다. 레이지는 손을 내밀어 그녀의 어깨에 가져가려고 했지만 도로 거두었다.

겁에 질린 눈동자가 좌우로 움직이더니 일순간 고정되었다.

"저, 저건……."

목이 날아간 암살자들의 시체 주변으로 붉은 피가 계속 흘러나오고 있었다. 마리에타는 겁에 질린 표정으로 시체를 멍하니 바라보고만 있었다. 전쟁 세대가 아닌 그녀가 피에 흠뻑 젖은 시체를 보는 건 처음이었다.

"우… 우욱!"

결국 그녀는 몸을 숙이더니 구역질을 하기 시작했다. 자신도 저렇게 되었을지 모른다는 두려움에 왼쪽 어깨를 강하게 움켜쥐었다.

레이지는 그런 그녀를 내려다봤다.

"처음이란 다 그런 겁니다."

"레, 레이지, 일이 혹시라도 잘못되었다면……."

"하지만 이걸 명심하십시오. 이대로 멈춰 있는 당신은 그저 저의 짐밖에 되지 못합니다."

동정이나 위로는 그 누구도 할 수 있다.

하지만 차갑고 날카롭게 파고드는 충고는 아무나 하지 못한다.

마리에타의 질끈 감은 눈 사이로 눈물이 흘러나왔다. 클레어가 그녀에게 다가가 등을 두들겼고, 레이지는 고개를 설레설레 저으며 오를레앙 쪽으로 걸어갔다.

"너무 차갑게 대하시는 것 아닙니까?"

"전 그렇게 다정한 남자는 못 됩니다."

레이지는 뒤를 흘낏 돌아보았다.

하녀들의 부축을 받으며 마리에타는 마차 안으로 들어갔다. 카트린느는 부상을 입은 여기사들에게 다가가 상태를 확인하는 중이었다. 여섯 명 중 두 명이 다쳤지만, 다행히도 경상에 그쳤다.

레이지는 아무것도 해보지 못하고 죽은 암살자들의 시체를 둘러보았다.

'뭔가 이해할 수 없어.'

소드 마스터를 이 정도 실력밖에 안 되는 암살자들로 해치우기란 무리다. 일부러 마차를 세우면서까지 암살자들을 굳이 상대할 필요도 없었다. 더 이상 전진하지 못하도록 함정이 설치된 게 아니었기에.

"이 정도밖에 안 되는 놈들이라면 전하 혼자만으로도 충분하지 않습니까?"

"네, 솔직히 맞는 말입니다. 그렇기에 이 미천한 자들을 제가 다 해치워 봤자 실력이 느는 건 아닙니다."

"부하들의 실전 연습을 위해 일부러 그랬단 말입니까?"

"그렇게 알아두시면 됩니다."

레이지는 이 왕자의 사고관을 도저히 받아들일 수 없었다. 저돌적인 것과 별개로, 위험을 피해가기는커녕 오히려 즐기는 방식은 레이지와 정반대였다.

'쥴리앙 녀석, 골이 아프겠어. 이런 남자가 왕태자라니.'

4

암살자들을 모두 처리한 뒤 오를레앙의 마차 '콜드란세'는 빠른 속도로 수도 프란디스 성을 향해 달려갔다.

그리고 저녁놀이 질 무렵이 되자 오를레앙은 마차를 멈춰 세웠고, 마차에서 내린 여기사들이 능숙한 손놀림으로 간이막사를 설치했다. 하녀들은 모닥불을 지피고, 근처 호수에서 물을 떠온 뒤 저녁 준비를 했다.

그사이 오를레앙은 레이지, 마리에타와 함께 야외 테이블에 앉아 담소를 나누었다.

"호오, 스승을 찾아 외딴 섬으로 가셨다니. 의욕이 대단하십니다."

오를레앙은 레이지를 흥미롭다는 시선으로 응시했다.

"하지만 사정이 생겨서 더 배우지 못하고 떠나야 했습니다. 지금 생각해도 많이 아쉽죠."

"그럼에도 오러를 깨우친 지 1년 만에 랭크 3까지 도달하다니, 솔직히 말하자면 정말 대단합니다. 크로이덴 가문에서 동시에 세 명의 소드 마스터를 배출할 날도 머지않았다고 봅니다."

"과찬의 말씀이십니다."

"그런데 어디 섬입니까? 그런 인재가 섬에서 썩고 있다고 생각하니 아까울 따름입니다."

"엘번 섬입니다."

순간 찻잔을 기울이던 오를레앙의 동작이 멈췄다.

"혹시 그분의 성함이……."

"크루제이커 경입니다."

찻잔이 엎어지면서 오를레앙의 바지 위에 뜨거운 김이 모락모락 피어올랐다. 하얀색의 연미복 바지 한가운데에 홍차의 적색이 퍼지기 시작했다.

"오를레앙 전하, 괜찮으십니까?"

"아? 응? 무슨 일이 있었나?"

"뜨겁지 않으십니까?"

마리안느의 지적에 오를레앙은 자신의 가랑이 사이를 내려다봤다.

"괘, 괜찮다. 난 문제없어."

"부위가 부위인 만큼 제가 직접 손댈 수가 없습니다. 죄송합니다."

마리안느는 손수건을 오를레앙에게 건넸다. 결국 왕자가 직접 바지에 쏟은 홍차를 닦아내야 했다.

'분명히 크루제이커라는 단어에 반응했어. 어떤 관계지?'

스무 명의 암살자가 자신을 노리고 덤벼들었을 때에도 여유로움을 잃지 않았던 오를레앙. 그런 그가 얼빠진 행동을 하자 레이지의 호기심이 발동했다.

"스승님을 아십니까?"

"아, 그게 말입니다. 뭐라고 말해야 할지······."

오를레앙의 두 다리가 부들부들 떨고 있었다. 어느새 그의 얼굴은 땀투성이가 되어버렸다. 마리안느가 곁으로 다가가 손수건으로 닦아냈지만, 이내 다시 땀이 흘러나와 이마에 송골송골 맺혔다.

"한때 제 스승이셨습니다."

"크루제이커 경이 오를레앙님의 스승이셨습니까?"

"3, 3년 전에 잠시 가르침을 받았습니다."

차받침과 찻잔이 부딪치며 달그락달그락 하는 소리가 들렸다. 고개를 푹 숙인 오를레앙의 머리 위로 어두운 그림자가 깔린 듯한 착각까지 들었다.

"전하께서 왜 이러시는지 저도 충분히 이해합니다. 그분의 가르침은 상식에서 많이 벗어났으니까요."

"그, 그런 게 아니었습니다. 달리다가 토하는 것 정도야, 커다란 통나무로 얻어맞는 것 역시 아무것도 아니었습니다."

오를레앙은 마리안느가 도로 채운 찻잔을 집어 들었다. 하지만 쥐고 있는 손이 워낙 흔들려서 테이블 위로 홍차 방울이 군데군데 떨어졌다.

"그 망할 마물 크라켄 때문에······."

"저도 그 크라켄을 상대로 꽤나 고전했습니다."

지금 와서야 편하게 이야기할 수 있지만, 크라켄의 다리에 온몸이 칭칭 감기는 고통과 특유의 감촉은 절대 잊을 수 없었다. 그렇다 해도 오를레앙의 반응은 지나친 감이 없지 않았다.

"전하, 혹시 엘번 섬에 가셨을 때 필요 이상으로 많은 검을 들고 가지 않았습니까?"

"그, 그리 많지 않았습니다. 고작 50여 개 정도만 소박하게 들고 갔습니다."

"설마 그분께 응급처치를……."

쨍그랑!

찻잔이 깨지는 소리에 레이지의 말이 도중에 끊겼다. 마리안느는 두 눈을 가늘게 뜨더니 땅바닥에 떨어져 산산조각 난 찻잔 조각을 하나씩 조심스럽게 주웠다.

"전하, 어디 편찮으십니까?"

"응? 아냐! 난 보다시피 멀쩡해! 걱정해 주는 건 고맙지만 난 괜찮다고, 마리안느."

"알겠습니다."

조각을 다 주운 마리안느는 아무 일도 없었다는 듯 왕자의 옆에 섰다.

'아, 저 왕자가 진짜 불쌍하게 느껴져.'

레이지는 이마를 감싸 쥐며 동정심이 피어오르는 걸 느꼈다. 만약에 자신이 그런 일을 겪었다면 평생 잊을 수 없는 트라우마가 될 것이 분명했다.

"크라켄을 물리치지 못한 것이 천추의 한으로 남을 지경입니다. 그 녀석에게 다리를 붙잡히지만 않았더라면!"

테이블 위에 올라 있는 오를레앙의 두 주먹이 굳게 쥐어지더니 오러를 발산하기 시작했다.

"크라켄이라면 이곳에 오면서 호되게 앙갚음해 주긴 했죠."

"크라켄을 물리쳤습니까?"

"죽인 건 아니고 그저 다리 몇 개 잘라낸 수준에 불과합니다."

레이지는 별일 아니라는 듯 말했지만, 오를레앙은 진심으로 기뻐하면서 그의 두 손을 꼭 붙들었다.

"그 흉악하고 사악하며 음흉하면서도 고약한 몬스터를 이기다니! 당신은 정말로 멋진 남자입니다!"

"과찬입니다."

"게다가 같은 스승을 둔 이상 사형과 사제이기도 하지 않습니까? 당신을 만나게 되어서 정말 다행입니다."

크라켄에 대한 복수를 레이지가 대신 했기 때문일까, 오를레앙은 응급처치의 악몽을 깡그리 잊어버렸다.

둘의 이야기가 이어지는 동안 마리에타는 입을 굳게 다물었다. 오를레앙이 뭔가 말을 걸어도 짤막하게 대답하기만 할 뿐, 조용히 침묵을 지키며 차를 홀짝거릴 뿐이었다.

딸랑.

종소리와 함께 하녀들이 요리가 담긴 접시를 들고 차례대로 테이블 쪽으로 걸어왔다. 마리안느는 오를레앙과 레이지, 마리에타 자리에 요리를 내려놓았다.

"마리안느, 오늘 메뉴는?"

"포도주에 절인, 발렌시아 왕가에 대대로 내려오는 소스를 곁들인 토끼 구이입니다."

적당하게 구워진 토끼 구이 위로 김이 모락모락 피어올랐다. 포도주와 소스의 향기가 코로 들어오면서 레이지의 식욕을 자극했다.

"아무래도 전국을 돌아다니는 입장이라 풀코스는 대접하기 무리라는 점, 양해 부탁드립니다. 입에 맞으실지 걱정되는군요."

오를레앙은 손을 내밀며 레이지와 마리에타에게 먼저 맛을 보길 권했다. 레이지는 나이프로 고기를 썬 뒤 포크로 찍어 입에 가져갔다.

"어떻습니까?"

"훌륭합니다. 숲 속에서 이렇게 고급 요리를 먹게 될 줄은 상상도 못했습니다."

야생 동물 특유의 노린내가 전혀 나지 않았다. 게다가 포도주에 절인 뒤 구워서 그런지 육질이 매우 부드러웠다. 소스의 감칠맛 역시 뛰어났다.

레이지는 연달아 토끼 구이를 포크로 집어 우물우물 씹었다. 적절하게 구워진 탓에 깨물 때마다 육즙이 흘러나왔다.

"저… 죄송해요. 속이 좀……."

하지만 마리에타는 토끼 구이를 썰지도 못하고 자리에서

일어났다. 그리고 손으로 입을 가리고선 숲 쪽으로 급하게 뛰어갔다.

'역시.'

레이지의 예상과 딱 들어맞았다.

난생처음 시체를 보고 놀란 지 하루도 안 지났는데 이런 고기 요리를 아무렇지 않게 먹는 건 불가능하다.

"레이지님, 뒤를 쫓지 않아도 되겠습니까?"

"제 성격상 위로는 잘 못합니다. 어설프게 일을 그르칠 가능성만 높습니다."

앞서 쓴소리한 입장에서 뒤늦게 다독거리려고 해봤자 역효과만 나기 일쑤다.

'나 말고 다른 사람이 해야 해. 누구에게 부탁해야 할까?'

맞은편에 앉아 있는 왕자는 전혀 도움이 안 될 게 뻔하다.

시선을 왼쪽으로 돌리자 카트린느와 눈이 마주쳤다.

"오를레앙 전하, 제가 가보겠습니다."

"카트린느 자네가?"

"네."

"몬스터가 없는 지역이긴 해도 혹시 모르니 주의하도록. 그리고 잘 다독여 드리도록 해."

카트린느는 허리를 숙여 대답한 뒤 마리에타가 사라진 방향 쪽으로 뛰어갔다.

5

마리에타는 나무에 오른손을 대고 헛구역질을 계속했다.

아무리 잊으려고 해도 피에 흠뻑 젖은 시체가 뇌리에서 떠나질 않았다. 배고픔이 분명히 느껴짐에도 무언가를 삼키는 것조차 불가능했다.

"흐흑……."

결국 눈에서 흘러내린 눈물이 뺨을 타고 턱에 고였다. 바닥에 뚝뚝 떨어지는 눈물을 바라볼수록 마음이 진정되기는커녕 복잡해지기만 했다.

"괜찮으십니까?"

뒤를 돌아보자 카트린느가 안쓰러운 표정으로 그녀를 바라보았다.

"추한 모습을 보여드려 민망해요."

"아닙니다. 아무래도 처음 시체를 보신 것 같은데, 맞습니까?"

마리에타는 손가락으로 눈가에 고인 눈물을 훔치면서 고개를 끄덕거렸다. 그리고 다시 찾아온 구역질에 허리를 숙여야 했다.

"처음엔 다 그러게 마련입니다."

카트린느는 마리에타의 등을 툭툭 두들겼다.

"저 역시 몬스터 토벌에 처음 나선 이후 일주일 동안 제대

다소 특이한 심미관 265

로 먹지 못했습니다. 물만 마셔도 도로 토해내 버리곤 했죠."

"그런… 가요."

마리에타는 거칠게 숨을 내쉬면서 천천히 몸을 일으켰다.

카트린느는 그녀의 손을 붙잡아 근처 바위 위에 앉도록 권했다. 호흡을 고르면서 두 눈을 감자 천천히 몸이 진정되기 시작했다.

"레이지님께서 꽤나 걱정하시는 눈치 같았습니다."

"그 남자가요? 설마요. 아까도 저에게 위로 한마디 건네지 않았어요."

"왠지 모르겠지만, 마리에타님 스스로 극복하시길 바라는 눈빛이었습니다. 남자 중에 그런 타입, 종종 있지 않습니까?"

"하아, 남자를 이해하기란 너무 힘든 거 같아요."

"그런 식으로 치면 오를레앙 전하야말로 이해하기 힘든 타입이죠."

"그건 공감해요."

이야기가 진행되면서 마리에타의 얼굴에 조금씩 여유가 느껴졌다.

"마리에타님의 눈에도 전하가 특이하게 보이시죠?"

카트린느는 손으로 바위 위의 먼지를 털어낸 후 마리에타의 옆에 앉았다.

"하지만 저분처럼 능력 위주로 사람을 택하는 분은 드물어요. 아무리 오러 랭크가 높아도 여자라는 이유만으로 무시하고 차별당하기 일쑤랍니다."

발렌시아는 이상하게도 여성에 대해서는 극도로 보수적인 입장만을 취했다. 물론 위치나 소드 마스터 급 이상의 실력자에 대해서는 차별을 두지 않았지만, 그 이하에 대해서는 집에서 애나 보라는 말을 남자들이 서슴없이 내뱉곤 했다.

그런 나머지 대부분의 여성 오러 유저들이 택하는 일은 귀족 여성들의 경호용 검술을 가르치는 정도였다. 그것도 한때뿐이고, 혼기가 가까워지면 당장 검을 내려놓으라는 압박이 주변에서 들어왔다.

"발렌시아 왕국이 보수적이라는 이야기는 저도 조금 알고 있어요."

"그저 보수적인 정도가 아니랍니다."

카트린느는 얼굴을 가리고 있던 앞머리를 뒤로 넘기더니 왼쪽 얼굴을 가리고 있던 가면을 풀어 바위 위에 내려놓았다.

"카, 카트린느님, 그 흉터는?"

"보기 흉하죠?"

카트린느는 눈썹 위에서 입술 바로 옆까지 길게 이어진 흉터를 손가락으로 쓰윽 그어내리며 자조적인 웃음을 지었다.

"오를레앙 전하의 친위대에 들기 전 소속되었던 기사단에서 입은 상처입니다. 대련 도중 동기 남자에게 당했죠. 평소 저를 시기하는 남자였는데, 대련 중 일부러 연습용 검이 아닌 실전용 검을 들고 저와 맞섰죠. 실수라며 내빼는 그에게 저는 제대로 화를 낼 수 없었어요."

당시 카트린느는 50년 만에 처음으로 발렌시아 왕궁기사
단에 입단 허가가 내려진 여성 오러 유저였다. 보통 남성들이
랭크 3에 충분히 입단되는 것과 달리, 그녀는 랭크 4에 도달
해서야 입단할 수 있었다.

"저를 제외한 모든 남자 동료들은 그 남자를 두둔하기만
했죠. 그리고 찾아와서 한다는 말이 가관이었어요."

"애초에 여자가 검을 들고 설친다는 거 자체가 웃긴 일이야. 조
용히 시집이나 가서 애나 키우며 살았다면 이런 일은 안 당했잖
아?"

마리에타는 그녀 자신도 모르게 왼쪽 어깨를 강하게 움켜
쥐었다. 분노와 더불어 더 이상 아플 리 없는 흉터에서 왠지
모를 고통이 되살아났다.

"사실 그때 입은 상처는 가장 긴 것 하나뿐이고, 나머지는
스스로 만든 거였어요. 절망한 나머지 어차피 남들 앞에 내비
칠 수 없는 얼굴에 흉터 서너 개 더 생겨도 상관없다는 마음
에 저질러 버렸죠."

긴 흉터 말고 짧은 흉터들이 카트린느의 왼쪽 뺨에 집중되
어 있었다.

"이 흉터 때문에 남들 앞에 고개를 들지도 못하고 항상 숙

이고 다녔답니다. 모두들 결혼도 못할 얼굴 따위 들고 다니지 말라고 한소리씩 하고 지나갔지요. 심지어 부모님들마저도 괜히 기사단에 들어가겠다고 설친 대가라며 위로 한마디 건네주지 않았어요."

"그럴 수가⋯⋯."

마리에타로서는 받아들이기 힘든 이야기였다.

여자에 대한 차별이 어느 정도 존재하는 오러 유저들과 달리 매직 유저 간에 남녀 차별은 거의 없다고 해도 과언이 아니었다. 그렇기에 가족마저 카트린느를 외면한 처사를 이해할 수 없었다.

"하루하루가 지옥이나 마찬가지였습니다. 결국 왕궁기사단에 퇴단 신청서를 내고 왕궁 밖으로 나가려던 도중, 오를레앙 전하를 처음 만나게 되었어요. 그때 제가 들은 말이 아직도 생생하게 떠올라요."

"그대의 아름다움을 신이 시기한 거로군. 하지만 여전히 빛을 잃지 않고 있어. 이렇게 불타오르는 아름다움을 지닌 당신이 이제까지 구혼 한 번 제대로 못 받아봤다니, 기사단의 남성 단원들은 죄다 고자인가?"

"그때부터였죠, 그분과 함께라면 지옥까지 따라갈 결심을 굳힌 것이."

카트린느의 입술이 살짝 올라가며 미소를 띠었다.

"발렌시아의 공직에 오른 여성 숫자는 극히 적어요. 게다가 남자라면 그냥 넘어갈 수 있는 실수를 여자가 저지르면 무조건 해임거리가 되어버리죠. 전하께선 실수도 여성의 매력 중 하나라며 넘어가 주시곤 하지만요."

카트린느는 벗었던 가면을 다시 얼굴에 찼다.

"놀라신 것도 있겠지만, 레이지님에게 그런 소리를 들으셔서 낙담하신 거 맞지요?"

"그, 그게……. 네, 맞아요."

예전에 그로부터 필요없는 사람이라고 이야기를 들었을 때만큼은 아니었지만, 자신의 부족함을 들킨 게 너무나 불안했다. 시체를 보고 느낀 두려움만큼이나 그녀의 마음속을 뒤집어놓았다.

"마리에타님은 당시 모르셨겠지만, 레이지님은 암살자들과 싸울 때 몇 번이나 마리에타님 쪽을 바라보셨어요."

"네?"

"암살자를 바로 앞에 두고 상대하시면서 말이죠. 그만큼 마리에타님을 걱정하셨다는 이야기입니다."

물론 마리에타 한 명이 아닌, 여기사들의 행동 하나하나를 살펴봤다는 사실까지 알고 있었지만 카트린느는 굳이 그것까진 말하지 않았다.

"그랬군요. 레이지가 절……."

마리에타의 두 뺨이 살짝 달아올랐다.

바로 그때, 수풀 속에서 부스럭거리는 소리가 나면서 누군가가 모습을 드러냈다.

"마리안느? 전하는 어떻게 하고 여기에 온 거지?"

카트린느의 말에 마리안느는 헤드 드레스에 묻은 나뭇잎을 털어내며 바위 쪽으로 걸어왔다.

"마리에타 아가씨 좀 위로해 달라면서 전하께서 가보라고 하셨어."

"그래?"

"응, 너로는 불안하다고 느끼셨나 봐. 여자에 대해서만큼은 꽤나 철저하신 분이잖아?"

"전하께서도 참……."

카트린느는 쓴웃음을 지으면서 자리에서 일어났다. 그리고 마리안느가 대신 앉았다.

"잠시 실례하겠습니다. 손을 내밀어주시길 바랍니다."

"네? 아, 네."

마리안느는 마리에타가 내민 오른손의 손목을 양손으로 포갠 뒤에 두 눈을 지그시 감았다.

"마나의 흐름에는 별 이상이 없군요. 기분은 괜찮으십니까?"

"카트린느님 덕분에 많이 괜찮아졌어요."

마리에타의 대답에 마리안느는 두 눈을 뜨고서 손을 거두었다.

마리에타는 문득 이 두 여성의 관계가 궁금해졌다. 하녀와 여기사가 서로 격의없이 이야기를 나누는 광경은 흔히 볼 수 없었기에.

"저… 카트린느님과 마리안느는 어떤 사이인가요?"

마리에타의 질문에 두 여성은 서로를 마주 보았다.

"태어날 때부터 친구랍니다."

"우연히도 같은 해 같은 날에 태어났습니다. 서로 친분이 있는 가문이라 종종 만나곤 했습니다."

"어? 그런데 왜 마리안느… 님께선 하녀복을?"

그녀의 질문에 마리안느는 대답 대신 양쪽 귓볼에 차고 있던 귀고리를 하나씩 빼냈다. 그러자 마리에타는 흠칫 놀라면서 뒤로 물러섰다.

"이, 이 마나량은 설마!"

"마리에타님에 비하면 보잘것없지만 저 역시 매직 유저랍니다."

이번엔 마리에타가 마리안느의 오른손을 덥석 붙들더니 두 눈을 꼭 감았다. 손을 통해 전해지는 마리안느의 마나는 일개 하녀로 치부하기엔 너무나 컸다.

"서클 4의 마나량이에요! 이 정도면 어느 마탑에 들어가기에도 충분하다고요!"

마법과 오러 둘 다 익히고 있는 레이지보다 마법에 한해서는 더 높은 서클을 지니고 있었다.

"오, 오를레앙 전하께선 당신같이 뛰어난 실력을 지닌 매직 유저를 고작 하녀로 부린단 말이에요?"

말을 꺼낸 마리에타는 순간 자신의 실수를 깨닫고 양손으로 입을 급하게 가렸다.

"괜찮습니다. 아가씨의 말에 악의가 없다는 건 잘 알고 있답니다."

"정말로 죄송해요. 말이 헛나왔어요."

"겉보기엔 그저 일개 하녀이지만 실제 하는 일은 카트린느와 비슷하답니다."

마리안느는 카트린느와 시선을 맞추더니 이내 하늘을 바라보았다.

"원래 카르도니아 왕국의 마탑으로 유학을 갈 예정이었습니다만, 불의의 사고로 인해 예전만큼 마법을 쓸 수 없는 몸이 되어버렸죠."

감히 여자가 남자인 자신들보다 앞서간다는 질투.

결국 유학 건은 남자 동기 중 한 명에게 돌아갔다. 카트린느처럼 그녀는 좌절했지만 오를레앙을 만나고 나서부터 운명은 다른 방향으로 전개되었다.

"지금은 전하의 시중을 들거나 독을 감별하는 일을 맡고 있습니다. 마법도 틈틈이 익히는 중이기도 하고요."

"계속 매직 유저의 길을 가실 작정이라면 정식으로 왕궁마법사에 등록하는 편이……."

"발렌시아 왕국의 왕궁마법사는 남성만이 가능하답니다."

그래서 마리안느는 유학에 대한 기대가 컸었다. 지금 와서는 어떻게 되든 상관없는 이야기가 되었지만.

"게다가 왕자라 해도 거느릴 수 있는 부하의 수가 한정되어 있답니다. 대신 하녀는 몇 명이나 거느리든 간에 상관없기 때문에 이렇게 된 거죠."

"그렇다면 나머지 하녀들도……."

"네, 단순히 전하의 시중을 드는 역할에 머물지 않습니다. 항상 아름다움 운운하시는 분이시긴 해도 막상 곁에 두는 여자들에겐 능력을 중요시한답니다."

"아름다운 꽃을 찾기 위해선 꽃에서 흘러나오는 달콤한 향기를 쫓아가야 하지. 그 향기가 나에겐 능력이라고 생각하거든."

오를레앙은 여성을 더욱 아름답게 만드는 것은 다름 아닌 '능력'이라고 판단했다.

마리에타의 경우도 그녀가 지닌 아름다움 이전에 서클 5의 마법사라는 탁월한 능력을 지녔기에 기꺼이 동행하길 권했던 것이다. 단순히 아름다운 여성이었다면 손등에 키스한 뒤 아름다움을 칭송하며 장미꽃 한 송이를 선물하고 그냥 지나갔을 것이다.

이제까지 그가 그래왔던 것처럼.

"솔직히 저나 카트린느도 전하가 어떤 분인지는 확실히 모른답니다. 상당히 느끼하시고 아름다움을 입에 달고 다니시는 분이지만 어쩔 땐 전혀 다른 얼굴을 보여주시기도 하거든요."

마리안느는 옷소매의 단추를 풀더니 오른팔 소매를 팔꿈치까지 걷어 올렸다.

"하지만 이것 한 가지만은 확실해요."

마리에타는 놀란 눈으로 그녀의 팔을 바라보았다.

화상 때문에 엉겨 붙은 피부가 손목에서 팔꿈치까지 길게 이어져 있었다. 마리안느의 유학을 방해하기 위해 남자 동기들이 벌인 일의 결과였다.

"여자의 흉터를 아름답다고 말해주는 남자만큼 괜찮은 사람은 드물죠. 안 그런가요?"

마리에타는 입술을 굳게 다물더니 이내 고개를 끄덕거렸다.

'레이지도 내 흉터를 보고 전혀 흉하다고 이야기하지 않았어. 단지 차이점이라면 아름답다고 하지 않고 훌륭한 훈장이라고 말했지. 레이지다운 대답이었지만.'

두 눈을 감은 마리에타의 입가에 엷은 미소가 자리 잡았다.

그 모습을 본 마리안느는 자리에서 일어난 뒤 스커트를 툭툭 털었다.

"마리에타님, 슬슬 돌아가시는 게 어떻습니까? 레이지님이 뭔가 의미심장한 얼굴로 마리에타님이 사라지신 방향을 계속 쳐다보셨습니다."

"그래요? 절 걱정하던가요?"

"그건 잘 모르겠습니다만, 신경 쓰고 있다는 사실만큼은 분명합니다."

"더 신경 쓰게 하고 싶지만 돌아가는 편이 좋겠군요."

마리에타는 바위 위에서 일어난 뒤 마리안느의 두 손을 꼭 잡았다.

"절 배려해 주셔서 감사해요."

"별말씀을요. 전하의 부탁이 아니었다 해도 이렇게 귀여운 아가씨를 홀로 놔두지 못했을 거예요."

"마리안느, 너 오를레앙 전하의 말투를 닮아가는 거 같다?"

둘 다 스물세 살인 그녀들은 자신보다 다섯 살 어린 마리에타가 아름답기보단 귀여운 여동생처럼 느껴졌다. 두 여성의 깔깔거리는 웃음 속에서 무거운 분위기는 온데간데없이 사라졌다.

Chapter 28
악우와의 재회

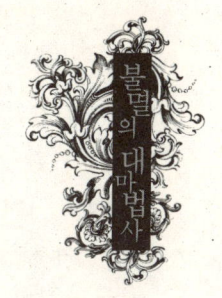

1

발렌시아 왕국의 수도 프란디스 성.

수많은 시민들이 모여들어 장사진을 이루고 있었다. 경비
병들은 혼잡 사태에 대비해 성문과 왕궁 입구까지 직선으로
죽 이어진 대로 양쪽에 줄을 매달아놓았다. 그리고 그 줄 안
쪽에 서서 사람들이 넘어오지 못하도록 경계 태세를 갖추었
다.

아침부터 몰려든 시민들의 관심사는 단 하나.

발렌시아 왕가의 명물이자 시민들의 인기를 독차지하고
있는 왕태자 오를레앙을 보기 위함이었다. 대로 양쪽에는 사
람들로 마구 붐볐고, 이때를 노린 노점상들은 때 아닌 호황을

누리고 있었다.

"콜드란세다!"

성문 근처에 모여 있던 시민들은 손가락으로 한곳을 가리키며 열광하기 시작했다.

모래바람을 일으키며 빠른 속도로 정문을 통과한 오를레앙 왕자 전용 마차 콜드란세는 서서히 속도를 줄였다.

마차 문이 열리자 오를레앙은 두 손을 천장에 붙잡고 몸을 회전해 위에 올라탔다. 그리고 서서 양팔을 흔들었다.

"오래간만이야, 아름다운 여인들이여!"

모인 시민들의 90%는 여성들.

특히 10대 후반에서 20대 중반에 해당하는 이들로 구성된 환영 인파는 왕자의 등장에 까무러칠 듯 비명을 질렀다.

"오를레앙 전하!"

"꺄아악! 나와 눈이 마주쳤어!"

왕자의 윙크를 받고 수십여 명의 여성들이 순식간에 기절했다. 병사들은 다급히 그녀들을 안전한 곳으로 이동했고, 비명과 환호성은 더욱 커져만 갔다.

"나를 맞이하러 온 그대들에게 이 꽃을 선사하겠소."

오를레앙은 마부석에 있는 하녀로부터 장미꽃 다발을 건네받았다. 그리고 한 송이씩 시민들을 향해 휙 내던졌다.

그러자 장미꽃을 손에 넣기 위해 많은 여성들이 서로 뒤엉켜 아수라장을 연출했다. 꽃이 다 떨어지자 다시 하녀로부터 꽃다발을 건네받고 뿌리기를 반복했다.

"대, 대단하군요."

마리에타는 멈추지 않는 환호성에 둘러싸여 있는 오를레앙에게 감탄마저 느꼈다. 엄청나게 느끼한 왕자라고 여겼지만 이 정도의 인기를 지녔을 줄은 예상 못했다.

레이지는 입꼬리를 살짝 올리면서 10년 전의 기억을 다시 떠올렸다.

'아버지보다 한술 더 뜨는 아들이로군.'

제이워드였을 당시 초청을 받아 줄리앙과 함께 발렌시아 왕궁을 방문한 적이 있었다. 그때에도 많은 여성들이 물밀 듯이 몰려들어 줄리앙을 환영했다. 그래도 마차 천장 위에 올라서지는 않았다. 그저 창문 밖으로 손을 내밀며 환대에 응할 정도였다. 물론 꽃을 뿌리는 건 똑같긴 했지만.

"매번 왕궁에 돌아오실 때마다 이렇답니다."

"그래요?"

"전하께선 여성에 한해서는 발렌시아 왕국 내에서 최고의 인기를 누리고 계신답니다."

카트린느의 대답에 마리에타는 어안이 벙벙했다.

"하지만 남자들에게는 그다지 인기를 못 끌 타입이시겠군요."

"어쩔 수 없답니다."

줄리앙 역시 그랬다. 한 나라의 왕자라는 신분상의 우위 덕분에 큰 문제는 없었지만, 여자 문제 때문에 다른 남자들과의 충돌이 적지 않았던 것 역시 사실이다.

줄리앙이 제이워드와 별 문제 없이 지낼 수 없었던 이유는, 제이워드가 여자에게 도통 관심이 없었던 부분이 크게 작용했다. 나중에는 반드시 여성의 매력을 가르쳐 주겠다며 제이워드를 여기저기에 데리고 가봤지만 전혀 효과가 없었다.

'그 녀석에게 소개받은 여자만 열 명이 넘었지.'

마지막으로 소개받은 여자는 바로 엘레노어.

처음에는 적으로 등장했다가 나중에는 제이워드와 함께 싸웠던 전우 중 한 명. 그러나 다른 여자들과 마찬가지로 그녀 역시 제이워드의 곁을 떠났다. 길게 기른 흑발이 처음 본 순간 죽은 스승 샤를로트를 떠올리게 할 정도로 인상이 깊었지만, 결국 그녀는 스승을 대신할 수 없었다.

"저런저런, 꽃은 많으니 다투지 말라고!"

오를레앙은 벌써 네 번째 장미 꽃다발을 건네받고 여성들을 향해 한 송이씩 뿌리고 있었다. 여성들의 환호성은 그칠 줄을 몰랐다.

2

시끌벅적했던 환호성은 왕궁의 문이 닫혔음에도 여전히 이어졌다. 오를레앙을 조금이라도 더 가까이 보고 싶어하던 여성들은 문을 마구 두들기며 자리에서 떠날 기색을 보이지 않았다.

"휴우, 뭔가 지치는 기분이에요."

마차에서 내린 마리에타는 멍해진 귀를 매만지며 한숨을 내쉬었다. 막상 혼자서 많은 이들을 상대한 사람은 오를레앙이었지만 주변 사람들이 피곤해지는 경우였다.

"레이지님, 검을 이쪽으로."

카트린느의 말에 레이지는 허리에 차고 있던 검을 풀어서 그녀에게 건네주었다.

"떠나실 때 돌려드리겠습니다. 이 점 양해 부탁드립니다."

레이지는 고개를 살짝 끄덕인 뒤 주변을 둘러보았다.

대리석이 깔린 바닥 위에 뒤덮인 붉은색의 카펫.

그 카펫 양쪽으로 창을 든 경비병들이 정면을 바라보며 부동자세로 서 있었다. 천장에 달린 샹들리에와 벽에 줄지어 걸려 있는 벽화들이 화려함을 자아냈다.

'5년 만인가.'

지원을 부탁하기 위해 발렌시아 왕국을 방문했던 당시, 줄리앙과 단둘이서 이야기한 시간은 고작 한 시간에 불과했다.

한 나라의 왕이 된 줄리앙을 예전처럼 격의없이 대할 수 없었다. 회의장에서 만난 둘은 사무적인 이야기만 주고받았고, 용무가 끝나자 바쁜 일정 탓에 급히 돌아가야 했다. 그때 줄리앙이 보여주었던 아쉬워하는 표정이 아직도 기억에 남아 있었다.

"카트린느, 마리안느."

"네, 전하."

"그대들은 마리에타님과 레이지님을 귀빈실로 안내하도록. 아, 마리에타님, 방은 하나만 준비해도 되겠습니까?"

오를레앙의 말에 마리에타는 조금의 주저함도 없이 고개를 가로저었다.

"아니에요. 두 개 부탁드리겠습니다."

"괜찮으시겠습니까?"

"그러는 편이 더 편하답니다."

"그렇다면 할 수 없지요. 전 아바마마를 뵈러 먼저 가보겠습니다. 저녁에 파티가 예정되어 있으니 그때 다시 뵙도록 하겠습니다."

오를레앙은 왼쪽 무릎을 꿇더니 마리에타의 손등에 키스를 하고 자리에서 일어섰다. 그리고 나머지 하녀들과 여기사들을 대동하고 알현실 쪽으로 걸음을 옮겼다.

"레이지님, 이쪽으로 오십시오."

"마리에타님은 절 따라와 주시길 바랍니다."

레이지와 마리에타는 각각 카트린느와 마리안느를 따라 왼쪽과 오른쪽 귀빈실로 이동했다.

3

"그러면 편안한 시간 되시길 바랍니다. 뭔가 시키실 일이 있으면 이 종을 흔드시면 됩니다."

안내를 마친 카트린느는 인사를 하고 방 밖으로 나갔다. 문이 닫히자 레이지는 고개를 들어 천장을 바라보고 이내 방 안을 살펴보기 시작했다.

'맞아, 그때 묵었던 방이 분명해.'

침대나 가구의 위치가 바뀌고 샹들리에를 새 걸로 바꾸어 달았지만, 5년 전의 그 방이 맞았다.

예전 제이워드로서 방문했을 땐 방 이곳저곳에 마나를 억제하는 마법이 걸려 있었고, 천장과 벽에 그를 감시하는 자들이 숨어 있었다. 이에 제이워드는 자신의 마나를 주변에 퍼뜨려 마법을 단번에 소멸시키고 감시자들을 기절시켰다. 황급히 놀라 찾아온 경비병들을 무시하고 직접 줄리앙에게 찾아가 한소리하기도 했다.

'뭐, 당연하다면 당연한 조치였지. 아크메이지가 왕궁에 머무르고 있는데 근위대 입장에서는 그렇게 할 수밖에 없었을 테고.'

그때의 행동을 떠올리며 레이지는 철이 없었다고 스스로를 자책했다. 아무리 전우 사이였다 해도 한 나라의 왕에게 직접 찾아가서 쓴소리를 할 필요까진 없었다.

'갑자기 졸리는군. 눈 좀 붙일까?'

그동안 조금씩 쌓였던 피로가 한꺼번에 몰려들면서 몸이 무거워졌다. 레이지는 창문의 커튼을 치고 침대 위에 드러누웠다.

4

베르시아 신성력 1372년 6월 8일.

일주일 동안 계속되던 전투가 끝난 저녁.

막사 안에선 오래간만의 승리를 자축하는 병사들이 수십여 개의 모닥불에 각각 둘러앉아 술을 마시며 흥겨운 시간을 보내고 있었다.

그 막사로부터 멀리 떨어진 수풀 부근에 한 남자가 나무에 등을 기대고 홀로 서 있었다.

그의 이름은 제이워드 만델.

20대 중반에 들어선 그는 마법 서적을 들고 독서에 열중하고 있었다. 은은한 달빛만으로 어두운 밤에 책을 읽기란 무리였지만, 그의 손가락이 지나간 페이지의 문자들이 하나씩 빛을 발하면서 존재감을 드러냈다.

「……」

그는 책에 고정된 시선을 막사 쪽으로 돌렸다.

눈앞에 나타난 찰나의 기쁨에 즐거워하는 이들을 그는 도저히 이해할 수 없었다. 그에게 있어서 즐거움이란 제국의 완전한 소멸 외에는 없었다.

제이워드는 다시 책을 바라보며 룬 문자를 읊기 시작했다. 바로 그때 수풀 안쪽에서 두 남녀가 옥신각신하는 소리가 들렸다. 처음에는 무시하고 독서에 전념하려고 했지만, 목소리가 커지자 저절로 얼굴이 찡그러졌다.

「그게 아니라오. 그녀에게 잠시 마음이 끌렸던 건 사실이지만……」

「거짓말하지 마세요!」

찰싹!

「전하, 너무해요!」

「베, 베르나, 그건 오해라오!」

갑옷을 입은 여성이 두 손으로 얼굴을 가리고 수풀 밖으로 뛰쳐나왔다. 그녀는 제이워드를 알아채지 못하고 막사 쪽으로 울면서 달려갔다.

'전하라면, 발정난 개라 불리는 줄리앙 왕자겠군.'

줄리앙 왕자.

매직 유저로 제법 뛰어난 실력을 지니고 있지만, 마법보다 여성을 홀리는 데 더 소질이 있다고 평가되는 방탕아였다.

'전쟁터에서 연애질이라……. 참 속 편한 족속들이로군.'

제이워드는 그녀의 뒷모습을 바라보며 비웃었다.

그때 왕자가 수풀 밖으로 나오다가 제이워드와 눈이 마주

쳤다.

제이워드와 비슷한 나이대의 쥴리앙은 빨갛게 달아오른 왼쪽 뺨을 어루만지며 아무 일도 없었다는 듯 옷매무새를 다듬었다.

「…….」

「…….」

두 남자는 아무 말도.없이 서로를 마주 보기만 했다.

그렇게 한 5분이 지난 후, 쥴리앙 왕자는 억지로 미소를 지으며 뒤통수를 긁적거렸다.

「아하하, 꼴사나운 모습을 들켜 버렸구려. 이거 참 부끄러운데?」

「전 아무것도 못 봤습니다. 신경 쓰시지 않아도 됩니다.」

남의 연애사 따위에 관심 둘 여유는 없었다.

제이워드는 책으로 시선을 돌렸고, 쥴리앙은 주변을 둘러보더니 자신과 제이워드 단 둘만 있다는 걸 알고 그에게 살며시 다가갔다.

「그대의 이름이 혹시 제이워드 아니오?」

「절 아십니까?」

「알다마다. 광견… 앗차!」

쥴리앙은 하던 말을 멈추고 두 손으로 황급히 입을 가렸다.

막상 제이워드는 전혀 화를 내지 않고 왕자를 흘낏 쳐다볼 뿐이었다.

「개라 해도 분별력은 있습니다. 한 나라의 왕자에게 마법
을 퍼붓진 않으니 걱정하실 필요 없습니다.」

「미, 미안하네.」

「하지만 또다시 제 앞에서 그 별명을 내뱉었다간 왕자고
뭐고 없을 겁니다.」

차가우면서 날카로운 제이워드의 말에 줄리앙은 연신 식
은땀을 흘렸다.

제이워드는 예전에 소속된 부대원들과 충돌이 잦아 부득
이하게 카르도니아 왕국군이 아닌 발렌시아 왕국군에 파견
형태로 발령이 났다. 하지만 그의 성격이 어디갈 리 없었다.
결국 제이워드의 이름 앞에는 '광견' 이라는 악명이 따라다녔
다.

반면 줄리앙 왕자의 경우 여성과의 스캔들 때문에 왕이 직
접 최전방 부대로 전출시킨 사례였다. 그럼에도 그는 정신을
못 차리고 부대 내 여성들에게 추파를 계속 던졌다.

줄리앙은 헛기침을 몇 번 한 뒤 뒷짐을 지고선 제이워드를
바라보았다.

「아까 있었던 일은 되도록 함구해 주길 바라오.」

「그건 명령입니까, 아니면 협박입니까?」

더 이상 독서에 집중할 수 없게 된 제이워드는 책을 덮고
왕자를 노려보았다.

「부탁이라네. 비록 이 몸의 잘못으로 인해 벌어진 일이지

만, 내 몸에 손을 댔다는 게 알려질 경우 그녀에게 어떤 처벌이 내려질지 모르오. 그것만은 막고 싶다오.」

「호오, 자신을 찬 여자를 감싸시는 겁니까?」

「그렇소. 한 번이라도 정을 준 여성에게 피해가 가는 걸 보고만 있을 수 없기 때문이라오.」

「망신살이 뻗치는 게 두려우신 건 아닙니까?」

「여성을 대하다 보면 원치 않은 불명예도 감수해야 하는 법이오. 남들이 뭐라고 하든 간에 난 전혀 부끄럽지 않소.」

자신의 가슴에 손을 얹고 진지하게 말하는 쥴리앙을 보던 제이워드의 입에서 피식 웃음소리가 흘러나왔다.

그리고 다시 책을 펼쳐 들었다. 왕자임에도 권력을 내세우지 않고 정중한 어투로 부탁하는 쥴리앙이 그렇게 싫지 않았다. 그렇다고 일부러 이야기하고픈 마음은 없었다.

「자네, 서클이 몇인가?」

「이제 고작 4에 불과합니다.」

「그런데도 이 책을 읽는단 말이오? 최소한 서클 5에 들어서야 해석 가능할 텐데? 나 역시 서클 4이지만 그대가 들고 있는 책에 뭐가 적혔는지 알 수 없구려.」

쥴리앙은 제이워드가 들고 있는 책을 가리키며 진저리를 쳤다. 제목과 목차는 물론 내용이 죄다 룬 문자로만 적힌 책은 그에게 있어서 잠자기 전 숙면용에 불과했기에.

「좋은 스승님을 만난 덕분이지요.」

제이워드는 하늘을 바라보면서 펜던트를 어루만졌다.

*   *   *

"레이지님, 들어가도 되겠습니까?"

문밖에서 들리는 소리에 잠에서 깬 레이지는 상체를 일으켰다.

"들어오십시오."

"그러면 실례하겠습니다."

문을 열고 들어온 여성은 오를레앙의 하녀 중 한 명인 클레어였다. 그녀는 레이지를 향해 허리를 숙여 공손이 인사를 한 뒤 복도 쪽을 향해 손짓했다. 그러자 다섯 명의 하녀가 바퀴가 달린 이동식 옷걸이를 하나씩 이끌고서 순서대로 들어왔다.

"앞으로 두 시간 뒤에 오를레앙 전하께서 주최하시는 파티가 연회실에서 시작될 예정입니다. 이에 파티용 정장을 마련했습니다."

옷걸이 하나당 걸린 옷이 최소 다섯 벌 이상 되었다.

"옷 갈아입는 건 그다지……."

예전 마리에타의 생일날 겪어야 했던 고충이 그의 머릿속에서 되살아나기 시작했다. 분명히 저 하녀들은 수십여 벌의 옷을 연달아 갈아입히면서 지루함과 귀찮음을 선사할 게 분명했다.

"오를레앙 전하께서 직접 선물하신 옷들입니다. 아무쪼록
받아주시길 바랍니다."

"성의는 고맙습니다만, 그냥 대충 차려입고 나가면 안 됩
니까?"

"안 됩니다."

기억상실증이란 단어도 꺼내기 전에 레이지의 의도는 꺾
여 버렸다.

5

발렌시아 왕궁 중심에 위치한 연회실은 수많은 인파로 북
적거렸다.

발렌시아의 내로라하는 귀족들은 물론, 지방 귀족들까지
왕자의 복귀 일에 맞추어 파티에 참석했다. 웬만한 귀족 가문
의 저택만 한 공간은 화려한 복장의 귀족들로 눈부셨다.

"피부가 너무나 고우세요. 어떤 화장품을 쓰시는지 궁금하
군요."

"특별한 관리 비법이라도 있나요?"

"마법 덕분인가요?"

마리에타에게 몰려든 귀족 여성들은 한결같이 그녀의 피
부를 칭송하기에 바빴다. 하얗고 뽀얀 피부는 아기 살결처럼

섬세했다. 어떤 부인은 그녀의 허락을 얻어 얼굴을 살며시 매만지더니 손끝에 닿는 보드라운 감촉에 놀라기까지 했다.

왕실에서 주최한 파티인 만큼 연회장에 모인 여성들 모두 평소보다 훨씬 힘주어 치장하고 나왔음에도 마리에타의 아름다움에 모두 감탄했다.

뒷머리를 하나로 모아 허리 아래로 내려오도록 땋았고, 앞머리는 자연스럽게 빗어 넘겨 청순미를 더했다. 왕자가 특별히 선물한 수십여 벌의 드레스 중 마리에타가 선택한 것은 생일 파티 때 입었던 과감한 디자인과 달랐다. 어깨와 목을 모두 감싸는 형태의 드레스로, 레이지가 노출에 신경 안 쓰는 타입이라는 걸 알고 있기에 무리해서 어깨와 목을 드러내고 싶지 않아서였다.

"가르쳐 드릴까요?"

마리에타의 말에 여성들은 동시에 고개를 끄덕거렸다.

"잠시만 귀를……."

마리에타는 왼쪽과 오른쪽에 있던 여성에게 번갈아가며 귓속말을 건넸다. 그러자 그녀들의 눈이 크게 떠졌다.

"어머! 진짜로 그게 효과가 있나요?"

"그 흉측한 걸 어떻게 먹을 수 있죠?"

두 여성이 의외의 반응을 보이자 나머지 여성들도 호기심이 발동에 질문을 마구 내던지기 시작했다. 서로 귓속말을 주고받기 시작하면서 놀란 눈으로 마리에타를 바라보는 이들이 우후죽순 늘어났다.

"제 가문의 이름을 걸고 맹세할 수 있어요. 저도 반신반의 했지만 직접 행해보니 그 효과가 너무나 놀라웠어요."

가슴에 두 손을 얹고 당당하게 말하는 마리에타의 태도에 그녀들의 의심은 확신으로 돌변했다.

"당장 하녀를 불러서 주문시키라고 해야겠어요."

"나, 나도!"

"앤! 어디 있니?"

그녀들 주변으로 부름을 받은 수십여 명의 하녀들이 우르르 몰려들더니 이내 연회장 밖으로 빠져나갔다. 하녀들은 한결같이 뭔가 이해할 수 없다는 표정을 지으며 고개를 설레설레 저었다.

'여자들이란 이해할 수 없어. 그까짓 피부 하나 가지고 그 흉측한 걸 먹겠단 말이야?'

레이지는 크라켄 다리의 효험을 기대하며 한껏 꿈에 부풀어 있는 귀족 여성들을 싸늘한 눈초리로 바라보았다.

원래는 마리에타와 같이 있었지만, 마리에타의 아름다움에 몰려든 귀족 여성들에게 밀려 멀찌감치 떨어져야 했다.

'역시 파티는 지루해. 내 취향이 아니야.'

마리에타와 달리 레이지를 알아보는 이는 아무도 없었기에 그는 테이블 하나를 홀로 차지하고 주스를 홀짝이고 있었다. 아무래도 다른 왕국, 그것도 왕궁 내의 파티라서 혹시라

도 있을 실수를 방지하기 위해 술은 처음부터 입에 댈 생각이
없었다.

'그나저나 왕실의 파티는 규모가 대단하군. 마리에타의 생
일 파티가 소박해 보일 정도야.'

연회장의 규모 자체가 거대했고, 참가한 인원수 자체도 비
교가 안 되었다. 요리의 질 자체는 생일 파티 때와 크게 차이
나지 않았지만, 수백여 테이블에 계속 올라오는 요리의 수는
엄청났다. 왕궁에 특별히 초대된 익살꾼들의 말재주에 여기
저기에서 웃음꽃이 터져 나왔고, 서커스단 하나를 통째로 입
성시켜 화려한 묘기를 선보이고 있었다. 왕실 전용 오케스트
라를 두 팀으로 구성해서 연회실 안과 연회실 옆에 위치한 실
내 정원에 하나씩 배치할 정도였다.

연회장 옆 실내 정원에선 근위대 소속의 신입 기사들이 연
습용 검을 들고 화려한 검술과 대련을 보여주었다. 감탄사와
함께 박수 소리가 연달아 터졌다.

'저 왕자는 여전하군.'

당연하다면 당연하다랄까. 오를레앙은 귀족 여성들에게
둘러싸여 함박웃음을 짓고 있었다. 느끼함의 정도가 좀 더 심
각할 뿐 젊었을 때의 줄리앙과 판박이였다.

빰빠라밤~

나팔 소리가 울려 퍼지면서 닫혀 있던 연회장 입구가 활짝
열렸다. 문 앞에 서 있던 경비병들이 문 옆으로 비켜서면서

창 대신 발렌시아 왕국의 깃발을 비스듬히 들어 올렸다.

파티를 홍겹게 즐기던 귀족들은 일제히 입구 쪽으로 몸을 돌렸다.

남성들은 왼팔을 가슴에 대고 오른팔을 등 뒤로 젖힌 뒤 몸을 살짝 숙여 예를 표했고, 여성들은 양손으로 치맛자락을 살짝 들어 올리며 고개를 숙였다. 시중을 들던 수백여 명의 하녀들과 집사들은 두 팔을 옆구리에 붙이고 허리를 숙였다. 오케스트라로부터 흘러나오던 은은한 선율은 웅장한 음색으로 바뀌었다.

입구에서 연회장 북쪽으로 이어지는 보라색의 카펫 위로 발렌시아의 왕 쥴리앙이 발걸음을 내디뎠다. 그는 자신을 향해 예를 표하고 있는 이들을 향해 손을 내밀며 카펫 한가운데를 가로질러 갔다.

그의 뒤를 이어 왕비 예카테리나가 모습을 드러냈다. 그리고 근위대장과 열 명의 근위병이 2열 종대를 유지하며 뒤따라갔다.

왕 쥴리앙은 연회장 정가운데에서 걸음을 멈추고 주위를 둘러보았다.

"모두 고개를 드시오."

그의 말에 귀족들은 일제히 고개를 들었다. 하지만 다른 이들은 여전히 허리를 숙이고 있었다.

"오늘 이 자리에 그대들을 초대한 이유는 3개월간의 긴 일정을 무사히 마치고 돌아온 나의 아들 오를레앙을 환영하기 위함이오."

하녀 한 명이 금으로 만들어진 쟁반 위에 붉은색 와인이 담긴 와인 잔을 싣고 쥴리앙의 오른쪽에 섰다. 쥴리앙이 와인 잔을 집어 들고 높이 치켜들자, 귀족들 역시 와인 잔을 들어 올렸다.

"발렌시아에 영광을, 그리고 왕자 오를레앙에게 축복을!"

쥴리앙은 와인의 반을 비운 후 금 쟁반 위에 와인 잔을 놨다.

"자, 왕궁 안이라고 부담 가지지 말길 바라오. 파티는 어디까지나 흥겨워야 하는 법. 즐거운 시간이 되기를."

그 말을 끝으로 쥴리앙은 입구 쪽으로 돌아갔다. 왕과 왕비, 그리고 근위대 병사들이 연회장 밖으로 나가고 문이 닫히자 오를레앙의 목소리가 울러 퍼졌다.

"자! 파티는 이제부터 시작입니다! 흥겨운 시간이 되길!"

6

'뭔가 이상해.'

레이지는 벽에 설치된 소파에 앉아 생각에 잠겼다.

왕이 사라진 이후 흥겨워진 파티 분위기 속에서 레이지는 심한 이질감을 느꼈다.

'왕자의 무사 귀환을 축복하는 자리인 만큼 왕 옆에 왕자가 있어야 하지 않나?'

왕자가 어디 있는지 찾아보지도 않고, 고작 술잔을 들고 인사말을 건네는 수준에 그쳤다. 그 누가 봐도 이상하게 여겨야 정상이다.

'무엇보다 명색이 왕실에서 주최하는 파티인데, 정작 왕인 쥴리앙 녀석은 모두에게 얼굴만 보이고 자리를 떴어. 건강이라도 안 좋은 걸까?'

레이지는 부자간의 갈등이 분명히 존재할 거라는 추측에 도달했다. 그 이유를 알고 싶었지만, 지금으로선 추측에 머무르는 게 고작이었다.

'생각해 보니 예전에 발렌시아 왕궁에 들어왔을 때엔 오를레앙의 얼굴조차 보지 못했어. 왕비도 그때 본 여자와 다르고.'

직접 쥴리앙에게 물어보지 않는 이상 정확한 내막은 알기 힘들었다. 레이지는 잠시 생각을 멈추고 주스를 들이켰다.

"레이지? 여기서 혼자 뭐해요?"

고개를 들자 피곤한 기색이 역력한 마리에타가 두 손을 무릎에 대고 레이지를 내려다보고 있었다.

"그야 상대할 사람이 없으니 혼자죠."

"계속 혼자 있었던 거예요?"

"저야 남에게 먼저 말 거는 타입은 아니지 않습니까."

예전 마리에타의 생일 때에야 예전의 레이지가 어떠했는지, 크로이덴 가문의 분위기가 어떠한지 타인의 입으로 직접 듣고 싶어서 많은 이들과 이야기를 나누었다.

그러나 발렌시아 왕궁에 온 이유는 불특정 다수를 만나는 게 아니었다. 단 한 명, 쥴리앙과 단둘이 만나면 충분했다.

"휴, 벌써 지친 거 같아요. 저에게 계속 말을 걸어와서 빠져나오기 난감했어요."

피부 관리의 비법을 가르쳐 주던 마리에타는 자신을 둘러싼 여성들이 죄다 하녀를 부르느라 정신이 팔린 사이 혼자 있는 레이지에게 가려고 했다.

하지만 여자들 사이를 빠져나온 그녀에게 이번엔 남자들이 몰려들었다.

못 보던 분인데 어디 출신인가, 있다가 댄스 타임 때 저와 같이 추지 않겠는가, 혹시 혼자 온 거라면 파티 후에 자신의 저택으로 오지 않겠는가 등등의 남자의 흑심이 담긴 질문을 무수히 받아야 했다.

계속 거절을 하는 것조차 지칠 때쯤에 왕 쥴리앙이 나타나면서 질문 공세는 중단되었다. 그뒤 쥴리앙이 사라지는 틈을 타 사람들 사이를 비집고 레이지가 있는 곳으로 걸어왔다.

"하이힐은 여전히 익숙하질 않네요. 물집이 잡히지 않으면 좋으련만⋯⋯."

레이지의 옆자리에 털썩 주저앉은 마리에타는 오른발의

하이힐을 살짝 벗더니 손수건을 꺼내 발목을 주물렀다. 드레스 색상에 맞춘 빨간색 하이힐과 발을 감싸고 있는 검은색 스타킹에 레이지의 시선이 닿았다.

"레이지, 지금 제 발 봤죠?"

"네. 혹시 상처라도 생겼는지 보려고 했지만 스타킹 색 때문에 알아볼 수 없군요."

"단지 그거 때문이에요?"

"아, 발 모양이 매끄럽고 좋군요. 하지만 지금 중요한 건 당신의 발 상태 아닙니까? 걷기 힘든 정도라면 방으로 돌아가 쉬는 게 좋다고 봅니다."

마리에타는 엉뚱한 부분에서 배려심을 발휘하는 레이지에게 투정을 부릴 수도 화를 낼 수도 없었다. 그저 한숨만 푹푹 내쉬는 수밖에 없었다.

"오오, 이 아리따운 아가씨가 바로 길레터 왕국의 대마법사 펠튼님의 손녀이신가?"

굵직한 목소리에 마리에타는 벗었던 하이힐을 도로 신고 고개를 위로 들었다.

기름기가 넘쳐 번들거리는 얼굴에 툭 튀어나온 배가 잘 차려입은 연미복을 무색하게 만들었다.

아래로 처진 눈꼬리와 주저앉은 코는 아무리 봐도 잘생겼다고 말하기 힘들었다. 그럼에도 늘씬한 미녀 두 명이 그의 양옆에 서 있었다.

"저는 현 발렌시아 왕국의 왕이신 쥴리앙 조르디어스 발렌시아 폐하의 동생인 나레시안 조르디어스 발렌시아 백작입니다."

40대 초반의 나이임에도 50대 중반을 훌쩍 뛰어넘는 얼굴은 동생이라기보단 형이나 삼촌에 가까웠다. 반들거리는 대머리는 건강미 넘치는 크루제이커와 확연한 차이를 보여주었다.

"마리에타 M. 펠튼입니다."

마리에타는 자신의 이름을 말하면서 살짝 눈을 찡그렸다.

자신의 몸을 훑는 듯한 눈빛이 소름 끼쳤기 때문이다.

"흐음, 그런데 옆에 계신 분은 동행입니까?"

"백작님, 길레터 왕국의 크로이덴 가문일 겁니다."

나레시안의 왼쪽에 서 있던 여성이 레이지가 끼고 있는 반지의 문양을 알아보고 귓속말을 건넸다.

"오오, 포르테가에 이어 크로이덴 가문의 젊은이까지 만나게 되다니! 오늘은 각별한 날임이 분명하구먼."

그는 크게 웃으면서 오른손에 들고 있던 와인 잔을 기울였다.

"이름은?"

"레이지 크로이덴입니다."

레이지라는 이름에 나레시안은 고개를 갸웃거렸다.

"레이지? 케이지가 아니라?"

"케이지는 저의 형입니다. 미흡한 저와 달리 20대의 나이임에도 벌써 소드 마스터에 다다른 실력자입니다."

20대의 나이에 소드 마스터가 된 이는 흔하지 않다. 케이지의 이름은 길레터 왕국을 넘어 발렌시아 왕국에까지 알려진 터였다.

"그렇다면 자네가 그 망나… 크로이덴가의 차남인가? 흐음, 그랬군."

'망나니라고 마저 말하지 그래?'

그리고 레이지의 이름 역시 알려져 있었다. 케이지와 정반대의 의미로.

원래 소문이란 서로 대조되는 내용으로 구성되어 있을수록 더 빨리, 그리고 널리 퍼지게 마련이다.

게다가 레이지가 3개월 동안 누워 있다가 깨어난 이후, 마법과 오러 양쪽에서 탁월한 자질을 선보였다는 소문은 아직 길레터 왕국 밖으로 퍼지지 않았다.

레이지의 이름을 들은 귀족들은 귓속말을 주고받으며 수군거리기 시작했다. 그를 바라보는 시선들이 결코 곱지 않았다.

"제 형이 아니라 실망하신 모양이로군요."

레이지는 전혀 기분 나빠하지 않았다.

오히려 자신의 실수로 인해 마법에 능통하다는 사실을 모른다는 사실에 되레 기쁘기까지 했다. 파티가 끝난 후 레이지가 벌일 일을 감안한다면 저열한 이미지로 남들의 머릿속에 박히는 것이 좋다.

"실망이랄까 그런 의미가 아니라……."

"마리에타님을 음탕한 눈빛으로 열심히 훑어보시더니만, 레이지님은 남자라서 제대로 쳐다보지도 않으십니까?"

백작인 그를 노골적으로 비꼬는 목소리에 모두의 시선이 한곳으로 쏠렸다.

등 뒤에 여자들을 구름처럼 몰고 다니는 느끼한 남자, 오를레앙 왕자였다. 양쪽 옆에는 카트린느와 마리안느가 오를레앙과 보폭을 맞추어 나란히 걸어왔다.

나레시안은 입술을 씰룩이더니 오른손을 내밀며 카트린느를 가리켰다.

"오를레앙 전하, 그렇게 격이 떨어지는 여자를 아직도 옆에 달고 다닙니까?"

"호오, 숙부님, 혀에 치마라도 걸리셨습니까? 하실 말과 안 하실 말을 벌써부터 구별 못하시게 되었군요."

"내가 틀린 말을 했습니까? 왕자, 그대가 데리고 다니는 여자들 꼬라지를 보시오! 저렇게 흠집있는 여자를 어디에 쓰겠다고?"

여자를 그저 남자의 액세서리 정도로만 취급하는 발렌시아 왕국 내에선 흉터를 지닌 여자는 흉측하다며 꺼려 했다. 우연의 일치일지 모르겠지만, 오를레앙이 측근으로 거느리는 여성들 모두 얼굴이나 몸에 큰 흉터를 지니고 있었다.

"여자라면 모름지기 흉터 하나 없이 매끈한 몸을 지녀야 하지 않는가? 내 말이 틀렸는가?"

막상 나레시안이 가리키고 있는 카트린느는 표정에 아무런 변화가 없었다. 남자 동료에게 지워지지 않을 흉터를 입은 이후 이 정도 비아냥거림이나 욕설은 하도 들었던 터라 새삼스레 화나지 않았다.

되레 오를레앙을 뒤따라온 여성들의 분위기가 심상치 않았다. 하지만 그녀들은 굳게 닫은 입술을 깨물 뿐 항의할 용기가 없었다.

나레시안과 오를레앙의 눈싸움이 계속 이어지면서 침묵이 조금씩 주변으로 전파되기 시작했다. 거대한 연회장에 고요가 감돌기 시작하더니 오케스트라의 연주만이 울러 퍼졌다.

"그렇다면 저도 격이 떨어지는 여성입니까?"

침묵을 깨뜨린 자는 다름 아닌 마리에타였다.

그녀는 날카로운 눈매로 나레시안을 정면으로 노려보았다.

"네? 마리에타 양, 무슨 소리입니까?"

찌익!

그녀는 대답 대신 오른손으로 드레스의 왼쪽 어깨 부분을 붙잡더니 그대로 찢어냈다. 손톱에 마나를 불어넣은 덕분에 별다른 힘을 주지 않아도 가능했다.

어릴 적 입은 화상 자국을 스스로 드러낸 마리에타는 고개를 살짝 들어 올리더니 나레시안을 내려다보았다. 가까이에서 마주 서다 보니 그녀의 키가 살짝 더 위였다.

"자, 저도 충분히 격이 떨어지는 여성이지 않습니까?"

"그, 그건……."

"어느 정도로 격이 떨어졌는지 나레시안 백작님의 입을 통해 직접 듣고 싶습니다만."

마리에타는 엄지손가락으로 자신의 화상 자국을 쿡쿡 눌렀다. 시선을 계속 회피하려는 나레시안에게 가까이 와서 눈으로 확인하라는 의미였다.

"그, 그게 아니라… 제 말은……."

당당하게 나오는 마리에타 앞에서 나레시안의 목소리는 점점 작아졌다.

이런 절호의 찬스를 레이지가 놓칠 리 없었다. 그는 마리에타의 두 어깨를 살짝 붙잡고선 자신의 등 뒤로 물러서게 했다.

"참고로 여기 계신 마리에타 양과 저는 곧 사돈 관계가 될 예정입니다. 그녀를 모욕하는 건 포르테 가문뿐만 아니라 크로이덴 가문까지 덩달아 욕보인다는 의미입니다. 오를레앙 전하의 초청을 받은 손님의 입장에서 왕자의 친척이신 백작님께 이런 대접을 받았다는 사실이 심히 유감스럽습니다."

레이지가 입꼬리를 치켜 올리며 비꼬자 나레시안의 이마에 힘줄이 굵게 튀어나왔다.

"이런 고얀……. 가문의 이름에 기대겠다는 의미인가!"

"네, 망나니가 달리 망나니겠습니까?"

대놓고 자신의 소문을 인정하자 나레시안으로선 반박할 말이 더 이상 떠오르지 않았다. 자신을 도와줄 사람을 찾아봤지만 남자들은 죄다 그와 시선이 마주치는 걸 꺼리면서 딴 곳을 응시했다. 유일하게 시선이 마주친 자는 꼴좋다는 표정을 짓고 있는 오를레앙이었다.

"시, 실례하겠소!"

결국 그는 얼굴을 잔뜩 붉힌 채 연회장 입구 쪽으로 서둘러 걸음을 옮겼다.

7

"흥!"

마리에타는 연회장 입구 쪽을 바라보면서 코웃음을 쳤다.

자신의 화상 자국을 바라보는 무수한 시선 속에서도 그녀는 조금도 위축되지 않았다. 팔짱을 끼고서 허리를 쭉 뻗은 자세로 당당히 서 있는 마리에타는 레이지의 눈에 그 어느 때보다 화려하게 빛나고 있었다.

"마리에타, 다시 봤습니다."

"이까짓 화상 자국 때문에 가치가 폄하되는 건 참을 수 없었어요."

"그러게 말입니다. 오히려 고난을 극복했다는 의미로 높게 평가해야 하는데, 발렌시아의 남자들은 아무래도 고자보다 못한 존재 같군요."

"그 말, 진짜 맘에 들어요."

마리에타는 어깨를 으쓱거리더니 연회장 안을 둘러보았다.

방금 전까지만 하더라도 그녀의 아름다움에 혹했던 남성들이 일부러 등을 보이면서 외면했다. 노골적이냐 아니냐의 차이일 뿐 그들 역시 나레시안과 똑같은 비틀어진 심미관과 여성관에 얽매인 이들이었기에.

어차피 이 정도밖에 안 되는 남자들의 구애 따위 그녀에겐 하등 필요가 없다.

게다가 모두가 눈이 먼 건 아니었다. 느끼한 미소를 지으며 올백으로 넘긴 머리를 쓰다듬으며 다가오는 오를레앙이 그녀 앞에 왼쪽 무릎을 꿇었다.

"제가 레이지님보다 먼저 춤을 청해도 괜찮겠습니까?"

"지금 드레스가 이 모양이라……. 정말 죄송할 따름입니다."

"무슨 소리입니까? 야성미가 넘칩니다. 아름다움에는 여러 가지 종류가 존재하는 법, 그 야성미가 넘치는 당신과 반드시 춤을 춰야겠습니다."

"전하의 부탁이니 기꺼이 받아들이지요. 레이지, 그러면 먼저 실례할게요."

마리에타는 오를레앙의 오른손을 붙들고선 연회장 정중앙으로 이동했다. 그러자 오케스트라의 지휘자는 연주를 잠시 중단한 뒤 지휘봉을 치켜들었다.

잔잔하면서 리듬감을 확실하게 갖춘 음악에 맞추어 백 쌍이 넘는 남녀가 춤을 추기 시작했다. 레이지는 두 눈을 감고 순수하게 음악만을 즐겼다.

'5년 전에 쥴리앙 그 자식이 날 환영한다면서 파티를 열었던 적이 있지. 그때 들었던 음악이야.'

뒤늦게 레이지의 머리에서 과거의 기억이 되살아났다.

용무만 마치고 급히 돌아가겠다던 그를 쥴리앙이 억지로 붙잡고서 연회장으로 이끌었다. 화기애애하게 웃기만 하던 쥴리앙의 옆에 앉아서 물만 들이켰던 기억은 그리 썩 유쾌하지 않았다.

'무엇보다 나에게 여자를 소개시키려던 꿍꿍이를 알았을 땐 왕이고 뭐고 무시하고 연회장을 불태울 뻔했지.'

자신보다 스무 살 어린 귀족 여성을 불러낸 쥴리앙의 태도도 문제였지만, 가뜩이나 제국에게 어떻게 반격을 취할까 고민하던 제이워드에게 고작 배려한다는 게 맞선이었다니 어이를 상실할 정도였다.

'그때 얼핏 본 여자 얼굴은 까맣게 잊어버렸지만, 지금은 나보다 연상이 되어버렸겠군.'

가능하다면 레이지가 아닌 제이워드로 이 자리에 나타나고 싶었다. 쥴리앙과 함께 옛 추억을 다시 되새기며 진득하게 이야기를 나누고 싶었다.

하지만 레이지로 살아가는 지금으로선 불가능한 소망에 불과했다.

"레이지, 춤 출 줄 알아요?"

마리에타의 말에 레이지는 감았던 눈을 천천히 떴다. 마리에타가 내민 오른손이 그의 얼굴에 닿을락 말락 했다.

"벌써 오를레앙 전하와 추고 온 겁니까?"

"네, 역시 여자에 익숙한 분이시다 보니 춤 솜씨가 굉장하더군요."

마리에타는 턱을 살짝 내밀며 자신이 내민 손을 가리켰다.

"숙녀의 부탁을 두 번이나 거절하진 않겠죠? 생일 파티 땐 그냥 넘어갔지만 이번은 아니에요."

"전 춤이라곤 영 꽝이라고 전에 말하지 않았습니까?"

사실 춰본 적이 한 번도 없었다.

"그러면 같이 추면서 익히면 되잖아요."

마리에타는 레이지의 손을 붙들더니 제멋대로 연회장 한가운데로 이동했다.

"마리에타, 아까도 말했지만 난 춤에는……."

"아, 음악 시작했어요."

결국 레이지는 그녀의 페이스에 맞춰줄 수밖에 없었다.

왼팔을 마리에타의 허리에 두르고 오른손을 서로 맞잡는 것까진 아무런 문제가 없었다.

그 뒤엔 레이지의 굴욕이 연달아 이어졌다.

오케스트라의 연주와는 별개로 움직이는 스텝 때문에 연달아 흐름이 끊기곤 했다. 마리에타의 발을 밟기도 하고, 자기가 밟히기도 했다. 옆에서 춤을 추던 커플 사이에서 킥킥거리는 웃음소리에 레이지의 표정이 살짝 일그러졌다.

"레이지, 진짜 춤 솜씨는 영 꽝이네요."

"……"

"뭐든지 잘하는 줄 알았는데, 요리 말고도 못하는 게 또 있었군요?"

레이지는 단 한 마디도 대꾸하지 못하고 쓴웃음을 지었다.

결국 제대로 된 춤을 추지 못하고 많은 이들의 시선을 한 몸에 받으며 원래의 자리로 돌아갔다.

"휴우, 역시 두 번 연속 추는 건 힘드네요."

마리에타는 하녀로부터 물 잔을 건네받고 천천히 들이켰다.

반면 레이지의 시선은 세 번째 댄스 타임에 참가한 커플들을 주시하고 있었다.

"레이지, 뭘 그렇게 보고 있어요?"

마리에타의 질문에 레이지는 대답하지 않았다.

그는 양팔을 앞으로 내밀어 혼자서 춤추는 자세를 취하더니 입으로 무언가를 중얼거리기 시작했다.

"이 타이밍에 턴을 하고, 다음에는 기존 리듬보다 반 박자 빠르게 파트너의 허리를 떠받쳐 주고……"

"설마 지금 외우는 거예요?"

"그리고 그 뒤엔 오른쪽 발을 뒤로 빼고, 그다음엔……"

세 번째 댄스 타임이 끝날 때까지 그의 입은 쉬지 않고 중얼거렸다.

"좋아, 다 외웠다."

레이지는 자신만만한 표정을 지으며 자리에서 일어섰다.

"자, 다시 한 번 도전하겠습니다."

"이건 춤이라고요. 무슨 대련하는 뉘앙스네요?"

레이지는 마리에타의 대답을 필요로 하지 않았다. 그녀의 손을 잡아끌고서 아까 춤췄던 자리로 돌아왔다.

멈췄던 음악이 다시 이어지면서 네 번째 댄스 타임이 시작되었다.

"어라? 왜 이러지?"

레이지의 자신만만한 얼굴은 어느새 사라지고 당혹함만이 자리 잡았다. 머리로 기억하고 있음에도 몸은 전혀 따로 놀고 있었다.

"이론과 실전은 엄연히 다르다고요."

핵심을 찌르는 마리에타의 한마디에 레이지는 오기가 발동했다. 그는 포기하지 않고 음악에 맞추어 춤을 시도했지만 전보다 더 어설픈 동작만을 되풀이할 뿐이었다.

"아앗!"

마리에타가 얼굴을 찌푸리며 레이지에게 몸을 기댔다.

레이지는 시선을 아래로 향하더니 눈을 크게 떴다. 그녀의 오른쪽 발에 신겨 있는 빨간색 하이힐 아래로 붉은 피가 흘러내리고 있었다.

"아니, 이 지경이 될 때까지 참은 겁니까?"

"하지만 레이지와 처음 춤을 추는 건데 이 정도쯤이
야……."

레이지는 그녀를 두 팔로 안아 올리더니 빠른 걸음으로 연
회장 밖으로 빠져나갔다.

8

"발뒤꿈치가 완전히 까졌군요. 상당히 아플 텐데, 어떻게
참았습니까?"

"……."

레이지의 질문에 마리에타는 고개를 옆으로 돌리고선 입
을 다물었다. 그와 그녀의 구도가 상당히 민망했기 때문이다.

원래 머물던 방으로 돌아가려던 레이지는 마침 근처에 있
던 하녀에게 부탁해 빈 객실 안으로 들어갔다.

레이지는 마리에타를 침대 위에 걸터앉게 내려놓은 뒤 다
짜고짜 그녀에 발에서 하이힐을 벗겼다.

그다음이 더 걸작이었다. 갑자기 마리에타의 드레스의 치
마 부분을 허벅지 위까지 확 잡아 올리더니 가터벨트의 클립
을 풀고 오른발에 신겨 있는 스타킹을 조심스레 벗겨냈다. 마
리에타는 얼굴에 혈기가 갑자기 오르는 걸 느꼈지만, 레이지
의 표정이 너무나 진지했기에 차마 부끄럽다는 말을 입 밖으
로 꺼낼 수 없었다.

레이지는 마리에타의 오른쪽 다리를 길게 내밀게 한 뒤 탁자 위에 놓여 있던 물병을 집어 들었다.

"잠시만 기다리십시오."

그는 양손에 마나를 불어넣더니 불길을 만들어냈다. 순식간에 물병 안의 물이 끓어올랐고, 레이지는 그 순간 불길을 냉기로 바꾸어 도로 식혔다.

"상처를 씻을 땐 한 번 끓인 물이 효과적입니다. 하지만 그대로 부으면 화상을 입기 십상이니 급하게 냉각시켰습니다."

"…네."

레이지는 물병을 천천히 기울여 마리에타의 발을 씻겼다. 발등까지 이어진 핏자국이 물에 씻겨내려 가면서 하얀 피부가 드러났다.

그뒤 레이지는 주변을 둘러보니 장식용으로 놔둔 꽃병을 발견했다. 그리고 꽃잎을 죄다 뜯어내고서 양손으로 움켜쥐었다. 꽉 움켜쥔 손가락 사이로 뜨거운 열기가 피어올랐다.

손바닥을 펼치자 말라붙은 꽃잎이 남아 있었고, 레이지는 그걸 손가락으로 비벼 고운 가루로 만들었다. 그리고 상처 부위에 말린 꽃잎 가루를 바른 뒤 손수건으로 동여맸다.

"능숙하시네요?"

"포션을 바르는 게 훨씬 효율적이지만, 당장 고통을 없애기엔 이게 더 좋습니다."

그 어떤 전장에서도 부상자를 치료하는 사제의 수는 턱없이 부족했다. 게다가 보급되는 지혈 포션의 수는 쉽게 동이 났다. 그때의 경험을 살려서 꽃이나 들풀을 이용한 응급처치를 개발하기도 했다.

"아직도 아픕니까?"

"신기하네요. 전혀 아프지 않아요."

"깊숙한 상처라면 모르겠지만, 찰과상이라면 빠르게 효과가 나타나죠. 다행입니다."

마리에타는 손수건이 감긴 오른발을 까닥거리며 넌지시 레이지를 바라보았다. 예전 같으면 한숨만 내쉬었겠지만, 진지한 얼굴로 자신을 이렇게 신경 써줬다는 사실에 저절로 입가에 미소가 자리 잡았다.

"후훗, 다치는 것도 가끔 해볼 만하네요."

"절 걱정하게 만드는 게 좋습니까?"

"어머, 절 걱정한 거예요?"

"당연하지 않습니까?"

마리에타는 오른발을 살짝 들어 올리더니 자신의 앞에 무릎 꿇고 있던 레이지의 이마를 엄지발가락으로 살짝 건드렸다.

"왜 걱정했는지에 대해 물어보면 뻔한 대답이 돌아올 테니 입을 다물겠어요."

"그런 것치고는 기분이 상당히 좋아 보입니다."

"많은 이들이 보는 앞에서 공주님 안기를 당하면 당연히 좋을 수밖에요."

마리에타는 오른발을 살며시 내리더니 두 팔을 크게 벌렸다.

"자, 아까처럼 두 팔로 안아줘요. 더 이상 파티에 참석하긴 무리니 제 방으로 돌아갈래요."

"아까는 다급해서 그랬지만, 손이 애매한 부위에 닿는데 괜찮습니까?"

"어머, 아까 춤출 때엔 몸이 닿는 것도 신경 안 쓴 주제에 지금 와서 딴소리예요? 게다가 치마 안쪽까지 훤히 본 뒤에 그런 말 하면 설득력 없어요."

"알겠습니다."

레이지는 마리에타를 두 팔로 안아 올렸다.

마리에타는 그의 가슴에 얼굴을 기대고선 두 팔을 뻗어 레이지의 목에 둘렀다.

그렇게 발렌시아 왕궁의 밤은 깊어만 갔다.

9

오를레앙의 귀환을 축하하는 파티가 끝나고 어느덧 달이 깜깜해진 하늘 위에 높이 떠올랐다.

평소보다 일찍 잠자리에 든 발렌시아의 왕 줄리앙은 침대 위에서 몸을 뒤척거렸다. 몸은 잠을 요구했지만 예민해진 신경 탓에 좀처럼 잠을 이룰 수 없었다.

결국 그는 침대 위에 내려와 탁자 쪽으로 걸어갔다. 그리고 와인 병을 기울여 와인을 따른 뒤 잔을 집어 들었다.

"휴우."

벌써 다섯 잔째 와인이었지만 졸음이 오기는커녕 취기조차 돌지 않았다.

그는 비운 잔에 다시 와인을 채운 뒤 옆에 놓여 있는 검은색 편지 봉투를 집어 들었다.

"사라져야 할 망령이 왜 다시……."

그를 제외하고는 그 누구도 허락없이 들어올 수 없는 침실에 놓여 있던 한 통의 편지.

그는 편지 봉투에 찍혀 있는 문양을 보는 순간 온몸의 소름이 돋았다. 떨리는 손으로 봉투를 뜯고 안의 내용을 읽은 후엔 등골이 오싹해졌다.

편지를 다 읽자마자 줄리앙은 큰 소리로 근위대장을 불렀다. 누가 침실에 들어왔는지 30분 넘게 추궁했지만, 쥐새끼 하나 보지 못했다는 답변만 돌아왔다.

"제이워드……."

그는 옛 전우이자 다시는 만날 수 없는 곳으로 떠나 버린 남자의 이름을 나지막하게 불렀다.

한때는 전장에서 같이 싸우던 동료로서, 그 뒤엔 한 나라의 왕으로서 그를 도와주었다. 왕이 된 이후에는 예전과 같은 사이로 돌아갈 수 없었지만, 과거의 추억 자체가 희석되지는 않았다.

"그 녀석이 살아 있다면 이렇게 고민하지도 않았을 텐데."

쥴리앙은 잔을 높이 들어 올렸다. 투명한 유리잔 안에 담긴 붉은 와인이 출렁거렸다.

바로 그때, 그의 등 쪽에서 차가운 밤바람이 불어왔다.

"내가 창문을 열어놨던가?"

그는 와인 잔을 들고서 창문 쪽을 바라보았다.

열린 창문 사이로 흘러나온 바람에 커튼이 넘실거렸다.

"……!"

"조용히 해라."

쥴리앙은 목에 와 닿은 차가운 감촉에 놀란 나머지 와인 잔을 놓쳤다. 하지만 깨지는 소리는 나지 않았다.

그의 등 뒤에 나타난 누군가가 날카로운 단검으로 쥴리앙의 목을 노리고 있었다.

"협력할 것인가, 아니면 죽음을 택할 텐가?"

"벌써 답장을 요구하는 것이오?"

편지에 적힌 내용에는 하루 동안의 유예 기간을 준다고 적혀 있었다. 중대한 사안을 결정하기엔 너무나 촉박한 기한이었다.

'그래, 망설일 필요는 없어. 오히려 빨리 찾아온 게 나을지도 몰라.'

쥴리앙은 잠시나마 갈등했던 자신이 부끄럽게 여겨졌다. 왕이기 이전에 그와 함께 했던 동료로서 나올 결론은 단 하나밖에 없었다.

"죽이시오."

"……!"

"땅 속에 묻힌 전우들을 위해서라도 제국과는 절대 손을 잡을 수 없소. 지금 와서 제국과 뜻을 함께한다면 저승에 가더라도 그들을 볼 면목이 없다오."

처음부터 원했던 왕위가 아니다.

형들이 전사하면서 어쩔 수 없이 올라서야 하는 자리였다. 물론 왕으로서의 직책에 충실하려고 노력했지만, 전쟁의 소용돌이 속에서 그는 많은 것을 잃어야 했다. 그럼에도 꿋꿋이 왕좌를 지킨 이유는 단 하나였다.

신분을 뛰어넘어 유일하게 마음을 터놓을 수 있었던 존재.

제이워드를 위해서였다. 그런 그가 죽은 이상 구차하게 목숨을 구걸할 이유는 없었다.

"죽음 따위 두렵지 않소. 한 가지 아쉬운 게 있다면……."

"더 이상 여자와 놀 수 없다는 점이겠지?"

"어?"

나름 무게를 잡고 장렬한 분위기를 연출하던 쥴리앙의 입에서 맥 빠진 목소리가 흘러나왔다.

그는 목에서 느껴지던 차가운 감촉이 사라진 걸 알아채고 뒤를 돌아보았다. 하지만 아무것도 보이지 않았다.

"여기야, 여기."

정면을 바라보자 탁자 옆 의자에 다리를 꼬고 앉아 있는 한 남자가 시야에 들어왔다.

목소리를 통해 남자라는 것만은 알 수 있었다. 하지만 얼굴 전체를 가리고 있는 검은색 가면 때문에 누구인지 도통 알아볼 수 없었다.

"그 부분만큼은 변하지 않은 걸 보니 반가울 정도로군. 오래간만이야, 쥘리앙."

"그대는 누구요?"

정체불명의 남자가 자신의 이름을 친근하게 부르자, 쥘리앙은 왠지 모르게 그리운 느낌이 들었다.

"이렇게 밤에 단둘이 만나는 건 네 녀석을 처음 만났을 때 이후로 두 번째로군."

"두 번째?"

"베르나에게 차였던 그날 말이다."

순간 쥘리앙은 입을 크게 벌리고 경악했다.

한때 매직 유저의 길을 걷던 그는 기억력이 부족하다는 한계에 부딪쳐야 했다. 하지만 여자에 대한 기억만큼은 '친구'를 훨씬 능가했다. 그것이 20년 전에 잠시 스쳐 지나간 여자였다 하여도.

무엇보다 그때의 쪽팔린 기억은 쥘리앙과 다른 한 명, 즉 두 명만이 알고 있는 사실이었다.

"그, 그럴 리가 없어……. 그 녀석은 죽었소!"

기대와 실망, 기쁨과 두려움.

서로 대조되는 감정이 쥴리앙의 마음속에서 번갈아가며 자리 잡았다.

그가 죽지 않기를 바랐지만, 진짜로 살아 있을 거라고는 상상조차 못했다.

"바보 같은 녀석."

검은 가면의 남자는 아까 쥴리앙이 떨어뜨렸던 와인 잔을 오른손에 쥐고 빙그르르 돌렸다.

"난 불멸이라고. 원하는 걸 이루기 전에는 절대 죽을 수 없다고. 내 성격 몰라?"

"그대, 진짜로 그가 맞소?"

"그래, 나야. 제이워드. 제이워드 M. 만델."

『불멸의 대마법사』 4권에 계속…

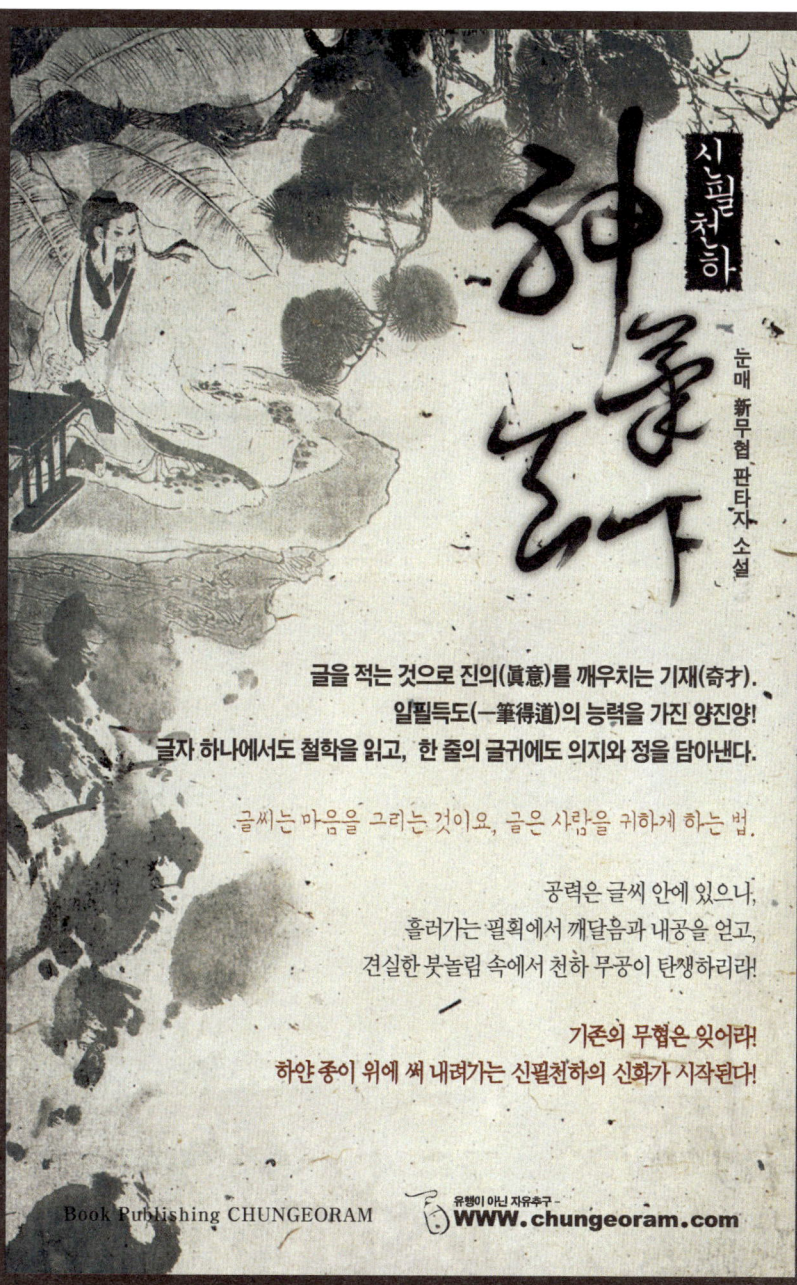

신필천하

神筆天下

눈매 新무협 판타지 소설

글을 적는 것으로 진의(眞意)를 깨우치는 기재(奇才).
일필득도(一筆得道)의 능력을 가진 양진양!
글자 하나에서도 철학을 읽고, 한 줄의 글귀에도 의지와 정을 담아낸다.

글씨는 마음을 그리는 것이오, 글은 사람을 귀하게 하는 법.

공력은 글씨 안에 있으니,
흘러가는 필획에서 깨달음과 내공을 얻고,
견실한 붓놀림 속에서 천하 무공이 탄생하리라!

기존의 무협은 잊어라!
하얀 종이 위에 써 내려가는 신필천하의 신화가 시작된다!